AGIRO

Jens Lossau
Jens Schumacher

DER REBENWOLF

Thriller

AGIRO

Sämtliche handelnden Personen und Ereignisse dieses Buches sind frei erfunden. Etwaige Ähnlichkeiten mit real existierenden Personen, ob lebend oder tot, wären rein zufällig.

Lektorat: Ines Boiselle-Svrcina, Jutta Ziegler
Druck und Verarbeitung: Westermann Druck Zwickau GmbH
Schutzumschlag-Gestaltung: Dirk Schulz, Clemens Ellert
Coverillustration und Vignette: Steffen Winkler
Printed in Germany
ISBN 978-3-934769-83-0

Weitere Informationen unter:
www.agiro.de

»Feuer schlug aus seinem offenen Maul, die Augen glühten in einem verhaltenen Lodern, Schnauze, Nacken und Wamme waren von flackernden Flammen gezackt. Auch die Wahnträume eines kranken Hirns könnten nichts gebären, das grausiger, erschreckender, höllischer wäre als diese dunkle, gräßlich anzusehende Gestalt, die aus der Nebelwand über uns kam.«

(Sir Arthur Conan Doyle, *Der Hund der Baskervilles*)

Prolog

Kottler (Pfalz), 14. September 2003

Im Herbst, kurz vor der Zeit der Weinlese, tastete sich Vinzenz zum ersten und zum letzten Mal in seinem Leben an das *Verkehrte* heran, das in ihm brodelte. Das *Verkehrte* war eine Verführung durch unsichtbare Dämonen, die nach unschuldigen Seelen hungerten. Vinzenz' Vater hatte das von Anfang an gewusst.

Als das *Verkehrte* sich seiner bemächtigte, als es bereits zu spät war und die Erregung in der milden Herbstnacht dampfte und Vinzenz eine schmerzende Erektion aus seiner Hose zu befreien versuchte, in diesem ehrlichsten und süßesten Augenblick seines Lebens, kam der Dämon aus seinem Versteck.

Vinzenz war sechzehn Jahre alt. Er würde das *Verkehrte* für immer aus seinem Leben aussperren, so sehr es auch an den Stäben seines inneren Käfigs rüttelte.

Das Grauen und das *Verkehrte* waren eins geworden.

Der Herbst, eigentlich ein graues, dumpfes Tier, das alle Bewegungen lähmte und die Zeit zäh wie Kaugummi werden ließ, hatte Vinzenz und Paul einen milden Abend geschenkt. Vielleicht, so dachte Vinzenz später, waren es die Temperaturen gewesen, die das *Verkehrte* heraufbeschworen hatten.

Etwa eine Stunde nachdem die Sonne an jenem verhängnisvollen Abend untergegangen war, war es noch so warm, dass sich Vinzenz die Jacke ausgezogen und um die Hüfte gebunden hatte. Der Mond stand als helle Scheibe am wolkenlosen Himmel. Es war absolut windstill, und es gab keine Geräusche.

Irgendwer hatte mal gesagt, der reifende Wein schlucke die Töne. Vinzenz hatte die Bemerkung blödsinnig gefunden, aber an diesem Abend erschien sie ihm gar nicht blödsinnig. Die Stille war geradezu unnatürlich, als befände er sich in einer Glaskugel, die in einem mit Watte ausgepolsterten Karton steckte.

Paul war ein halbes Jahr jünger als Vinzenz, aber er wirkte älter. Er hatte blonde Haare, die im Nacken etwas zu lang waren und sich kräuselten. Er trug ein rot kariertes Hemd und darunter ein grünes T-Shirt mit dem Aufdruck *Time to say goodbye*. Das Mondlicht ließ sein schmales Gesicht weich aussehen, und irgendwie hatte Vinzenz das Gefühl, dass sein Freund sich in Luft auflösen könnte, wenn er ihn jetzt berühren würde.

Vinzenz ließ seinen Blick über die parallelen Reihen der Weinstöcke ringsum schweifen, die bizarre Schatten warfen und alle Geräusche schluckten.

»Hörst du das?«, fragte er.

Paul lächelte. »Du meinst die Stille?«

Jeder andere hätte gesagt, er höre nichts. Jeder andere hätte Vinzenz auf seine Verhaltensstörung aufmerksam gemacht.

Jeder andere hätte das *Verkehrte* gerochen.

Paul nicht. Paul wusste, dass absolute Stille nichts anderes ist als eine zarte Schwingung, sanfter Musik gleich.

Vinzenz nickte, und sie lauschten dem mit Gerüchen angefüllten Nichts. Die Luft roch nach nasser Erde. Nach feuchten Steinen. Nach dem Grün der Weinblätter. Nach den dunkelroten Trauben, prall und satt und verführerisch süß.

Stille ist, wenn man fast redet.

Vinzenz hatte sein bisheriges Leben in Kottler zugebracht, und Kottler war die Hölle auf Erden, wenn man ein denkendes Gehirn besaß; erst recht, wenn man *verkehrt* war. Vinzenz wusste es, und sein Vater hatte es ebenfalls gewusst und dementsprechend gehandelt.

Die Rebzeilen zogen sich scheinbar endlos über die Hügel dahin. Vinzenz liebte die Weinberge. Zwar konnte man sich hier nicht verstecken (und es war immer gut, wenn man einen Platz hatte, wo man unsichtbar sein konnte, gerade wenn man *verkehrt* war), aber irgendwie sortierte der Anblick der korrekten Spaliere die Gefühle in seinem Kopf. Er brachte Ordnung ins Chaos.

Die beiden Jungen gingen im Mondlicht nebeneinander her und redeten nicht. Sie brauchten nicht zu reden. Es war gut, fand Vinzenz, dass er jemanden kannte, mit dem er schweigen konnte. Sie spazierten schon seit einer Stunde über die schmalen, geschotterten Feldwege, hatten ein paar Dosen Bier getrunken und sich darüber unterhalten, warum manche Bücher gut waren und andere noch besser.

An einem Stein, so groß wie ein Sessel, hielten sie inne. Wie auf ein geheimes Kommando setzten sie sich gleichzeitig hin. Ihre Beine berührten sich. Pauls Gesicht war nur wenige Zentimeter von Vinzenz‘ entfernt, und Vinzenz unterdrückte das Bedürfnis, dieses Gesicht mit den Fingerkuppen zu berühren.

Verlangen ist, wenn man sich fast berührt.

Verlangen ist eine Schaufensterpuppe, die man auf dem Sperrmüll in Kottler findet. Verlangen ist, wenn man diese Puppe mit nach Hause nimmt. Das Modell eines kleinen Jungen, nackt, glatt, aus hartem Plastik, ohne Geschlechtsorgane, nur eine Beule im Schritt, ein außerirdisches Neutrum.

Vinzenz hob eine Hand und berührte Pauls Haare. Paul zündete sich eine Zigarette an und blies bläulichen Rauch ins Mondlicht. Er schlug Vinzenz' streichelnde Hand nicht zurück. Stattdessen lächelte er und sagte: »Hey, das kitzelt!« Er legte eine Hand auf Vinzenz' Oberschenkel.

Vinzenz hatte die Puppe eine Woche zuvor gefunden. Sie lag zwischen Kartons auf einem alten, zerschlissenen Sofa am Rand der Hauptstraße. Die Haare der Puppe waren blond, wie die von Paul, aber die Puppe war jünger als er. Sie konnte nicht altern, nur verrotten. Der nackte Neutrum-Junge hatte blasse Augen, ein Riss zog sich über seine Brust, zwei seiner Finger waren abgebrochen.

In dem Haus, wo Vinzenz allein mit seinem Vater lebte, roch es nach Damentoilette. Vinzenz hatte keine Ahnung, wie es in Wirklichkeit auf einer Damentoilette roch, aber so stellte er es sich vor. Irgendwie süß, körperlich.

Sein Vater arbeitete mit Körpern. Er schnitt sie auf. Er zerteilte sie. Er spießte sie an Haken und ließ sie ausbluten.

Es war schwierig, mit einem Mann unter einem Dach zu wohnen, den die wöchentliche Hausschlachtung voll ausfüllte, wenn man selbst beschlossen hatte, ein einsames Vegetarierleben zu führen.

Die Versuchung und die Angst lauerten überall, obwohl Vinzenz sie zu bezwingen versuchte. Er weigerte sich, das Abendessen seines Vaters zu verzehren (Fleisch mit Fleischsoße). Sein Vater schrie ihn an, dass Mutter sich im Grab umdrehen würde, wenn sie das mitbekäme. So ging es bereits seit Wochen. Mittlerweile ließ sein Vater ihn beim Essen in Frieden, kochte sich sein Fleisch, aß es mit Genuss. »Du weißt nicht, was dir entgeht!« Sein Vater schlürfte Sülze von der Gabel.

Sein Vater roch nach Blut und Tod und Damentoilette.

An jenem Abend im Wingert lernte Vinzenz, dass die Angst ganz tief in einem sitzt und dass auch gute Vorsätze oder eine Armee mit einer Million Soldaten einen nicht davor schützen können.

Pauls Hand auf Vinzenz' Oberschenkel. Die Finger vollführten eine kreisende Bewegung, wanderten zur Innenseite.

Vinzenz hatte den Puppenjungen in seinem Zimmer auf einen Stuhl gesetzt. Er hatte eine Fleischwurst aus dem Kühlschrank in der Küche geholt und sie mit einem Messer zurechtgestutzt, bis sie dem fehlenden Teil im Ansatz ähnelte, und sie dem Neutrum-Jungen zwischen die Beine geklemmt. Er hatte seine Hose ausgezogen. Hatte sich auf den Jungen gesetzt und seinen Steifen, der wie ein Ausrufezeichen aus seinem spärlichen Schamhaar ragte, gegen die kalte Wurst gedrückt.

In diesem Moment war sein Vater ins Zimmer gekommen. Vinzenz hatte vergessen abzuschließen. Normalerweise hörte er seinen Vater kommen. Nicht so an diesem Tag. Sein Vater hatte sich lautlos bewegt – er wusste, dass sein missratener Sohn *verkehrt* war. Er hatte ihm aufgelauert.

»Ich muss dir was beichten«, flüsterte ihm Paul ins Ohr. Sein Atem roch nach Bier und Zigarettenrauch. »Ich hab gerade einen Ständer. Oh, Mann! Ob das am Vollmond liegt?«

Vinzenz zitterte. Er versuchte, die Bilder von jenem Abend eine Woche zuvor zu verdrängen; wie er ohne Hosen auf dem Puppenjungen mit der Fleischwurst gesessen hatte; wie er versucht hatte, seine Blöße zu bedecken. Sein Vater hatte ihn am Arm gepackt und durch das Haus geschleift. In den gekachelten Schlachtraum hinter dem Kuhstall, wo ein ständiger Gestank nach Innereien herrschte. Von der Decke hingen zwei Schweinehälften, die Haut mit einem Qualitätssiegel markiert, als hätten sich die Tiere zu Lebzeiten tätowieren lassen. Sein Vater schloss die Tür ab. Die Neonröhren an der Decke summten. Vinzenz' rosiger Penis versuchte, sich in seinen Körper zurückzuziehen.

Sein Vater: klein, breit, grobschlächtig. Er besaß keinen Hals, sein Nacken klammerte sich verzweifelt an seine Schultern. Ein nichtssagendes Gesicht. Trübe, blaue Augen. Kein Bartwuchs. Er sprach nicht gern.

Jetzt sprach er.

»Vinzenz«, sagte er. »Ich weiß, dass Jungen in deinem Alter Nöte haben. Bedürfnisse. Du bist verwirrt. Aber du wohnst bei deinem alten Herrn! Warum kommst du mit deinen Nöten nicht zu mir?«

Er schüttelte seinen runden Kopf, knöpfte seine Cordhose auf. Entledigte sich seiner Wäsche.

Sein Schwanz sah enorm aus, wie ein nach oben gebogener, rosafarbener Knüppel. Obwohl Vinzenz *verkehrt* war, wurde ihm schlecht bei dem Anblick, und er dachte an seine tote Mutter, die er kaum gekannt hatte, und er fragte sich, wie es möglich gewesen war, dass eine Frau so ein Ding in sich aufnehmen konnte, ohne zerfetzt zu werden.

»Was soll dieser Blödsinn mit dem Puppending?«, sagte sein Vater. »Ich weiß, du hast Nöte. Hatte ich auch in deinem Alter. Aber du brauchst diesen Sperrmüll nicht.« Er trat vor eine der Schweinehälften. »Es gibt immer Möglichkeiten …«

Kälte ist heißer Samen auf totem Fleisch.

Vinzenz schloss die Augen, als Pauls Finger seinen Schritt berührten. Seine Erektion drückte mit Gewalt gegen seine Jeans.

Vinzenz ahnte, dass er schon längst den Verstand verloren hätte, wenn Paul nicht gewesen wäre. Sie waren seit Kindergartentagen miteinander befreundet. Wenn sie zusammen waren, verging die Zeit anders, sie lastete nicht mehr wie ein enormer Druck auf seiner Brust.

Mit Paul konnte er reden; sich Geschichten ausdenken; abhauen, den Dorfmief verlassen. *Time to say goodbye.*

Paul mit seinen zu langen blonden Haaren. Seinem sanften Gesicht, das älter und reifer wirkte als sein eigenes.

Wie oft hatte er sich in Gedanken auf Paul einen runtergeholt? Vinzenz wusste es nicht.

Das Problem war: Paul war *nicht* verkehrt, jedenfalls hatte er nie so gewirkt.

Bis heute.

Der feuchte Geruch des Weinlaubs stieg Vinzenz in die Nase und kroch in sein Gehirn, wo er die Angst betäubte und die Erinnerung an den Schlachtraum verdrängte. Er bemerkte, dass sich seine Hand tief in Pauls Haar gewühlt hatte.

Und die tief sitzende Furcht verschwand in einem Hinterzimmer, es gab nur noch die Weinstöcke, die in unendlicher Gleichheit dastanden. Es gab nur noch den Geruch und die Schwingung der Stille und den Mondschein.

Vielleicht solltest du deinen Schweinehälfte vögelnden Vater töten, flüsterte eine Stimme in Vinzenz' Kopf. Zu Paul sagte er: »Du hast einen Steifen?« Er versuchte, seine Stimme unbeteiligt klingen zu lassen, aber es misslang.

Paul lachte an seinem Hals. »Denkst du, ich hab nie bemerkt, wie du mich manchmal ansiehst? Na und, was soll's? Hat dich schon mal jemand berührt? Ich meine, *richtig* berührt? Wie sich das wohl anfühlen würde … alles zu spüren?«

Wenn Paul sehen konnte, dass er *verkehrt* war, konnten es wahrscheinlich alle Menschen sehen. Das bedeutete, dass er verloren war. Es war nur eine Frage der Zeit. In Kottler gingen tote Tiere in Ordnung, aber Verlangen nach einem anderen Jungen, der nicht mal aus Plastik bestand …

»Das können wir nicht bringen«, sagte Vinzenz. »Nicht hier … nicht jetzt …«

Aber Lust und Verlangen vereinigten sich zu einem großen Egal.

Himmel, war Paul etwa auch *verkehrt*? Dachte er an Jungen, wenn er sich nachts unter der Bettdecke einen rieb?

Dachte er an *ihn*? Wie er nach dem Sportunterricht unter der Gemeinschaftsdusche stand und versuchte, keinen Ständer zu bekommen bei all den nackten, eingeseiften Jungen?

Es gab zu viele Fragen, eine Million Fragen, die in diesem Moment auf Vinzenz einprasselten, aber er würde sie nie laut stellen.

Ein Geräusch erklang zu seiner Linken. Ruckartig fuhr seine Hand aus Pauls Haar.

Er würde es nie wieder berühren.

»Hey«, flüsterte er. »Hast du das gehört?«

Das Lächeln war Paul aus dem Gesicht gefallen und irgendwo in den Schatten verschwunden. Sein Kopf ruckte hin und her wie der eines Wellensittichs. Sein Haar schien im Mondlicht zu funkeln.

»Ja.« Seine Stimme klang mit einem Mal zu hell. »Da ist was. Ganz in der Nähe!«

Einen Moment lang war Vinzenz überzeugt, dass sein Vater zwischen den Reihen auftauchen würde, eine Schweinehälfte über der Schulter, mit wahnsinnigem Grinsen. *Ich hab dir doch gesagt, ich weiß von den Nöten junger Menschen. Hört zu, ihr Drecksäcke: tote Tiere – ja. Junge und Junge – auf gar keinen Fall!*

Im Zeitlupentempo erhoben sie sich von dem Stein. Die monotonen Rebzeilen wirkten plötzlich gar nicht mehr beruhigend. Vinzenz fühlte sich nackt, schutzlos. Er blickte sich um, auf der Suche nach etwas, wohinter er sich verstecken konnte. Aber da war nichts. Die grünen Wogen flossen über den Hügel und brachen sich vor seinen Füßen.

Nicht weit entfernt setzte ein gurgelndes Geräusch ein. Noch Wochen später sollte Vinzenz von diesem Geräusch träumen und schreiend aus dem Schlaf auffahren.

Es hörte sich an wie ein verstopfter Abfluss, aber etwas vermischte sich mit dem Gurgeln, etwas, das fast menschlich klang. Eine Art röchelndes Stöhnen.

Es klang wie ein alter Mann, der mit vollem Mund zu schreien versucht.

»Scheiße!«, rief Paul mit seiner neuen, zu hohen Stimme. »Vinzenz … war das vor oder hinter uns?«

Vinzenz wankte einen Schritt rückwärts, gegen den großen Stein. Das gurgelnde Röcheln erklang erneut, viel näher als beim ersten Mal! Es kam aus der Rebzeile, die sich direkt neben ihnen öffnete.

»Scheiße, was *ist* das?«

Vinzenz wollte es nicht wissen. Er wollte ein Ding, das derart unnatürliche Geräusche erzeugen konnte, nicht sehen.

Er war *verkehrt*. Das hatte sein Vater ganz richtig erkannt.

Und jetzt hatte sein Vater einen Dämon auf ihn angesetzt, der ihm das Verkehrtsein aus dem Leib treiben sollte.

»Komm, weg hier!« Vinzenz brachte kaum mehr als ein heiseres Piepsen zustande. »Lass uns von hier verschwinden. Da ist was …«

Paul hatte ebenfalls Angst, das erkannte Vinzenz, aber er war auch neugierig. Anstatt vor dem Geräusch zurückzuweichen, trat er einen Schritt durch das Mondlicht, das nun giftig und bleich wirkte, auf die Öffnung der Rebzeile zu.

»Paul, nicht! Geh da nicht hin!«

Das Gurgeln vermischte sich mit einem Knurren. Es war nur noch wenige Meter entfernt.

Etwas leuchtete zwischen den Weinstöcken auf, zwei helle, winzige Glühbirnen. Ein unförmiger, hüfthoher Schatten setzte sich taumelnd in Bewegung.

Vinzenz wankte auf den Feldweg, lief los und stolperte über seine eigenen Füße. Er landete mit dem Gesicht in feuchter Erde.

Plötzlich war das gurgelnde Geräusch direkt über ihm. Er drehte den Kopf, spürte Nässe an seinen Wangen, als ihn etwas Heißes berührte. Mit einem Mal roch die Weinbergwelt wie der Schlachtraum des väterlichen Hofes, in dem er sein Verkehrtsein jahrelang zu unterdrücken versucht hatte.

Er öffnete den Mund, um zu schreien, aber es kam nur Luft.

Später konnte Vinzenz der Polizei nicht genau berichten, was er in dem Moment, da er sich verzweifelt wieder auf die Beine arbeitete, auf dem Pfad gesehen hatte.

Aber er sah *etwas*.

Und er sah Paul, wenige Schritte neben sich im Mondlicht, die Augen unnatürlich weit aufgerissen. Sein Mund stand halb offen, ein lautloser Schrei verpuffte auf seinen Lippen.

Paul starrte auf das, was sich hinter Vinzenz befand, ihn zu Boden gerissen hatte.

Irgendwie kam Vinzenz auf die Füße und begann zu rennen. Paul war schneller als er, überholte ihn und verschwand vor ihm im fahlen Mondlicht.

Das gurgelnde Geräusch jedoch folgte Vinzenz. Aus den Augenwinkeln sah er erneut die glühenden Augen des Dämons, der in weiten Sätzen hinter ihm herjagte.

Vinzenz zwang sich, nicht noch einmal zurückzublicken. Er rannte, bis er nicht mehr konnte und nicht mehr wusste, wo er war.

Plötzlich stolperte er über einen großen Gegenstand, der quer auf dem Weg lag. Er schlug hin und landete mit dem Gesicht in einer weichen, geleeartigen Masse. Schützend hielt er sich eine Hand über den Kopf, da er befürchtete, der Dämon würde sich im nächsten Moment von hinten auf ihn stürzen und ihm seine Reißzähne ins Genick treiben.

Nichts dergleichen geschah.

Vinzenz blickte auf, blinzelte.

Ein Körper lag der Länge nach auf dem Weg, und einen Moment lang dachte er, es handele sich um den Puppenjungen aus seinem Zimmer.

Aber es war eine Frau aus Fleisch und Blut. Viel Blut. Ihre langen, roten Haare flossen wie Feuer um ihr Gesicht. Ihre Augen standen weit offen, der Mund war erstarrt in einem versteinerten, ewigen Schrei.

Ihr Leib war der Länge nach aufgerissen. Vinzenz sah weiße und braune Schlangen, die sich aus ihrem Torso wanden. Er betastete das Gelee auf seinem Gesicht.

Er war nicht auf die Frau gestürzt. Er war kopfüber *in* die Frau gefallen. Seine Wangen waren von den Schlangen, die nach Säure und Scheiße rochen, verschluckt worden.

Ein Schrei bahnte sich einen Weg durch seine schmerzende Kehle, und er begann zu kreischen, bis er keine Luft mehr hatte und nur noch vor sich hin wimmern konnte, er spürte nicht die Hand, die ihn am Nacken packte, spürte nicht, wie Paul ihn herumriss und ihm ins Gesicht schlug, das schmierig war von zerfetztem Gedärm.

Sonst gab es keine Geräusche im Mondlicht.

Die fahle Dunkelheit machte keine Geräusche.

Stille ist, wenn man nicht mehr schreien kann.

Kapitel 1

Vom Backen und ...

Butzbach (Hessen), 15. September 2003

Obwohl es noch früh am Morgen war, stand die Sonne bereits wie eine weiße Perle am wolkenlosen Himmel. Die Temperatur betrug exakt fünfzehn Grad. Verspätete Zugvögel zwitscherten im bunten Laub, mit dem sich die Bäume geschmückt hatten.

SK-66-Sonderkommissar Tillmann Grosch schlenderte fröhlich summend die Butzbacher Hauptstraße entlang. Trotz der morgendlichen Wärme trug er wie immer seinen Lodenmantel, der fast bis zum Boden reichte. Darunter schnürte ein grünes T-Shirt mit Garfield-Aufdruck seinen enormen Leib ein. Wenn er jemandem auf der Straße begegnete, grüßte er fröhlich, egal, ob er den Betreffenden kannte oder nicht.

Es war ein herrlicher Tag. Grosch liebte den Herbst, vor allem, wenn er sich von seiner prächtigen, sonnigen Seite zeigte. Aber er liebte auch verregnete Tage, an denen er sich in seine geräumige Wohnung zurückziehen und ein Buch lesen konnte, dazu einen appetitlichen Zigarillo und einen gehaltvollen Tee mit Schuss.

Im Grunde liebte Tillmann Grosch jedes Wetter.

In seinem Magen zwickte es, und er fuhr sich besorgt über seinen mächtigen Bauch. Er war an diesem Tag zeitig aufgestanden und hatte ein ausgiebiges Frühstück genossen, aber irgendwann waren ihm die Hörnchen ausgegangen. Nun war er auf dem Weg, um Nachschub zu besorgen.

Vielleicht wäre es klüger gewesen, vorher noch auf die Toilette zu gehen. *Fehler, die ich gemacht habe*, dachte er und kraulte sich seinen Vollbart, der drei Viertel seines Gesichts bedeckte.

Die Bäckerei *Zur schönen Kruste* bestach nach Groschs Meinung schon durch ihren Namen, und dieser Name hielt, was er versprach. Grosch war seit zwanzig Jahren Stammkunde. Solange er sich erinnern konnte, wurde der Laden von einer alten Bäckerin namens Tilda geführt. Den Bäckermeister (den Künstler, den *Magier*), der die Köstlichkeiten verborgen im Hintergrund zubereitete, hatte Grosch dagegen noch nie zu Gesicht bekommen.

Der Duft frisch gebackenen Brotes erfüllte die Luft, als Grosch in die Seitenstraße einbog, in der sich die Backstube befand. Er hielt inne, schnüffelte wie ein Hund und schloss genießerisch die Augen. »Vorfreude, du Süße mein«, murmelte er.

Der Verkaufsraum der *Schönen Kruste* war kaum größer als sein Wohnzimmer, aber seine appetitlichen Wohlgerüche färbten die gesamte Straße ein. Wenn Grosch am Abend einen kleinen Verdauungsspaziergang unternahm, lief er manchmal hier vorbei, weil die Luft in einem Radius von zweihundert Metern so herrlich duftete, selbst nach Einbruch der Dunkelheit.

Erneut rieb er sich den Bauch. Verflixt, er hätte noch stuhlen sollen. Von seiner Wohnung zur Bäckerei war es zwar nicht weit, aber das Zwicken und Zwacken in seinem Gedärm trübte den Geruchsgenuss.

Er fächerte sich mit den Händen Luft unter die Achseln. Ärgerlicherweise übertünchten seine körpereigenen Gerüche allmählich die feinen Schwaden des frischen Backwerks. *Verdammter Moschus*, dachte er.

Er öffnete die gläserne Tür der Bäckerei. Ein helles Glöckchen begann zu bimmeln. Tillmann Grosch trat ein in sein Paradies.

Hinter dem Glas des Verkaufstresens türmten sich Köstlichkeiten. Grosch scannte bei seinem Eintreten die ausgestellten Teig- und Kuchenwaren mit dem erfahrenen Blick des Kenners. Als Erstes fielen ihm Mandelhörnchen ins Auge, die heute besonders gelungen schienen. Neben ihnen, von gedämpftem

Licht hübsch angestrahlt, befand sich ein altmodischer Korb, der kaum in die saubere Glasvitrine passen wollte. Er war angefüllt mit Zuckerschnecken.

Außerdem: Hörnchen, Croissants, Apfelstreuselplunder, Berliner, Kirschtaschen, Rosinenbrötchen (»Wenn du noch kein Rosinenbrötchen aus der *Kruste* gegessen hast, hast du nicht gelebt«, pflegte Grosch zu sagen), Nougathörnchen, Mandarinenplunder, Nussplunder, Zwetschgenplunder, Quarkkaffeestückchen.

Des Weiteren: Aprikosentorte. Bienenstich. Nussbiskuit mit Obst. Mandelkuchen. Quark-Sahne-Orangen-Torte. Marmorkuchen. Schokomuffins.

Eines Tages werden wir alle sterben, dachte Grosch in einem Anfall philosophischer Weisheit. *Aber nicht, ohne vorher ein zehngängiges Frühstück genossen zu haben!*

Glück, fand er, ließ sich auf einen einfachen Nenner bringen: Cappuccino und Teilchen am frühen Morgen. Was brauchte der Mensch sonst?

Die Luft schmeckte so intensiv nach dunkler Brotkruste und frisch geröstetem Kaffee, dass ein tiefes Verlangen, eine animalische Gier in Grosch aufloderte.

Natürlich war er Profi. Er versenkte seine Hände in den Tiefen seiner Manteltaschen und ballte sie zu Fäusten.

Hinter der Glasvitrine mit ihren unzähligen Verführungen öffnete sich eine mehlfarbene Tür, und Tilda betrat die warme Stube. Sie war eine schwerfällige Frau von ungefähr sechzig Jahren. Ihre Haare hatte sie zu einem Knoten geflochten. Wie immer trug sie einen weißen Kittel, in dem sie ein wenig an eine Krankenschwester erinnerte. Ihre Haut hatte die Farbe von ungesäuertem Brot. Ihre Augen glichen schmalen, geschwungenen Hörnchen, in denen es funkelte. Als sie Grosch sah, hellte sich ihre Miene auf.

»Oh, der Herr Kommissär!«

Grosch hatte nie gefragt, warum sie ihn »Kommissär« nannte. Er selbst hatte ihr einmal verraten, dass er so etwas wie ein Polizist war. Den schweizerischen Titel hatte Tilda eingeführt.

Vielleicht kam sie ja aus der Schweiz, obwohl sie eigentlich sauberes Hochdeutsch sprach. Irgendwie gefiel ihm die Bezeichnung. Sie hatte etwas Gemütliches.

»Schönen guten Morgen«, sagte Tilda mit einer Stimme, die vom ständigen Mehl in der Luft rau geworden war. »Wie geht es Ihnen?«

Grosch verlagerte sein Gewicht und wippte vor und zurück. »Kann nicht klagen.« Er stieß unterdrückt auf. »Das Wetter ist herrlich, da küsst einen die Muse, der Tag ist frisch und unverbraucht, ich habe frei, niemand stört, und daheim gedenke ich, mir nachher meinen achten Kaffee schmecken zu lassen, wenn Sie gestatten.«

Tilda legte den Kopf in den Nacken und begann, schallend zu lachen. Sie war eine der Frauen, die immer gleichmütig dreinblickten und selten lachten, aber wenn sie es doch tat, erzitterte die Erde. Tilda mochte Kommissär Grosch, und Sonderkommissar Grosch mochte Tilda, nicht nur wegen der Köstlichkeiten, die sie feilbot. Mehr als einmal war er auf einen Plausch bei der alten Bäckersfrau hängen geblieben und hatte einen ganzen Nachmittag verquatscht.

»Was kann ich für Sie tun, Herr Kommissär?«

Grosch unterdrückte den Impuls, sofort »Ich will alles!« zu brüllen, ließ seine Augen über die goldbraunen Teigwaren schweifen, zog die Hände aus den Taschen und rieb sie aneinander.

»Dasselbe wie immer, schätze ich«, sagte er nach einer Minute konzentrierten Nachdenkens.

»Also vier Hörnchen, ein Krustenbauernbrot, vier Croissants, eine Schlemmerschnitte, zwei Streusel, zwei Dampfnudeln und einen Glomsch?«

Grosch nickte. Seine Augen leuchteten, er leckte sich über die Lippen. »Bitte zwei Glömsche«, sagte er. »Heute, liebe Tilda, zwei Glömsche. Streichen Sie das ›zwei‹, und machen Sie drei daraus!«

Tilda begann, mit einer silbernen Zange die ausgewählten Genüsse aus der Vitrine zu fischen.

»Sagen Sie, Tilda, ich will nicht aufdringlich erscheinen, aber wollen Sie mir noch immer nicht verraten, was es mit diesen gottgleichen Glömschen auf sich hat? Ich meine, *Glomsch*, also, das ist doch sonderbar. Verstehen Sie mich nicht falsch, ich finde die Glömsche köstlich, ich hebe sie mir immer bis zum Schluss des Frühstücks auf, und ich schätze den sahnigen Inhalt, der nicht aus Sahne bestehen *kann*, denn er schmeckt *so gut!* Aber sehen Sie, ich habe keine Ahnung, was ich da eigentlich verspeise. Nicht, dass mir das was ausmacht. Ich muss nicht wissen, was ich esse, wenn es so himmlisch daherkommt. Aber neugierig bin ich schon.«

Tilda blinzelte Grosch an. »Sie Spitzbub! Nein, nein, ich kann Ihnen nicht verraten, was es mit den Glömschen auf sich hat.« Ihr Blick kehrte sich nach innen. »Sie würden es ja doch nicht glauben«, murmelte sie und füllte mehrere knisternde braune Tüten mit gebäckgewordener Köstlichkeit, ohne ihr Lächeln zu verlieren. »Schön, wenn man bei einem so herrlichen Wetter frei hat, nicht wahr?«, sinnierte sie. »Was machen Sie den ganzen Tag? Gehen ein bisschen spazieren, nicht wahr, Herr Kommissär?«

»Auch«, antwortete Grosch. »Aber nicht nur. Ich dichte.«

Tilda blickte auf. Ihre Zange, mit der sie ein Streuselstückchen ergriffen hatte, verharrte in der Luft. »Sie dichten? Gedenken Sie etwa, unter die Schriftsteller zu gehen? Macht Ihnen Ihr alter Job keinen Spaß mehr? Ich dachte, Sie wären zufrieden mit Ihrem Leben. Haben Sie mir zumindest immer gesagt. Um Himmels willen, ist alles in Ordnung, Herr Kommissär?«

Grosch hob besänftigend seine riesigen, schwarz behaarten Hände. »Gemach, gemach! Das Zweite, was Sie gesagt haben, stimmt nicht, aber das Erste schon, das Dritte wieder ja, das Vierte allerdings so wenig wie das Zweite und Fünfte.«

Das war kompliziert. Tilda hob fragend die Augenbrauen, und auch Grosch musste nachdenken, ob er in seiner wirren Ausführung etwas durcheinandergebracht hatte. »Also, noch mal zum Mitschreiben, liebe Tilda: Ich *bin* zufrieden mit meinem Leben und meinem Job. Sehen Sie mich an! Sieht so ein unglücklicher Mensch aus?«

Ausgerechnet in diesem Moment zuckte er zusammen, da ein erneuter Krampf durch seinen Magen jagte, aber Tilda schien es nicht zu bemerken.

»Dichten, das ist meine neue Passion. Sehen Sie, mein Leben bisher war toll, aber jetzt habe ich etwas entdeckt, das es noch toller macht. Ich spreche nicht nur vom Geruch in Ihrer Bäckerei. Ich spreche vom Duft der Bibliotheken, in denen man unsterblich wird.«

Tilda war nicht auf den Kopf gefallen, sie besaß das, was Grosch als gewitzte Bauernschläue bezeichnete, doch jetzt schüttelte sie verwirrt den Kopf. »Herr Kommissär, ich weiß nicht, was …«

»Das Dichten«, rief Grosch. »Ich meine, da lebe ich so die Jahrzehnte vor mich hin, löse mit meinem Kollegen …«

»Passfleisch!«, warf Tilda ein.

Grosch zögerte eine Sekunde, verzichtete aber darauf, sie auf ihren Irrtum aufmerksam zu machen. *Sie kann sich Passfellers blöden Namen ohnehin nicht merken*, dachte er.

»Ich löse mit meinem Kollegen *Passfleisch* spektakuläre Fälle, verdiene dabei wie ein Vorstandsmitglied bei Mercedes und habe so viel Freizeit wie ein Aushilfslehrer an einem Elite-Internat. Die Ewigkeit, liebe Tilda. Der von Ihnen erwähnte Passfleisch hat mich mal gefragt, was ich mit der Ewigkeit anstellen würde, wenn ich morgen tot umfallen und im Jenseits oder so erwachen würde. Er behauptete, mir würde dort gewiss schnell langweilig werden. Doch er täuschte sich, liebe Tilda: Denn ich habe *Hobbys*. Habe schon immer unheimlich gerne gelesen. Keine Kriminalromane. Gibt zu wenige gute. Leider. All diese kommerzgeilen, lebensfernen Schreiberlinge wissen nämlich überhaupt nichts vom wahren Tätigkeitsfeld eines Kommissärs. Das nervt. Nein, ich lese gern alte Gruselromane. Manchmal lese ich auch Liebesgeschichten, aber schön müssen sie sein.«

Tilda nickte. »Hach, eine schöne Liebesgeschichte … da geht die Sonne in einem auf, nicht wahr?«

Grosch fuhr sich mit beiden Händen über den Vollbart. »Ich sehe schon, Sie sind eine Kennerin der Materie. Nun, ich habe mir jedenfalls gedacht, warum sollte ich das, was diese erbärmlichen Schmieranten in diesen erbärmlichen Kriminalromanen auf Hunderten von Seiten verbocken, nicht selbst verbocken?«

Seine Hand fuhr erneut in die Tasche seines Mantels, er kramte in dem Unrat, der sich dort über eine lange Zeit angesammelt hatte, und förderte ein kleines, schwarz-rot gemustertes Notizbüchlein zutage. Er hielt es Tilda entgegen und grinste stolz. »Tilda, bitte verraten Sie es keinem – aber ich werde Autor!«

Tilda bekam große Augen. Sie lehnte sich verschwörerisch nach vorn und hielt sich eine mehlbestäubte Hand vor den Mund. »Ich werde es keiner Menschenseele verraten«, flüsterte sie. »Sagen Sie, haben Sie denn schon eine Idee? Wollen Sie etwa all die spannenden Dinge, die Sie erlebt haben, zu Papier bringen? Das wäre was! Das würde sich bestimmt gut verkaufen!«

Grosch schüttelte den Kopf. »Ich müsste dauernd Namen ändern und irgendwie die sonderbaren Eigenarten meines Kollegen Passfeller … ich meine, Passfleisch, in Worte fassen, und das ist ein Ding der Unmöglichkeit. Aber wozu habe ich Fantasie? Ich habe Millionen guter Ideen! Wollte zuerst ein Kinderbuch schreiben, aber dann dachte ich mir, nee, die Kinder, die will ich nicht verarschen, entschuldigen Sie bitte den Ausdruck, Tilda. In diesem kleinen Büchlein habe ich bereits eine Fülle an Sentenzen und Szenen festgehalten, die mir interessant erscheinen. Ich denke daran, selbst einen Kriminalroman zu schreiben. Damit wenigstens *einer* mal was taugt. Sagen Sie es nicht weiter, aber in meinem Krimi ist der Mörder *nicht* der Gärtner!«

Tilda schüttelte fasziniert den Kopf. »Herr Kommissär, Sie sind ein ganz Ausgefuchster.«

»Schon richtig«, gab Grosch zu, während es in seinem Magen erbärmlich rumpelte. »Tilda, ich muss Sie an dieser Stelle um etwas bitten. Es ist mir ein bisschen peinlich.«

Die Tür wurde aufgerissen, und ein kleiner, wohlgenährter Junge von vielleicht neun Jahren stürmte in den Laden. Er klatschte ein paar Cent auf den Tisch und orderte fast panisch ein Dutzend Gummischnecken.

Sein Geld reichte nicht aus für seinen Wunsch, also übernahm Grosch spontan die Rechnung. Ohne sich zu bedanken, dampfte der Kleine mit einer knisternden Tüte voller Süßigkeiten wieder ab. »Kleiner Racker«, murmelte Grosch und blickte ihm lächelnd hinterher.

»Was wollten Sie doch gleich, Herr Kommissär?«, meldete sich Tilda.

Grosch holte aus seiner Tasche drei lose Zehn-Euro-Scheine und legte sie in das Schälchen auf den Verkaufstresen. »Stimmt so«, sagte er. »Also, Tilda ... ich, äh ... müsste mal ganz dringend.«

Tilda zog ihre weißen Augenbrauen hoch. »Was müssen Sie?«

»Kacken.«

»Kacken?«

»Stuhlgang! Dringend!«

»Ach so.« Das Lächeln kehrte sofort auf ihre Züge zurück. »Warten Sie, ich zeige Ihnen, wo die Toilette ist.«

Sie führte Grosch an Körben voller Brötchen vorbei durch die Tür, durch die sie zuvor den Verkaufsraum betreten hatte. Sie kamen in einen finsteren Flur. Hinter einer rot lackierten Tür schließlich befand sich das stille Örtchen, eine fensterlose Zelle ohne Waschbecken.

»Danke verbindlichst«, sagte Grosch und schloss die Tür.

Erst, als er auf der Schüssel hockte, wurde ihm bewusst, was ihm bevorstand. Das Grollen in seinem Magen kündete von einem Orkantief. Mit heruntergelassenen Hosen, die Kabine in ihrer Breite vollständig ausfüllend, saß er da, als das Gewitter losbrach. Es verschlug ihm den Atem, es donnerte, explodierte, furzte. Die olfaktorischen Begleiterscheinungen, die eine Sekunde später in seine Nase drangen, waren beunruhigend und schienen tierischen Ursprungs zu sein.

Grosch lehnte sich gegen das Rohr zurück, das hinter seinem Rücken wie ein riesiger Wurm aus der Wand wuchs und mit dem Wasserkasten verschmolz, prüfte mit einem raschen Blick, ob eine Klobürste und genügend Toilettenpapier vorhanden waren, konzentrierte sich auf seine selbst entwickelte Stuhlgangatemtechnik, und ab ging die Post! Er seufzte lustvoll.

»Gott, ich *danke* dir«, flüsterte er.

Es würde eine längere Sitzung werden. Grosch musste die Spülung betätigen, ehe er Nachschub liefern durfte. Gewaltig war gar kein Ausdruck.

Es gab Stuhlgänge, und es gab *Stuhlgänge*. Er hoffte, dass die kleine Zelle, in der er sich befand, sowohl luftdicht als auch schallisoliert war. Die hohe Kunst des Brotbackens und ihre Düfte würden sich kaum mit dem vertragen, was er hier fabrizierte. Schauerliche Exkremente, wenngleich von hervorragender Konsistenz, waren das! Oder, wie er in solchen Situationen stets zu sagen pflegte: Wenn man muss, dann muss man.

Er holte sein Notizbüchlein aus dem Mantel, schlug es auf, überlegte einen Moment lang und schrieb:

Da sitz ich auf dem Klo,
Ich Tor,
Und bin froh.

Er lachte prustend und kritzelte das missratene Gedicht wieder durch. Unter ihm erklang ein mörderisches Geräusch. Es hörte sich an, als führe ein LKW in einem Tunnel über ein massives Tier.

Er schrieb:

Arbeitstitel: Der Entstellte vom Doktorberg.
Handlung: Kommissar lebt ein wunderbares Leben.
Initialen: TG. (Namen überlegen!)
Kommissar stellt dem Entstellten vom Doktorberg nach.
Frage: Was IST der Entstellte vom Doktorberg?

Frage: Was tut er?
Frage: Warum ist der Entstellte vom Doktorberg entstellt?

Kapitel 1

Es war ein trüber Herbsttag, und die Vögel schrien ihren Missmut heraus, sie schrien, weil sie das Wetter nicht mehr ertragen konnten.
Kommissar G. saß in seiner hundert Quadratmeter großen Bibliothek, las in einem dicken, zweihundert Jahre alten Buch (über WAS???) und aß ein Wildschwein.

Grosch hielt inne, dachte kurz nach und lehnte sich erneut mit geschlossenen Augen zurück. Abwesend kramte er in seiner Manteltasche und fand einen schwarzen Edding-Filzschreiber. Er hatte keine Ahnung, wie er dorthin gelangt war, aber weil er nun schon mal da war, sah er sich verführt, ihn auch zu benutzen.

An die makellose weiß gekachelte Wand der WC-Zelle schrieb er:

HIER SCHIZZ PAZZFELLER !!!!!!

Kichernd signierte er das Graffito mit der privaten Handynummer seines Kollegen. Grosch wusste, das war kindisch, es zeugte nicht gerade von der guten Erziehung, die er genossen hatte, aber so ein Unsinn machte ihm eben Spaß. Ab und an musste man einfach die Beherrschung verlieren und sich der Infantilität hingeben, fand er. Außerdem waren solche Filzer ja abwaschbar. Ja, natürlich würde er die Kritzelei entfernen, bevor er ging – was sollte Tilda sonst von ihm denken?

Noch immer kichernd griff Grosch zur Papierrolle, um seine Wandmalerei zurück ins Witznirwana zu schicken, als unerwartet ein neues, melodiöses Geräusch erklang. Kurz dachte er, es käme aus seinen Innereien, und er fragte sich, warum seine Gedärme zu singen angefangen hatten. Vielleicht vor Glück? Aber es war nur sein Mobiltelefon, das in den unzähligen Schichten seines Mantels schon vor Tagen verschollen gegangen war.

Nach schier endloser Suche fischte er es hervor, suchte geduldig nach der Rufannahmetaste (er konnte sich einfach nicht merken, welche es war) und ging ran.

Unter ihm donnerte und klatschte es, als Fäkal-Zeus die Bühne einmal mehr betrat.

»Grosch am Apparat, und wer sind *Sie*, wenn Sie gestatten?«

Grosch lauschte einen Moment. In einer abwesenden Geste schob er Notizbuch und Edding zurück in den Mantel.

»Ach, Sie sind es, Oberkommissar Schicker. Nein, Chef, Sie stören nicht, kein Problem.«

Er furzte.

»Nein, das war ein Auto … ein großes Auto … ein Lastwagen … ein großer Lastwagen … mit einem Anhänger … einem großen Anhäng- ... ja, ich bin gerade unterwegs. Wie geht's Ihnen denn? Danke, mir geht's wie immer: prächtig!«

In den nächsten zwei Minuten saß Sonderkommissar Tillmann Grosch wie zur Salzsäule erstarrt auf dem Lokus. Ab und zu nickte er, hörte konzentriert zu, schüttelte den Kopf. Sogar seine Gedärme, die nach weiterer Entleerung trachteten, hielten gespannt inne.

»Warten Sie mal einen Moment, Cheffe«, sagte er nach einer Weile. »Zum Mitschreiben, damit ich das auch richtig kapiere, ich werde nämlich manchmal von Zuständen abgründiger Dummheit geplagt. Sie sagen, dass zwei Halbwüchsige bei Nacht in irgendeinem Pfälzer Weinberg unterwegs waren, als sie plötzlich von einer – korrigieren Sie mich, wenn ich es falsch wiedergebe – von einer tierartigen Kreatur mit glühenden Augen verfolgt wurden? Und dabei stolperten diese beiden Knaben über eine grausam entstellte Leiche? Aha. Gut. Ja doch, ich bin ein Schlauer! Und die beiden behaupten felsenfest, dieses Tier habe die tote Person … ähem … gerissen?«

Wieder hörte Grosch schweigend zu. Er wickelte Toilettenpapier von der Rolle und zerknüllte es in der Hand.

»Wie – man weiß nicht, um was für ein Tier es sich gehandelt hat? Es könnte doch sein, dass die beiden Jungen … verstehe. Ach was. Jaaaa … die Wunden passen nicht nur zu keinem im Pfälzischen bekannten Tier, sondern zu *gar keinem*, das man kennt? Den Torso der Länge nach aufgerissen, haben Sie gesagt? Ja, ich verstehe. Rausgequollene Gedärme, ei, wie schön! Was? Oh Mann, *natürlich* sind diese Jungs verwirrt. Ich meine, man stolpert ja nicht jeden Tag über eine entstellte Frauenleiche, wie Sie sie mir eben beschrieben haben. Natürlich. Und Sie denken, dass da ein Zusammenhang besteht? Dass die Jungen *etwas* gesehen haben, eine Art – ich sag's jetzt einfach mal, obwohl man das in einem Roman nicht so plump bringen dürfte: eine Art Monster? Und dieses Monster mit den glühenden Augen soll die Frau getötet haben? Verstehe. Ja. Natürlich, ich werde mich unverzüglich an den Ort des Geschehens begeben, sobald ich leer bin. Wie? Ach, nicht so wichtig. Aber klar, wie immer. Ja, *natürlich* mit der Bahn, was dachten Sie denn?«

Grosch begann, sich zu reinigen. Er war multitaskingfähig: Er konnte sich den Hintern abwischen und gleichzeitig telefonieren.

»Es ist mir schnurz, ob die Bahn Stunden, Tage oder Wochen braucht, Chef, ich fahre mit dem Zug! Falls Sie's vergessen haben, ich besitze nicht mal einen Führerschein. Ja, natürlich. Geben Sie mir die Adressen. Wie meinen? Pass? Der ist im Urlaub! Auf Malle, soviel ich weiß, der gute Sack. Sagen Sie mal, Chefchen, bekommt der Kerl eigentlich mehr Geld als ich? Dauernd verreist er und … ja, Sie haben recht, das gehört nicht hierher. Klar, ich verstehe, ich soll mein dummes Maul halten. 'Tschuldigung, mein Fehler, Cheffe. Was? Ich würde Passfeller an Ihrer Stelle auf gar keinen Fall anrufen. Nein, nein, das bringt nichts, ich kenne doch Pass. Aber lassen Sie mich mal machen, ich weiß schon, wie ich ihm das unterjubeln kann. Ja, klar, vertrauen Sie mir, Chef. Nein, keine

Sorge.« Grosch begann zu lachen. »Sie brauchen sich nicht zu entschuldigen. Mach ich gerne. Alles klar.«

Grosch zog sich einhändig die Hosen hoch. Dabei streifte sein Blick den Eddingschriftzug mit Passfellers Telefonnummer, den er an der Wand hinterlassen hatte. Er zögerte kurz, dann legte er vertraulich eine Hand um die Sprechmuschel des Handys und flüsterte: »Jetzt mal im Ernst: Wie viel verdient Pass nun?«

Kapitel 2

Zwischen den Zeilen I

Kottler (Pfalz), 15. auf den 16. September 2003

Die Nacht war widerlich finster. Obwohl der Mond voll war wie ein unerfahrener Städter bei der Weinprobe und hoch am wolkenlosen Himmel hing, sah Bert Hempel kaum, wohin er seine Füße setzte. Hätte er den steilen Wingert nicht nach über dreißig Jahren unablässiger Arbeit gekannt wie seine Westentasche, er hätte wahrscheinlich kaum eine Chance gehabt, den defekten Triplex zwischen den schwarzen Rebzeilen zu finden. Und auch so war das Vorhaben noch schwierig genug.

Der Winzer zerbiss einen Fluch zwischen den Zähnen. Warum hatte er keine Taschenlampe eingesteckt, als er vom Hof aufgebrochen war? Sicher, er kannte hier jeden Weinstock persönlich, aber man musste es schließlich nicht herausfordern, sich mitten in der Nacht auf die Schnauze zu legen. Und dann der elende Matsch! Mit feuchten Schmatzgeräuschen klammerte sich die Erde bei jedem Schritt an seinen Stiefeln fest.

Hempel hatte gar nicht mitbekommen, dass es den ganzen Tag wie aus Kübeln geschüttet hatte. Von sieben Uhr in der Früh an hatte er geschuftet, in der Abfüllhalle seines Guts Tanks und Bütten gereinigt. Gegen Mittag, als er den Hof für ein rasches Stammessen in der Kneipe verließ, hatte der Regen gerade eine kurze Pause eingelegt. Den Rest des Tages hatte Hempel anschließend wieder hinter verschlossenen Türen verbracht und bis in die späten Abendstunden seine betagte Traubenpresse einem längst überfälligen Generalcheck unterzogen. Als er sich schließlich zu einem kargen Abendbrot in der Küche niederließ – allein, wie immer in den letzten sechs Jahren –, war es beinahe halb zwölf gewesen. Nichts hatte darauf hingedeutet, dass er noch einmal würde hinausgehen müssen. Bis plötzlich das Telefon geschrillt hatte ...

Bert Hempel war ein gedrungener, stämmiger Mann mit sandfarbenem Haar und wettergegerbter Haut. Das arbeitsreiche Leben auf dem kleinen Weingut, mit dem sich bereits seine Eltern und davor deren Eltern herumgeplagt hatten, hatte ihn gezeichnet; ein Auswärtiger hätte ihn auf weit mehr als seine tatsächlichen siebenundvierzig Lenze geschätzt. Das Gesicht unter dem seitengescheitelten Haar war asymmetrisch und von tiefen Furchen durchzogen, was einen befreundeten Landwirt einst zu einem Vergleich mit dem Schauspieler Horst Frank verleitet hatte. Hempel hatte sich geschmeichelt gefühlt – zumindest so lange, bis einige Monate später jemand anders denselben Vergleich bemühte: Ruwen Muschler, schmieriger Großindustrieller aus Mannheim mit dickem BMW, noch dickerem Selbstwertgefühl und zu allem Überfluss neuer Lebensgefährte seiner Frau, hatte ihn am Tag ihres Auszugs als den ›Horst Frank von Kottler‹ und seinen Hof als ›abgeranztes Loch‹ verspottet. Sein überlegenes, irgendwie mitleidiges Grinsen war Hempel nie wieder aus dem Gedächtnis gewichen. Seitdem polierte er jedem die Fresse, der ihm mit Horst Frank kam.

Zäh furzte der Schlamm unter seinen Sohlen, und Hempel blieb stehen, um sich zu orientieren. Nur unzureichend beleuchtet vom kränklich weißen Mond, lagen die Reihen der Weinstöcke vor ihm. Wie ordentlich gekämmte Haarsträhnen verliefen sie hangabwärts zu dem geschotterten Wirtschaftsweg, der an seinem Hof vorbei und weiter in die Ortschaft führte. Von seinem Standpunkt aus waren die Häuser nur als dunkle, unförmige Umrisse zu erahnen. In kaum einer Handvoll Fenster brannte Licht.

Hempel stapfte weiter und verfluchte dabei sich und die moderne Technik.

Als er das Telefon kaum zehn Minuten zuvor abgenommen hatte, war am anderen Ende die krächzende Stimme von

Ottkar Schnorrpfeil erklungen. Dem alten Ottkar gehörten zwölf Hektar Reben westlich und südwestlich von Hempels bescheidenen sechs, und sein Betrieb, seit Generationen vom Vater auf den Sohn vererbt, lief beneidenswert gut. Er konnte sich drei feste Angestellte leisten, während Hempel seit seiner Scheidung auf die Mithilfe seines Vetters angewiesen war und fürs Rebenschneiden sowie die Lese auf Frauen aus dem Dorf zurückgreifen musste. (Er mied polnische Hilfsarbeiter, seit ihm einer vor vielen Jahren aus Rache für ein zu mageres Entgelt in die Presse geschissen hatte.)

Einer von Schnorrpfeils Arbeitern war es gewesen, der am Nachmittag von Weitem Zeuge des geräuschvollen Verscheidens eines Triplex in Hempels Wingert geworden war. Und da man zurzeit jeden Tag mit großen Schwärmen von Zugstaren rechnen musste, rief Schnorrpfeil seinen Kollegen trotz der späten Stunde an, um ihm zu ermöglichen, das Knallschreckgerät vor dem Morgengrauen noch instand zu setzen.

Hempels rechter Fuß glitt auf dem nachgiebigen Boden aus. Keuchend kippte er hintenüber, und nur ein beherzter Griff an einen nahen Rebstock verhinderte, dass er sich und sein steifes Kreuz der Länge nach in den Morast legte. Er stieß ein wütendes Schnauben aus und wünschte sich jemanden herbei, den er für all das zur Rechenschaft ziehen konnte. Doch im Grunde wusste er, dass niemand anders als er selbst die Schuld für den nächtlichen Ausflug trug – wäre er nicht so ein Geizkragen, könnte er jetzt im Warmen sitzen und den Tag mit einem schönen Spätburgunder ausklingen lassen. Aber *er* hatte ja unbedingt Geld sparen wollen!

Vor ziemlich genau drei Jahren hatte Hempel eingesehen, dass mit den alten, noch von seinem Vater stammenden Schussapparaten kein Staat mehr zu machen war. Die Vögel schienen über das asthmatische Keuchen der rostigen Blechrohre nur zu lachen, Hempel verlor immer wieder große Teile der Ernte durch Fraß oder Fäulnis, nachdem die Beeren durch Vögel verletzt worden waren. Schließlich hatte er sich ein Herz gefasst, sich von Schnorrpfeil einen Landgerätekatalog geborgt und neue Artillerie bestellt.

Im Grunde gab es nur zwei Geräte, die für den Einsatz in seinem Wingert in Frage kamen: den Triplex sowie seinen großen Bruder, den Triplex Karussell. Beide feuerten, wie ihr Name andeutete, Dreierfolgen von Schüssen in unterschiedlichen Abständen, um Stare oder, in bewaldeten Regionen, auch Wild zu vertreiben. Das deutlich teurere Karussell-Modell war drehbar auf einem zwei Meter hohen Dreibein befestigt und wechselte bei jedem Schuss die Richtung, was zu unterschiedlichen Lautstärken und einer größeren Schallreichweite führte. Der einfache Triplex dagegen lag flach am Boden und böllerte stets in dieselbe Richtung.

Als kühler Rechner, zu dem ihn Jahre magerer Einkünfte gemacht hatten, entschied sich Hempel für die Anschaffung mehrerer billiger Boden-Triplexe – eine Wahl, die er in den Folgejahren ein ums andere Mal bereuen sollte.

Der bodengelagerte Triplex erwies sich nämlich schnell als erheblich anfälliger als die drehbare Variante, die außer ihm so ziemlich jeder in der Region verwendete. Hempel argwöhnte im Stillen, die hiesigen Kaninchen könnten sich mit dem polnischen Hilfsarbeiter von damals verbündet haben und regelmäßig mit voller Absicht in die Elektronik der Geräte scheißen; Fakt war jedenfalls, dass die Dinger mit einer solchen Regelmäßigkeit ausfielen, dass sich der Vogelfraß seit ihrer Anschaffung so gut wie überhaupt nicht verringert hatte.

Hempel erreichte einen schmalen Querpfad, der die Rebzeilen auf halber Höhe des Hanges unterteilte. Er kniff die Augen zusammen und zählte konzentriert die Spaliere ab. Der Schussapparat befand sich, von seinem Standpunkt aus gesehen, in der vierzehnten Reihe, und er verspürte absolut kein Verlangen, aus purer Dummheit um diese Stunde länger als unbedingt nötig durch den Schlamm zu stiefeln. Rasch ermittelte er den korrekten Gang, stapfte hinüber und tauchte in den Wein ein.

Die Schatten der dicht belaubten, traubenschweren Stöcke schlossen sich um ihn wie die Wände eines Labyrinths.

Das schwache Mondlicht reichte kaum aus, ihn alle Unebenheiten des Bodens erkennen zu lassen. Alle Geräusche – die saugenden Laute seiner Stiefelsohlen, sein eigener keuchender Atem, das verstohlene Rascheln Abertausender Weinblätter in der leichten Brise – wirkten hier auf unheimliche Weise verstärkt. Bert Hempel lag ein neuerlicher Fluch auf den Lippen, doch er schluckte ihn herunter, ohne selbst recht zu wissen warum. Irgendwie schien es unpassend, die Nacht mit etwas so Profanem wie einem Kraftausdruck zu beschmutzen. Die Finsternis ringsum schien eine andere zu sein als vorhin – eine andere als in allen Nächten, die Hempel je im Wein zugebracht hatte?

»Saudummer Unfug«, murmelte er – und erschrak, wie laut und rau seine Worte in der Enge zwischen den Reben klangen. Wütend ballte er die Fäuste. Er befand sich hier auf Grund, den er seit Jahren bearbeitet, auf dem er jede Rebe, jeden Stein unzählige Male mit eigenen Händen berührt hatte! Kopfschüttelnd fragte er sich, wieso er heute so sensibel auf die düstere Szenerie reagierte.

Und dann erinnerte sich Bert Hempel.

Die Tote!

Mochte er den ganzen Tag hinter verschlossenen Türen geschuftet haben – der Fund des verunstalteten Frauenkörpers war ihm dennoch nicht verborgen geblieben. Als er mittags kurz in den *Garten Eden* eingekehrt war, die einzige Kneipe Kottlers, befand sich als Folge der nächtlichen Entdeckung bereits das ganze Dorf in Aufruhr. Im Chaos des überfüllten Schankraums waren kaum Details aufzuschnappen gewesen, doch offenbar war die Tote beunruhigend nah an seinem eigenen Grund gefunden worden, am nördlichen Ende von Schnorrpfeils Wingert.

Den Gesprächsfetzen, die er während des Essens mitgehört hatte, hatte Hempel entnommen, dass die Polizei noch keinen Schimmer hatte, wer oder was dahintersteckte. Nur eines schien unumstößlich festzustehen: *Der Körper der Frau war zerfetzt, wie von den Klauen oder Zähnen eines großen Raubtiers!* –

so hatte Stefan Bowski, der Inhaber des Lokals, immer wieder in nicht geringer Lautstärke verkündet.

Bei hellem Tageslicht, über einem dampfenden Teller Bratkartoffeln, hatte die Angelegenheit Bert Hempel nur mäßig interessiert, wie ihn seit seiner Scheidung eigentlich alles nur noch mäßig interessierte. Er hatte versucht, den Tumult ringsum zu ignorieren, und war im Kopf die einzelnen Schritte für die Überholung seiner Traubenpresse durchgegangen.

Hier und jetzt dagegen, ohne Bratkartoffeln und inmitten undurchdringlicher Finsternis, eingekeilt von den schwarzen Wänden der Rebstöcke, mit nichts als einem blässlichen Germknödel über sich am Firmament, wirkte die ganze Sache plötzlich nicht mehr ganz so harmlos.

Denn wer immer die Frau auf dem Gewissen hatte ... er lief nach wie vor frei herum!

Hempel schluckte hart und beschleunigte seine Schritte, soweit es ihm auf dem nachgiebigen Grund sinnvoll schien. Der vertraute Weinberg schien plötzlich etwas unterschwellig Drohendes, ja: Feindseliges auszustrahlen.

In einer benachbarten Rebreihe knirschte es kaum hörbar. Als Hempel innehielt und lauschte, war nichts mehr zu hören.

»Verdammte Hasen«, murmelte er heiser. »Wollt noch einen verdammten Haufen in den verdammten Triplex setzen, was?« Wiederum zuckte er unter der Lautstärke seiner Worte zusammen. Für einen kurzen, verrückten Moment hatte er den Eindruck, er könnte durch sein Fluchen irgendjemandem – oder *irgendetwas* – seinen Standort in den Weinreben verraten haben.

Eine Gänsehaut rieselte über seinen Rücken.

Irgendwo knirschte es erneut, diesmal lauter.

Näher?

Blödsinn, dachte Hempel halbherzig, hütete sich jedoch, es laut auszusprechen. Stattdessen suchte er mit zusammengekniffenen Augen nach dem länglichen Umriss des defekten Schussgeräts, das irgendwo vor ihm auf dem Boden liegen musste.

In diesem Augenblick zerbrach knirschend ein Ästchen.

Das beileibe nicht laute Geräusch durchschnitt die eigenartig aufgeladene Stille wie ein Gewehrschuss. Hempel keuchte erschrocken auf und blickte zu Boden.

Er war auf keinen Ast getreten!

Dann geschah alles blitzschnell, wenngleich in seltsam entrückter, traumartiger Lautlosigkeit.

Aus dem Augenwinkel erkannte Hempel einen dunklen Umriss auf der anderen Seite der Rebzeile, links von sich, nur wenige Meter entfernt. Er schien einem großen Mann zu gehören, der sich jedoch seltsam bewegte, vornübergebeugt und irgendwie schwankend. Und – bildete Hempel es sich nur ein, oder stimmte auch irgendetwas mit seiner Kopfform nicht?

Eine Wolke schob sich vor den ohnehin schwächlichen Mond, so dass er seinen Eindruck nicht überprüfen konnte. Dafür sah er in der drückenden Dunkelheit etwas anderes.

Bert Hempel hatte sich nie für einen Feigling gehalten. Er hatte sich den zahlreichen Widrigkeiten des Lebens stets gestellt, selbst solchen, die von vornherein aussichtslos gewesen waren. Er hatte seine Frau an einen anderen verloren und insgesamt fünfmal haarscharf vor dem Konkurs gestanden. Bei alldem hatte er sich jedoch nie aufgegeben. Hätte ihm wenige Stunden zuvor jemand gesagt, dass er sich in dieser Nacht in seinem eigenen Wingert vor Angst in die Hosen scheißen würde, nur weil ihm dort überraschend ein Fremder begegnete, hätte er wahrscheinlich gelacht.

Jetzt lachte Bert Hempel nicht.

In einem aus uraltem Selbsterhaltungstrieb geborenen Reflex ging er am Fuß des nächsten Weinstocks in die Hocke. Über ihm, jenseits der Reben, tanzte in einem seltsamen Auf und Ab der schattenhafte Kopf des Fremden heran, näher und näher ...

Und nun war Hempel sich ganz sicher:

Die Augen in dem fremdartigen Kopf *leuchteten* im kalten Mondschein! Wie bei einer Katze spiegelte sich das Licht farblos im Innern der Augäpfel, so dass man den Eindruck hatte, tief in den Schädel hineinschauen zu können.

Dann, die Gestalt war ungefähr auf Hempels Höhe angelangt, ertönte plötzlich ein lautes Gurgeln. Hempel dachte unwillkürlich an das fette Blubbern von Kohlensäure, die aus Tanks mit gärendem Traubensaft entwich. Als er begriff, dass der unmenschliche Laut aus der Kehle des wankenden Lebewesens drang, begannen seine Beine, haltlos zu zittern. Rückwärts sank er mit dem Hintern in die feuchte Erde. Es platschte leise.

Das Gurgeln verstummte.

Hempel biss die Zähne aufeinander und wartete.

Nichts geschah. Hatte die torkelnde Gestalt ihn nicht bemerkt?

Ängstlich schielte Hempel nach oben. Noch immer tat sich nichts. Er wollte eben aufatmen – da wandte das Geschöpf unvermittelt den Kopf und starrte mit glühenden Augen quer über die Weinstöcke, direkt in sein Gesicht!

Nur mit Mühe unterdrückte der Winzer einen Schrei. Sekundenbruchteile später war das Wesen aus seinem Blickfeld verschwunden. Nur das leiser werdende Rascheln von Blättern verriet, dass es sich im angrenzenden Gang durch den Wein entfernte.

Hempel bebte am ganzen Körper, und das nicht nur der Nässe wegen, die von unten durch seinen Hosenboden drang. Er stellte fest, dass er, ohne es zu merken, die Luft angehalten hatte. So leise wie möglich atmete er aus, während seine Hände aus ihrer Schreckensstarre erwachten und verzweifelt in den Taschen seines Arbeitskittels nach irgendeinem Rest von Realität suchten, an den sie sich klammern konnten.

Er bekam etwas zu fassen, aber es dauerte eine kleine Ewigkeit, bis er begriff, dass es sich um sein Mobiltelefon handelte. Es war ein neues Modell aus einer Vertragsverlängerung, von dessen technischen Möglichkeiten er so gut wie keine Ahnung hatte. *Eine* Funktion hatte ihn allerdings gleich zu Beginn so fasziniert, dass er sie mehrfach ausprobiert hatte.

Fast ohne sein Zutun aktivierten seine bebenden Finger die Kamerafunktion und regelten die Helligkeit auf die höchste Stufe. Dann drückte er *Record* und schob den Arm mit dem Handy millimeterweise durch eine Lücke des rankenüberzogenen Drahtrahmens zwischen den Weinstöcken – auf die andere Seite des Spaliers, wo sich die unbeschreibliche Kreatur Schritt für Schritt von ihm entfernte.

Kapitel 3

Ruf der Heimat

El Arenal (Mallorca), 16. September 2003

Die Sonne hatte keine Wahl. Je höher sie über dem goldenen Sandstrand von Playa de Palma und der dazugehörigen Uferpromenade aufstieg, desto mehr Facetten menschlicher Entgleisung musste sie beleuchten. Untermalt von stupide aus dem Innern unzähliger Kneipen hämmernden Bassfrequenzen sah sich der junge Tag mit einem Kaleidoskop physischer Ausschweifung konfrontiert, dessen Detailfreude Hieronymus Boschs Höllenvisionen zu harmlosen Kinderschmierereien degradierte.

Männer in kurzen Hosen und Sandalen, die entblößten Oberkörper lappige Landkarten aus kalkweißer und grellrot verschmorter Haut, lagen sich in den Armen, saugten durch lange Schläuche Sangria in ihren kurz vor dem Kollaps stehenden Organismus, stöhnten mit heiseren Stimmen »*Heyyy, Baby – UII! AH!*« oder entleerten ihre Mägen röchelnd an die Stämme von Palmen, die eigentlich zur Verschönerung der Promenade gedacht waren. Junge Frauen mit wahlweise vom Alkohol abgestumpften oder verkrampft lasziven Gesichtern schwangen in schlecht sitzenden Bikinis ihre zellulitischen Leiber, die unausgesprochene sexuelle Offerte entweder längst nicht mehr realisierend oder als emanzipierte Geschöpfe grimmig negierend.

Der Pulk befand sich in einer einzigen amöbenhaften saufenden, singenden oder speienden Bewegung. Wer nicht mehr konnte, wankte ein paar Schritte über den Strand, um sich in der tröstlichen Umarmung des heißen Sandes auszuschlafen oder einzupissen.

So albtraumhaft die endlosen Wiederholungen der Szenerie waren – einen Mann ließ sie völlig kalt. Mehr noch: Von seinem zehn Stockwerke höher gelegenen Beobachtungspunkt *genoss* er das Schauspiel regelrecht.

El Arenal, besonders der fünf Kilometer lange Sandstrand, der die Orte Can Pastilla und Arenal in Form der berüchtigten »Partymeile« verband, war nicht unbedingt der Ort, an dem man von einem stilbewussten, kulturell interessierten, latent misanthropischen und noch dazu erholungsbedürftigen Staatsbeamten erwartet hätte, dass er dort seinen Urlaub verbrachte. SK-66-Sonderkommissar Frank Passfeller hingegen zog eine schon fast perverse Befriedigung daraus, genau das zu tun. Nichts entspannte ihn nachhaltiger, als wie eine Art anthropologischer Grzimek die Abgründe menschlichen Niedergangs mit wissenschaftlicher Akribie zu beobachten, ohne selbst damit in Berührung kommen zu müssen. Wohldosierte Verachtung war erfrischender als jede Morgendusche.

Nur mit einem schwarzen Satinmorgenmantel bekleidet, in der Hand ein langstieliges Glas Kir Royal, trat Passfeller an die Balustrade der riesigen Dachterrasse. Das blonde, im Dienst stets akkurat zurückgegelte Haar fiel ihm locker in die Stirn, als er den Kopf senkte und seinen Blick abwärts schweifen ließ. Obwohl es nicht einmal Mittag war, hatten sich zehn Stockwerke tiefer bereits unförmige Trauben deutscher Touristen vor den zu ihrer Lebenserhaltung eingerichteten »Balnearios«, den gefürchteten Ballermännern, gebildet. Herden auf schnelle Triebbefriedigung ausgerichteter Säufer mäandrierten in zähen Rinnsalen über die Uferpromenade. Menschen jodelten, während andere würgten, in manchem Gebüsch wurde ein rascher Koitus versucht und suffbedingt unverrichteter Dinge wieder abgebrochen.

Doch die infernalische Geräuschkulisse drang nur leise herauf. Die Brandung des tiefblauen Atlantiks, der sich in kaum 100 Metern Luftlinie am gleichförmig-weißen Strand brach, dämpfte die akustische Umweltverschmutzung zu einem dezenten Hintergrundrauschen. Eine salzige Brise wehte vom

Meer heran und strich über das Dach des *El Mercenario* hinweg. Sie kündigte einen weiteren klaren Tag mit viel Sonne und einem angenehmen, die Temperaturen regulierenden Lüftchen an.

Passfeller seufzte zufrieden und drehte sich um.

Während er an dem nierenförmigen Pool und einigen Sonnenliegen vorbei auf die gläsernen Schiebetüren zuschritt, dankte er dem Herrgott im Stillen zum schätzungsweise zehntausendsten Mal für den Zufall, der ihm diese dekadente Art des Entspannens überhaupt ermöglichte.

Vor fünf Jahren hatte er im Zuge der Aufklärung eines wenig appetitlichen Falles, der in die Annalen der SK 66 unter dem Titel »Der Vampir von Wetzlar« eingegangen war, einen Großindustriellen namens Gert Bratschist kennengelernt. Bratschist, ebenso übergewichtig wie stinkend reich, war damals von Passfeller und seinem Kollegen Tillmann Grosch gerettet worden, Sekunden bevor der »Vampir« sich vermittels einer ausgeklügelten Apparatur in den Besitz von Bratschists Lebenssaft bringen konnte. Insgesamt wurden noch fünf weitere Todesanwärter aus den baufälligen Kellergewölben des geistesgestörten Rumänen befreit, bevor dieser auf Nimmerwiedersehen in psychiatrischer Sicherheitsverwahrung verschwand.

Die Nachwehen des Falles indes überraschten Passfeller. Denn der gerettete Bratschist tat etwas, das übergewichtige, stinkend reiche Großindustrielle eher selten tun: Er zeigte Dankbarkeit. Und als sich herausstellte, dass er Besitzer mehrerer großer Hotels war, ließ sich Passfeller (dessen Hand dem Täter immerhin höchstselbst den Kiefer gebrochen hatte) nicht lange bitten.

So kam es, dass er einmal im Jahr – wenn es sich einrichten ließ, auch öfter – auf Kosten des Industriellen, in dessen Hotel auf Mallorca Urlaub machte. Passfeller hatte zwar anfänglich entsetzt das Gesicht verzogen, als Bratschist ihm eröffnete, wo das *El Mercenario* lag – ziemlich genau zwischen den Ballermännern 6 und 7 nämlich, direkt an der Uferpromenade –, aber das war gewesen, *bevor* er über eine gewisse Besonderheit des Hauses aufgeklärt worden war.

Wie die meisten Hotels, die in Arenal unmittelbar in Strandnähe lagen, wiesen die Zimmer des *El Mercenario* nur drei Sterne auf; zu wenig, als dass Passfeller sich mit dem Gedanken getragen hätte, hier freiwillig auch nur eine Nacht zuzubringen – noch dazu in dieser Nachbarschaft! Was er nicht wusste, war, dass Bratschist selbst hin und wieder »auf Malle abhing«, wie er sich ausdrückte. Zu diesem Zweck hatte er die gesamte Dachetage des Hotels zu einer einzigen großen Penthouse-Suite umfunktionieren lassen.

Allein die marmorgeflieste Wohnfläche dieses geheimen Palasts war so groß wie zwölf der tiefer gelegenen Apartments. Die rundum verlaufende Dachterrasse mit eigenem Pool und freiem Blick auf Atlantik, sonnenverwöhntes Inland und viehische Partymeile maß pompöse 250 Quadratmeter. Es gab Vorhänge aus feinster Seide und Wasserhähne aus purem Gold. Für den Zimmerservice standen ein eigener Koch, ein Barmixer sowie ein Hausdiener namens Paolo zur Verfügung. (Passfeller nannte ihn spaßeshalber »James« und fragte sich im Stillen, was der Spanier trieb, wenn weder er noch Bratschist die Suite bewohnten.)

Da Bratschist quasi rund um die Uhr geschäftlich unterwegs war und nur wenige Tage im Jahr in seiner Luxushütte zubrachte, brauchte Passfeller den dankbaren Fettwanst nur anzurufen, wenn ihn nach fürstlichem Residieren gelüstete – sofern die rigiden Urlaubsbestimmungen des BKA das zuließen. Dann allerdings genoss er seinen Aufenthalt in vollen Zügen.

Aufgrund der opulenten Platzverhältnisse, des Pools und der lückenlosen Versorgung von außen brauchte man die Suite nie zu verlassen. Folglich konnte Passfeller sich ungestört seinen drei liebsten Beschäftigungen widmen: dem Schlürfen extravaganter Drinks, dem Hass auf die armseligen Kreaturen, die tief unter ihm ihren Pauschalurlaub durchlitten, sowie bildschöner Damenbegleitung. Letztere für eine Reise wie diese aufzutun, stellte jedes Mal eine erstaunlich leichte Übung dar.

Passfeller trat durch die geöffnete Schiebetür in eines der drei verschwenderisch ausgestatteten Schlafzimmer der Suite, dessen Zentrum ein pompöses, strahlend weißes Himmelbett bildete. Hinter ätherisch wallenden Lagen hauchfeinen Satins lag dort, bäuchlings und so malerisch hingestreckt, als habe sie ihren schlanken Körper mit voller Absicht vor dem Einschlummern so drapiert, seine Begleiterin für den einwöchigen Trip.

Passfeller hatte Moni – blond, achtundzwanzig, Konzertpianistin – kurz vor seiner Abreise in Frankfurt kennengelernt. Nachdem er die junge Frau beim Überqueren eines Fußgängerüberweges auf der Eschersheimer Landstraße aufgrund seiner maroden Bremsanlage beinahe über den Haufen gefahren hatte, dauerte es genau bis zur Vorspeise eines ersten gemeinsamen Abendessens, bis ihr Zorn auf ihn verraucht war. Zwei weitere Tage später saß sie neben ihm im Flieger Richtung Süden.

Lautlos stellte Passfeller sein Glas auf ein antikes Sideboard aus gedrechseltem Mahagoni und bewunderte für einige Sekunden die Schönheit von Gottes Schöpfung, Das Mädchen war unbekleidet bis auf ein dünnes Laken, das einen Teil des bildschönen Hinterns bedeckte. Die nach drei Urlaubstagen bereits tief sonnengebräunte Haut bildete einen appetitlichen Kontrast zu all dem Weiß um sie herum. Passfeller musste an die weltberühmte Szene aus einem seiner Lieblingsfilme denken, *Goldfinger* mit Sean Connery, in der James Bond in seinem Hotelbett ein mit Gold überzogenes Mädchen vorfindet. Er schmunzelte. Im Gegensatz zu Bond war er ein richtiger Glückpilz: *Sein* Mädchen, wiewohl ebenfalls ein richtiges Goldstück, war am Leben – und wie! Lautlos näherte er sich dem Bett.

»Was wollt ihr Pissköpfe?«, gellte da eine heisere Männerstimme aus dem Nebenzimmer. *»Ich schluck doch eure Kugeln! Kommt her!«*

Die unerwartete Störung, auf die jeder andere Polizist vermutlich herumgewirbelt und in Deckung gegangen wäre, entlockte Passfeller nur ein unwilliges Stirnrunzeln. Mit zügigen Schritten eilte er in ein benachbartes Ankleidezimmer, wo inmitten eines Stapels hastig hingeworfener Klamotten sein Handy lag. Der Rufton (ein mühsam aus dem blutrünstigen Finale des Mafia-Filmklassikers *Scarface* gesampeltes Zitat von Al Pacino, alias Tony Montana) brüllte weiter: *»Ich steck eure Kugeln alle weg! Ihr wollt mich umlegen? Eure Scheißkugeln steck ich weg!«* Passfeller schloss die Zwischentür hinter sich und hob das Gerät auf.

Das Display verkündete: *Eingehender Ruf – Tillmann Grosch.*

Ein spontaner Anflug von Ärger ließ Passfeller das Gesicht verziehen. Er überlegte, ob er den Anruf abweisen sollte. Tillmann wusste ganz genau, dass er im *Urlaub* war. Und für die seltenen Gelegenheiten, da er im *Urlaub* war, hatte er strikte Anweisungen hinterlassen, was unerwünschte Störungen anging: Anrufe waren ausschließlich gestattet a) in extremen Notsituationen, b) bei unerwarteten Todesfällen und c) unter keinerlei sonstigen Umständen!

Andererseits – Grosch kannte die Regeln. Er würde kaum den Ingrimm seines besten Kumpels und langjährigen Kollegen riskieren, nur um sich zu erkundigen, wie auf Mallorca gerade das Wetter war.

Al Pacinos raues Organ begann gerade von Neuem mit *»Was wollt ihr Pissköpfe?«*, der Programmierung des Handys gemäß in gesteigerter Lautstärke. Mit einem Seufzer ließ Passfeller sich auf einen alcantaragepolsterten Hocker sinken und drückte auf Rufannahme.

»Ich bin sehr gespannt, Tillmann!«, sagte er zur Begrüßung.

»Pass? Pass, bist du's?« Groschs tiefes Organ, wie meistens irgendwie müde und gleichzeitig auf kindliche Weise aufgeregt. »Pass, ob du's glaubst oder nicht – ich schreibe ein Buch!«

Die einsetzende Stille war so vollkommen, dass Passfeller das leise elektrische Summen des Kühlschranks in der zwei Räume entfernten Bar deutlich vernehmen konnte. Sehr leise sagte er: »Tillmann! Solltest du mich nur gestört haben – hier, in meinem wohlverdienten *Urlaub* –, um mir *das* zu sagen, werde ich mich augenblicklich in den nächsten Flieger nach Frankfurt setzen und dir deinen verdammten Hals umdrehen!«

Grosch grunzte am anderen Ende der Leitung amüsiert.

»Höflich und charmant wie immer! Tut gut, nach so langer Zeit deine Stimme zu hören, Pass.«

»Ich bin gerade mal drei Tage weg«, erwiderte Passfeller drohend. »Entweder verrätst du mir innerhalb von drei Nanosekunden, was du willst, oder ich spüle dieses Handy das Klo runter. Dann hat sich was mit Stören!«

Wiederum lachte Tillmann Grosch, diesmal versöhnlich. »Das würdest du nie tun, Pass. Wär doch schade um das teure Gerät.« Er räusperte sich übertrieben, so dass Passfeller kurz dachte, die Verbindung sei gestört. Doch seine Hoffnung bestätigte sich nicht. Als Grosch weitersprach, war er wieder so deutlich zu verstehen, als wäre er nur eine Armeslänge entfernt.

»Also, mal Butter bei die Fische, Pass – ich weiß, auf Störungen deiner kostbaren Urlaubszeit reagierst du manchmal ein bisschen unentspannt.« Bevor Passfeller zu einer weit mehr als unentspannten Erwiderung ansetzen konnte, fuhr Grosch fort: »Ich wollte dich rasch unterrichten, dass ich in deiner Abwesenheit allein einen Fall übernommen habe. Der Fairness halber, sozusagen. Wo wir doch sonst immer als Team arbeiten.«

Passfeller stieß ein zustimmendes Grunzen aus; es war tatsächlich eher unüblich, dass einer von ihnen allein an die Front geschickt wurde. Aber was sollte Oberkommissar Schicker machen – Passfeller war schließlich im Urlaub!

»Auf Anweisung der Obersten Heeresleitung bin ich in die Pfalz gereist«, berichtete Grosch, »in einen kleinen Ort namens Kottler, Region Südliche Weinstraße, falls dir das was sagt? Hier hat es vor zwei Tagen einen gewaltsamen Todesfall gegeben, und die Indizien werfen ein ziemlich merkwürdiges Licht auf die Sache ...«

Passfeller seufzte und dachte schwermütig an die Regeln, die er hinterlassen hatte. Aber im Universum des Tillmann Grosch existierten Regeln offenbar nur, um nicht beachtet zu werden. »Könntest du bitte etwas deutlicher werden«, brummte er. »Wenn der Fall *nicht* mysteriös und die Indizienlage auf den ersten Blick unerklärlich wäre, hätte man kaum einen Sonderkommissar der SK 66 darauf angesetzt, oder?«

Dem konnte Grosch nicht widersprechen. Die insgesamt zwölf Beamten der SK 66, einer inoffiziellen Sonderkommission, die Mitte der neunziger Jahre vom BKA ins Leben gerufen worden war, kamen immer dann zum Einsatz, wenn irgendwo in Deutschland oder dem deutschsprachigen Ausland unerklärliche Vorgänge auf okkult motivierte Gewalttaten, konspirativen Fanatismus oder sonstige rahmenausfällige Kriminaldelikte schließen ließen. Ein hochmodernes Großrechnersystem mit Namen »O.T.T.I.L.Y.« (von den Sonderkommissaren liebevoll OTTI genannt) filterte vierundzwanzig Stunden täglich aus den europaweit beim BKA eingehenden Spurensicherungsberichten alle relevanten Daten heraus. Traten, unabhängig von Ort oder polizeilichem Zuständigkeitsbereich, mysteriöse Vorkommnisse auf, war das System in der Lage, selbstständig Einsatzpläne zu erstellen und sogar erste deduktive Schlüsse zu ziehen. Tausende freiwillig zur Verfügung gestellter privater PCs vergrößerten, ähnlich wie beim amerikanischen S.E.T.I.-Projekt, OTTIs Rechenkapazität. Nur *anrufen* konnte die Maschine SK-Mitarbeiter noch nicht; diese Aufgabe blieb meist bei Groschs und Passfellers direktem Vorgesetzten hängen, BKA-Oberkommissar Claas Schicker.

»Du hast völlig recht«, pflichtete Grosch bei. »Und du wirst mit den Ohren schlackern, wenn ich dir erzähle, *wie sehr* dieser Fall ins SK-66-Schema passt: Alle bisherigen Indizien deuten nämlich darauf hin, dass in Kottler eine wolfsartige Monstrosität ihr Unwesen treibt!«

In der Zeit, die Passfeller brauchte, um mehrmals ungläubig mit dem Kopf zu schütteln, ins Nebenzimmer zu schleichen und ebenso leise mit seinem Kir Royal ins Ankleidezimmer zurückzukehren, berichtete Grosch in ungewohnt knappen Sätzen, was sich in der pfälzischen Ortschaft Kottler ereignet hatte.

»Ich fasse kurz zusammen, für den Fall, dass ich dich irgendwie missverstanden haben sollte«, hob Passfeller anschließend wenig überzeugt die Stimme. »In diesem Kaff mitten in den Weinbergen ist eine junge Frau getötet worden, ihr Leichnam zerfetzt wie von einem wilden Tier.«

»Korrekt«, bestätigte Grosch.

»In der Nacht der Tat wurde eine hundeähnliche Kreatur in unmittelbarer Nähe der Leiche gesehen. Ein ›großes, zottiges Biest‹ mit ›leuchtenden Augen‹. Der Verdacht besteht, dass sie etwas mit dem unzeitigen Verscheiden der Frau zu tun hat.«

»Wieder richtig«, lobte Grosch.

»Eine Nacht darauf sichtet ein ortsansässiger Winzer in seinem Weinberg, nur ein paar Fußminuten vom Fundort der Toten, eine weitere tierhafte Kreatur ...«

»... wahrscheinlicher jedoch *dieselbe* ...«, korrigierte Grosch.

»... die diesmal aber aufrecht auf zwei Beinen marschiert und den armen Mann fast zu Tode erschreckt.«

»Du bringst es auf den Punkt, Pass.«

»Ah. Ja.« Passfeller schwieg und nippte umständlich an seinem Kir. Dann sagte er betont unbeteiligt: »Netter Fall, Tillmann. Klassischer SK-66-Stoff. Dumm für Schicker, dass ich gerade nicht verfügbar bin. Nachdem OTTI ihn über die verunstaltete Leiche und die Sichtung dieses Viehs informiert hat, dürfte er herb enttäuscht gewesen sein, dass sein Top-Mann unabkömmlich ist. Na ja, und da hat er kurzerhand dich ...«

»Schicker sagte ausdrücklich, ich sei die erste Wahl für den Job«, unterbrach Grosch höflich. »Wenn du verfügbar gewesen wärst, hättest du als mein Assistent mitkommen können. Sagte er.«

»Ah! Ja. Nun. Sagte er. Tatsächlich. Also ... *tatsächlich?*« Passfeller nahm sich vor, nach seiner Rückkehr ein paar ernste Worte mit Schicker zu wechseln. »Wie dem auch sei«, fuhr er etwas bemüht fort, »ich bin nun mal hier. Du wirst dich der Sache also allein annehmen müssen. Ohne ›Assistenten‹. Sonst noch was?«

Grosch sagte nichts.

»Lass mich raten: Dir ist – wie sagst du immer? – ›etwas unwohl‹ bei der Geschichte, und du willst mich anbetteln, dass ich vorbeikomme, um dir zur Seite zu stehen?«

Grosch sagte nichts.

Passfeller wurde energischer. »Du hast Schiss, dass an diesem Monsterquatsch was dran sein könnte?«

Grosch sagte immer noch nichts.

»Oder ... willst du mir vielleicht einfach nur die Entspannung versauen, indem du mich als fernmündliches Tagebuch nutzt?«

»BINGO!«, brüllte Grosch so laut, dass Passfeller das Handy mit einem Ruck vom Ohr fortriss.

»Nein, war nur Spaß, Pass. Ein Scherz, wenn du gestattest«, fuhr Grosch schnell fort. »Mal ganz im Ernst: Da ist dieser Winzer – Hempel heißt er, ein ganz patenter Bursche. Habe ihn sofort nach meiner Ankunft aufgesucht. Und da ist dieses Video ...«

Passfeller, der einen weiteren Schluck von seinem Getränk nehmen wollte, wurde hellhörig. »Was für ein Video?«

»Na ja, Hempel hat das Biest im Wingert mit seiner Handykamera gefilmt. Ich hab mir die Aufnahme angesehen. Sie ist etwa zehn Sekunden lang.«

Passfeller stellte mit gerunzelter Stirn sein Glas ab. »Du willst mir erzählen, auf einer Handyaufnahme – bei Nacht gemacht, ohne Restlichtverstärkung – wäre irgendwas Brauchbares zu erkennen?«

»Na ja, den Oscar für Kameraführung und Ausleuchtung wird Hempel wohl nicht bekommen«, gab Grosch zu. »Aber was sich da zwischen Pixelrauschen in der Dunkelheit bewegt, ist ziemlich scheußlich, Pass. Dieses Ding, wie es beim Gehen wankt, vornübergebeugt, als könne es wegen einer Verkrümmung der Wirbelsäule nicht gerade stehen, also ...« Er suchte nach Worten. »Hast du schon mal einen guten Werwolf-Film gesehen?«

Passfeller massierte sich mit Daumen und Mittelfinger der linken Hand die Schläfen, während er seine in bequemen Plüschpantoffeln steckenden Füße betrachtete. »Klar habe ich schon Werwolf-Filme gesehen, Tillmann! Willst du etwa behaupten, das, was du gesehen hast, sei ein *Wolfsmensch* gewesen?«

»Das Wesen auf Hempels Aufnahme dreht sich kurz um. Und da leuchten seine Augen, Pass. Sie *leuchten!* Wie bei einer

Katze. Hast du schon mal nachts eine Katze gesehen, in deren Augen sich das Licht spiegelt?«

»Natürlich«, erwiderte Passfeller mürrisch und schielte zur Verbindungstür hinüber, hinter der Moni schlief. »Soweit ich weiß, hat der Effekt etwas mit dem reflektierenden Augenhintergrund bei nachtaktiven Tieren zu tun.«

»Die dafür verantwortliche Schicht heißt ›Tapetum‹«, dozierte Grosch prompt. »Eine je nach Tierart in unterschiedlicher Farbe reflektierende Schicht, die das durch die großen Pupillen des nachtsichtigen Tiers einfallende Licht zurückwirft und eine doppelt helle Bildwahrnehmung auf den Sehzellen bewirkt.«

Passfeller konnte das stolze Grinsen seines Freundes förmlich hören. »Da hat aber jemand in der Schule gut aufgepasst«, gab er zu.

»OTTI«, erklärte Grosch fröhlich.

»Aber soweit ich weiß, gibt es dieses Phänomen nur bei Tieren«, ergriff Passfeller wieder das Wort. »Nicht beim Menschen oder sonst irgendwas, das aufrecht in der Gegend herumstiefeln könnte.«

»Schön und gut, dass es das nicht gibt, Pass«, sagte Grosch, dessen Ton nun für seine Verhältnisse auffallend sachlich klang. »Fakt ist dummerweise, dass ich es, wie gesagt, *gesehen* habe! Wenn du gestattest?« Er schwieg einen kurzen Moment, möglicherweise der Dramatik halber. »Und: Ich habe es nicht nur gesehen – ich habe es auch *gehört!*«

»Gehört?«

Im gleichen Moment verfluchte sich Passfeller dafür, gefragt zu haben. Aus dem Hörer drang ein brodelndes, gluckerndes, grollendes Gurgeln, das klang, als habe ein magenkranker Elch zwanzig Flaschen kohlensäurehaltiges Mineralwasser auf ex reingezogen, um in einem schwedischen Rülpswettbewerb den ersten Platz zu belegen. Glücklicherweise hörte es rasch wieder auf.

»Ich krieg's nicht richtig hin«, gab Grosch kleinlaut zu. »In echt war es tiefer und irgendwie *animalischer*. Was meines Erachtens dafür sprechen könnte, dass der Laut nicht von einem menschlichen Wesen stammte! Ich meine, ein Geräusch, das *ich* nicht nachmachen kann ...« Grosch verstummte.

Passfeller starrte mit verkniffenem Blick die Holzmaserung der Kleiderschranktüren an. Er kannte seinen Kollegen lange genug, um zu wissen, dass Grosch – zumindest, solange es um einen Kriminalfall ging – nichts dazuerfand, nur um einen besseren Effekt zu erzielen. Wenn Grosch sagte, er habe auf dem Video eine seltsame Gestalt mit leuchtenden Augen gesehen, die unmenschliche Geräusche ausstieß, bedeutete das, dass irgendwo in der verdammten Pfalz eine Gestalt mit leuchtenden Augen und wenig beneidenswerter Verdauung herumgelaufen sein musste. Oder dass jemand aus irgendwelchen Gründen versuchte, genau das vorzutäuschen!

Aber dafür gab es andere fähige Männer bei der SK 66, brachte sich Passfeller in Erinnerung. Sonderkommissar Tillmann Grosch war bereits vor Ort. Sonderkommissar Frank Passfeller dagegen war im *Urlaub*. Folglich brauchten ihn diese Vorgänge – so mysteriös und bei genauerer Betrachtung *faszinierend* sie sich anhörten – nicht weiter zu kümmern.

»Gib acht, Tillmann«, hob Passfeller an. »Das ist ein hübscher Fall, den Schicker dir da aufgedrückt hat. Hätte ich mir selbst gerne angesehen. Aber wie du weißt, befinde ich mich derzeit in einer dringend benötigten Erholungsphase, und ich habe in wenigen Minuten eine unerhört wichtige Verabredung mit dem Pool auf meiner Dachterrasse. Ich wünsche dir viel Erfolg in der Angelegenheit! Falls du die Sache bis nächste Woche noch nicht im Griff haben solltest, schaue ich nach meiner Rückkehr bei dir vorbei. Okay?«

»Okay«, erwiderte Grosch auffallend heiter. Was immer seine Absicht gewesen war, als er Passfeller angerufen hatte, er schien mit dem Verlauf des Gesprächs ausgesprochen zufrieden zu sein. »Ich wollt's dir auch nur erzählt haben. Solche sonderbaren Geschichten kommen schließlich nicht alle Tage vor. Ein Wolfsmensch, der junge Frauen zerfleischt. Mitten in der Pfalz. Mann! Und ich darf mich *allein* daran versuchen ... Ich denke, ich werde Schicker ein Fläschchen Pfälzer Tresterbrand mitbringen, sobald ich die Wingertbestie gefasst habe.« Er lachte gutmütig. »Aber jetzt will ich nicht weiter stören, Pass. Viel Spaß beim Planschen!« Er legte auf.

Zehn Minuten später befand sich Frank Passfeller, entgegen seiner Ankündigung, nicht im Wasser seines Pools. Stattdessen saß er nach wie vor auf dem Hocker im Ankleidezimmer der Suite.

Er dachte nach.

Bruchstücke von Groschs Bericht wirbelten in seinem Kopf herum. Sicher, alles deutete darauf hin, dass der alte Dickschädel sich täuschte; natürlich trieb in der Pfalz *keine* monströse Kreatur ihr Unwesen. Aber was wäre, wenn ein Geisteskranker sich bisher unbekannter Mittel bediente, um diesen Anschein zu erwecken? Um unbehelligt bestialische Morde wie den an der jungen Frau zu begehen? Welche psychologischen Untiefen steckten hinter diesem brutalen Gewaltakt, dem – man wagte kaum, daran zu denken – möglicherweise weitere folgen würden? Was wäre, wenn es sich um einen ähnlich grauenerregenden (und damit prestigeträchtigen) Fall handelte wie damals in Wetzlar? Wie sollte Tillmann, dieser herzensgute, tumbe Geselle, ein solches Komplott ohne seine, Passfellers brillante Hilfe aufdecken? Oder, noch viel bedenklicher: Was, wenn er genau das hinbekäme und Passfeller hinterher bis an sein Lebensende die marktschreierischen Zeitungsartikel über seine Glanzleistung vor die Nase halten würde?

Frank Passfeller bemühte sich mannhaft, es zu verhindern (er war im *Urlaub*, verdammt!), doch das Unvermeidliche geschah. Sein beruflicher Ehrgeiz begann, sich zu rühren.

Zwanzig Minuten nach seinem Gespräch mit Tillmann Grosch hauchte Passfeller dem noch immer schlummernden Mädchen einen Kuss auf die Wange, eine unhörbare Entschuldigung auf den Lippen. Dann zerrte er seinen Reisekoffer aus einem Schrank des Ankleidezimmers und begann, ungeordnet Kleidungsstücke hineinzuwerfen.

Kapitel 4

Die Kaputte

Kottler (Pfalz), 16. September 2003

Das Bild, das sich Grosch inmitten grüner Weinreben bot, war makellos verstörend.

Die beiden Polizisten hatten sich als Oberkommissar Bienek und Hauptkommissar Bemmann von der Polizeidirektion Neustadt/Weinstraße vorgestellt. Oberkommissar Bienek war klein und drahtig, hatte mausgraues Haar und ein enges Gesicht, das von einer langen, spitzen Nase gekrönt wurde. Seine Augen leuchteten hellblau. Grosch fand, dass er wie jemand aussah, der viele Jahre zur See gefahren war. Sein Händedruck war kräftig, auf seiner Handfläche wölbte sich dicke Hornhaut.

Hauptkommissar Bemmann überragte Grosch um einen Kopf, obwohl Grosch nicht gerade zu den Kleinsten zählte. Er war robust wie ein Fels, mit einem quadratischen Gesicht, so betonartig und grob, dass es an eine Karikatur in einem Comic erinnerte. Er gehörte zu den Menschen, die sich jeden Morgen gründlich rasierten, deren Wangen, Kinn und Oberlippe aber stets der Schatten des seltenen Drei-Minuten-Barts zierte.

Die drei Männer standen auf einem Stück matschigen Feldwegs zwischen saftig grün belaubten Weinstöcken, wenngleich »stehen« in Groschs Augen nur ein bedingt zutreffender Ausdruck war: Während er und Bemmann standen, kniete Oberkommissar Bienek wie eine Spinne im Schlamm, in der Mitte eines fast quadratischen Areals, das mit schief eingeschlagenen Rundhölzern und rot-weißem Polizeiabsperrband gesichert war. Mit seiner langen, spitzen Nase schnüffelte er am Boden herum, wo eine weiße Streumarkierung Fundort und Lage der tags zuvor gefundenen Toten bezeichnete.

»Hol's der Teufel … hier ist was!«, murmelte Bienek, und seine Augenbrauen zogen sich konzentriert zusammen. »Kann ich doch riechen. Bin eben ein echter Spürhund.«

Grosch war am späten Nachmittag des vorangegangenen Tages in Kottler eingetroffen. Seine Anreise hatte sich nach dem überstürzten Aufbruch aus Butzbach zu einer regelrechten Odyssee entwickelt, da Kottler – wie scheinbar ein guter Teil der südlichen Pfalz – nicht oder nur sehr mäßig an das deutsche Eisenbahnnetz angeschlossen war. An irgendeinem namenlosen Ort war er gestrandet, und es hatte über eine Stunde gedauert, bis er ein Taxi ausfindig machen konnte, das ihn den Rest des Weges bis hierher beförderte – ans Ende der Welt, wie es ihm vorkam.

»Verflixt noch eins – hier *ist* doch was!«, zischte Bienek. »Eine eindeutige Spur …«

Eigentlich war Grosch ein Freund ländlicher Regionen. Vieles daran gefiel ihm – die Ruhe, das Fehlen der Hektik dummer Menschen, die auf der ständigen Suche nach neuen Reizen und Konsum waren. Er mochte die Natur, und die Bäume, die liebte er. Er hätte es zwar nie zugegeben, aber auf seiner täglichen Spazierstrecke in Butzbach kam er regelmäßig an einer alten Eiche vorbei, mit der er sich gerne angeregt unterhielt. Bäume waren geduldig.

Und Grosch liebte auch die frische Landluft. Gerade die Pfälzer Luft hatte er als exzellent in Erinnerung. Sein Schwiegeronkel väterlicherseits, Severinus Guntram Grosch, hatte einst einen Hof irgendwo im Westen der Pfalz besessen, auf dem er als Schuljunge viel Zeit zugebracht hatte. Schöne Tage waren das gewesen, duftende Tage, an denen die Zeit angenehm zähflüssig wurde und nichts zur Eile drängte.

Vor dem Reigen bunter Erinnerungen, die Grosch mit der Region verband, stellte Kottler eine böse Enttäuschung dar. Selbst wenn er alle nostalgische Überhöhung abzog – die Luft hier duftete nicht, sie stank nach Kuhdung, verbranntem Mist und sauren Inzestgeheimnissen. Die Ortschaft selbst bestand aus höchstens einer Handvoll Straßen und Gässchen, von alten

Sandsteinhäusern gesäumt, die sich, ihrer Existenz müde, aneinanderdrängelten. Hier und da gab es ein Gehöft, wo riesige, schwarze Hunde auf dem schmutzigen Boden lagen, umflattert von dürren Hühnern oder Gänsen. Eingepfercht wurde Kottler von Weinbergen, monströsen, buckligen Tieren mit grünem Fell. Grosch hatte nichts gegen Weinberge, im Gegenteil, aber hier schotteten die Hügel jeden Anflug von Zivilisation mit deprimierender Nachhaltigkeit ab. Die wenigen Menschen, die er bisher zu Gesicht bekommen hatte, waren alt und verbraucht und blinzelten ihn aus zusammengekniffenen Augen misstrauisch an. Es war ruhig in Kottler. Nur ab und an bollerte irgendwo in den Hügeln ein Schussapparat, um Vögel vom Wein fernzuhalten. So gut wie nie kam ein Auto die holprige Hauptstraße entlang.

Nein, er wollte hier nicht leben. Nicht einmal Urlaub machen. Die Luft war wie ein Gas, angereichert mit Hoffnungslosigkeit.

»Angereichert mit Hoffnungslosigkeit«, murmelte Grosch, zog sein Notizbuch aus dem Mantel und schrieb die Wörter nieder. Hauptkommissar Bemmann, der neben ihm stand, versuchte, über seine Schulter zu schielen und das Geschriebene zu lesen, aber Grosch klappte das Buch schnell wieder zu.

»Was notieren Sie denn da? Notizen?«, fragte Bemmann gewitzt.

»Ganz genau erkannt, mein Lieber«, sagte Grosch und wandte seine Aufmerksamkeit wieder dem im Schlamm des gottverlassenen Wirtschaftsweges kriechenden Oberkommissar zu.

Die beiden in Zivil gekleideten Polizisten waren auf seine Anfrage eigens von Neustadt herübergekommen, um ihm den Fundort der Leiche zu präsentieren. Vor einer Stunde hatten sie sich mit ihm getroffen und waren schnurstracks in die Weinberge marschiert. Dabei hatte Bemmann kein Wort gesprochen, während Bienek Wörter ohne Punkt und Komma ausspie. Er war einer der Menschen, fand Grosch, die man gerne um sich hatte, wenn man taub war. Hell und schrill erklang Bieneks

Timbre, fräste sich durch die Gehörgänge, zerstörte die unnatürliche Weinbergstille.

»Also, wenn Sie mich fragen, Herr Sonderkommissar, ich möchte zu gerne wissen, was diese beiden Jungen da nachts im Wein verloren hatten. Wenn Sie mich fragen, haben die *illegale Sentenzen* zu sich genommen. Wahrscheinlich haben die den Unsinn mit der Kreatur, die sie angeblich verfolgt hat, nur *immatrikuliert!*«

»Imaginiert«, sagte Grosch leise. »Das Wort lautet …«

»Jedenfalls, also, die Leiche war übel zerfetzt, so was hatten wir hier auch noch nicht. Ganz übel zerfetzt. *Korrodiert*, quasi.«

»Sie meinen sicherlich …«

»Dachte ja zuerst, die Knaben hätten vielleicht selbst etwas mit der Sache zu tun, aber die sind viel zu verwirrt.«

Grosch nickte. »Vinzenz und Paul. Ich habe bereits mit den beiden gesprochen. Hab sie gestern Abend besucht. Stehen noch ziemlich unter Schock, die Burschen. Vielleicht sollte man sie mal von einem Arzt untersuchen lassen.«

»Ja, einen Ort weiter gibt es einen Tierarzt«, sagte Bienek mit schriller Stimme. Grosch wunderte sich über das völlige Fehlen von Ironie in seinen Worten. Er seufzte.

Es war eine Schnapsidee gewesen, sich den Fundort der Leiche ansehen zu wollen. Brauchbare Spuren existierten hier längst nicht mehr, nicht einmal der kleinste Rest von Blut. Aber da es außer den beiden Jungen und dem Weinbauern, der ihm am Vormittag die unheimliche Handykamera-Aufzeichnung von dem schreitenden Wesen gezeigt hatte, niemanden gab, den er hätte befragen können – den Angehörigen des Opfers wollte er erst nach dem Mittagessen einen Besuch abstatten –, hatte er nicht recht gewusst, was er sonst tun sollte.

Kaum waren die beiden Bullen mit Grosch am unspektakulären Ort des Geschehens eingetroffen, hatte Bienek mit seiner entnervenden Stimme Erstarrung befohlen und sich der Länge nach in den Dreck geworfen wie ein Schwein. Nun beobachtete ihn Grosch aus halb geschlossenen Augen. Er erkannte einen

Menschen, der sich wichtig zu machen versuchte, auf Anhieb, besonders, wenn der entsprechende Mensch die ganze Zeit derart falsch mit Fremdwörtern um sich warf.

Er wandte sich an den menschlichen Baum, der wie ein Idiot neben ihm aufragte. »Sagen Sie mal, Bemmann, wie hieß noch gleich das arme Mädchen, das die allgemeine Aufmerksamkeit durch seinen bestialischen Tod auf sich gezogen hat?«

Bemmann blickte ihn leer an, ein Fragezeichen ohne Punkt. Dann sagte er sehr langsam: »Schwinn heißt das Mädchen. Es heißt: Bettina Schwinn.«

»Ihre Familie wohnt in Kottler, nicht wahr?«

Bienek presste sein Gesicht in den Matsch, als wolle er durch das feuchte Erdreich entfleuchen. »In Kottler wohnt die Familie. Der Vater führt ein kleines Weingut. Wir können Ihnen später die Adresse, die können wir Ihnen geben, wenn Sie da hinwollen.«

Grosch nickte und zündete sich einen Zigarillo an, um die Landluft ein wenig zu veredeln. »Wär knorke«, meinte er. »Will später tatsächlich bei den Schwinns vorbei. Wurden sie schon befragt?«

Bemmann blickte ihn aus trüben Augen an und schüttelte langsam den Kopf, vielleicht, um seine wenigen schwerfälligen Gedanken zu ordnen. »Ihnen wurde nur mitgeteilt, von oberster Stelle, dass ihr einziges Kind kaputt ist.«

Grosch, dem Bemmanns Wortwahl fragwürdig erschien, blickte den Polizisten skeptisch an, aber er hatte das Gefühl, in den schmutzigen Pfützen seiner Augen zu ertrinken. Schnell sah er weg.

Bienek erhob sich, verwandelte sich von einer Spinne zurück in etwas Menschenähnliches. Er versuchte, sich den Matsch von der Hose zu wischen, verschmierte ihn aber nur. Auch sein Gesicht war schmutzbraun.

»Und, Herr Oberkommissar?«, fragte Grosch, Rauch durch die Nase ausstoßend. »Was haben Sie entdeckt? Ich hätte übrigens gedacht, der Ort wäre anlässlich des Leichenfunds direkt untersucht worden.«

Bienek nickte und versuchte vergeblich, nachdenklich auszusehen. »Ist er ja auch. Natürlich ist er das! Ich dachte bloß, ich hätte …« Er ließ den Rest des Satzes unhörbar in der Kehle verenden.

Grosch deutete mit dem Zigarillo den Wirtschaftsweg entlang. »Also, da hinten irgendwo befanden sich die Jungen. Sie wurden von einer Bestie mit leuchtenden Augen überrascht, rannten hier hinauf und stolperten über den grausam entstellten Leichnam von Bettina Schwinn.«

Bienek trat neben Bemmann, legte ihm eine Hand auf die Schulter (er musste seinen Arm vollständig ausstrecken, um weit genug hinaufzureichen) und begann, hysterisch zu lachen. Bemmann schloss sich nach kurzem Zögern an. Er lachte irgendwie seltsam, stieß abgehackte Vokale hervor. Äffisch, fand Grosch. Er drängte die beiden Männer nicht, ließ sie ablachen.

»Entschuldigen Sie, Herr Grosch«, quietschte Bienek schließlich und wischte sich Tränen aus den Augen. »Aber diese Kreatur mit den leuchtenden Augen … Himmel, was glauben Sie denn, was das gewesen sein soll?«

Grosch zuckte die Achseln. »Keinen blassen Schimmer. Deswegen bin ich ja hier.«

»Ich sag's Ihnen, Herr Grosch: Das war ein streunender Hund, nichts weiter. Gibt's hier haufenweise, streunende Hunde, können Sie mir glauben.«

Grosch dachte einen Augenblick lang nach. »Ein streunender Hund. So. Aha. Elementar. Mit glühenden Augen.«

Bienek winkte ab. »Natürlich glühten seine Augen nicht. Das haben sich die Jungen nur eingebildet. Die haben *indizierte Substrate* eingeworfen, genau das haben die nämlich!«

»Kann ja sein. Aber ein *Hund* könnte doch nie und nimmer einen Menschen so zurichten. Was geht hier in diesem kleinen Dörfchen vor sich?«

Bienek und Bemmann sahen sich an. Sie wirkten plötzlich nicht mehr so, als wäre ihnen zum Lachen zumute.

Grosch brummte vor sich hin. Himmel, diese Idioten gingen ihm gehörig auf den Senkel. Sehnsüchtig wünschte er sich Passfeller herbei, der den beiden Kretins mit seinem amtlichen SK-66-Schreiben längst die Leviten gelesen hätte. Grosch war für so etwas einfach nicht der Typ.

»Ich danke Ihnen beiden für Ihre außerordentliche Hilfe«, sagte er bemüht freundlich. »Werde mich hier noch ein bisschen umsehen. Vielen Dank, die Herrschaften, ich werde ein SK-66-Belobigungsschreiben für Sie aufsetzen und an Ihren Vorgesetzten in Neustadt senden, wenn Sie gestatten. Nein, nichts zu danken. Ich brauche Sie dann hier nicht mehr, einen schönen Tag noch. Gehen Sie jetzt weit weg!«

Bienek und Bemmann starrten, bewegten sich nicht.

Grosch seufzte. »Sagen Sie mal, hab ich Ihnen eigentlich schon erzählt, dass ich ein Buch schreibe? Ich könnte mir vorstellen, aus Ihnen beiden zwei hervorragende Leichen zu machen – im literarischen Sinne natürlich.«

Bienek trat nach vorne und grinste kalt wie ein Kühlschrank. »Wissen Sie was«, sagte er mit stolzgeschwellter Brust. »Ich habe noch nie in meinem Leben ein Buch gelesen.«

Darauf konnte er wahrlich stolz sein. Grosch wünschte sich, er wäre irgendwo anders.

Kapitel 5

Auf dem Fluss der Kuh

Kottler (Pfalz), 16. September 2003

Der Hof der Familie Schwinn, zu dem ihn die beiden Polizisten wenig später mit ihrem Dienstwagen brachten, war ganz in Rosa gehalten. Wie frisch aufgeschnittene Stücke Schweinefleisch lagen Wohn- und Wirtschaftsgebäude im Kern der kleinen, farblosen Ortschaft.

Drinnen war es sogar noch schlimmer. Überall hingen bunte Batiktücher an den Wänden, indianische Masken, kitschige Airbrush-Landschaften. Auf dem Boden standen Buddha-Figuren und halb geschmolzene Lotuskerzen.

Die Einrichtung des Wohnzimmers schließlich wirkte merkwürdig bipolar, als würden hier Außerirdische von zwei weit entfernten Planeten hausen, denen jegliches Gespür für Ästhetik abging. Zwischen Wagenrädern, Kupferstichen mit Weinbergslandschaften und altertümlichen Bauernschränken hingen riesige, leere Bilder, die einsame Steine auf Sand zeigten. Die Luft roch süß, da in kleinen Haltern unzählige Räucherstäbchen glommen. Aus unsichtbaren Lautsprechern drang sphärische New-Age-Musik.

Grosch saß in einem mit indischen Tüchern bedeckten Sessel, in dem sein Hintern kaum Platz fand. In einer Ecke des Raums hockte Heinz-Herrmann Schwinn, der Vater des Opfers, an einem schmucklosen Esstisch. Er schien kilometerweit entfernt zu sein.

Heinz-Hermann Schwinn sah aus, als wäre er über achtzig. Grosch vermutete, dass dies nicht der Fall war, der Mann jedoch über Nacht stark gealtert war. Sein Gesicht war grau, eingefallen und erinnerte an ein vergammeltes Stück Gemüse.

Seine Augen hatten sich tief in seinen Schädel zurückgezogen. Er saß da, hatte den Kopf in die Hände gebettet und starrte schweigend auf die Tischplatte.

Bettina Schwinns Mutter, die ihm die Tür geöffnet hatte, trug orangefarbene Gewänder wie ein Mitglied der Krishna-Sekte. Sie hatte ihr Haar feuerrot gefärbt, am Haaransatz konnte Grosch das ursprüngliche dunkle Blond erkennen. Ihr Gesicht grinste aggressiv, und das beunruhigte ihn. Diese Frau strahlte eine hysterische Fröhlichkeit aus. Ihr Antlitz war bedeckt von einer Maske, die sie wahrscheinlich schon so lange trug, dass sie mit ihrer wahren Haut verschmolzen war.

Frau Schwinn (»Sagen Sie ruhig Hilde zu mir!«) betrat das Wohnzimmer, eine Teekanne in der Hand. Sie schenkte Grosch, der auf seinem zu engen Sessel nach einer bequemeren Position suchte, eine Tasse ein.

Der Tee schmeckte nach Schweiß und Schießpulver, aber Grosch trank tapfer. Immer wieder schielte er zu dem Häuflein Elend, das in der Ecke am Tisch saß und auf der Platte nach seiner verlorenen Hoffnung suchte.

Hilde Schwinn ließ sich mit einer dampfenden Tasse im Schneidersitz auf dem Boden nieder, nippte an dem fragwürdigen Gebräu, grinste apokalyptisch und reckte sich dann, als mache sie eine Yoga-Übung. Grosch bemerkte, dass sie barfuß war.

»Ähm … wie schon erwähnt, Frau Schwinn, es tut mir sehr leid, was Ihnen widerfahren ist … das alles muss schrecklich für Sie sein ...«

Normalerweise war Grosch gut darin, Leuten ein wenig Trost zu spenden. Aber normalerweise grinsten Angehörige von Mordopfern auch nicht, und eher selten präsentierten sie sich während der Kondolenzzeit in derart grellen, lebensbejahenden Farben.

Hilde Schwinn schüttelte den Kopf. Es war schwer, ihr Alter zu schätzen, irgendwas zwischen vierzig und sechzig.

»Ja, es ist schrecklich«, behauptete sie sehr fröhlich. »Der Schrecken ist ein Abgrund im Fluss. Aber es gibt immer zwei

Seiten. Das Om und das Am. Yin und Yang. Himmel und Erde ...«

Grosch nickte und zwang seine Gesichtszüge in ein freudloses Grinsen. *Ich will verdammt sein*, dachte er.

»Mein tiefstes Beileid noch mal«, sagte er. Frau Schwinn (*Hilde*, erinnerte sich Grosch) winkte ab, als würde es sie stören, dass er sie mit einer solchen Lappalie belästigte.

»Schon gut. Spüren wir stattdessen voller Frohsinn den Fluss der blauen Kuh.«

Grosch schluckte schwer. »Gut. Sehen Sie, ich bin ja Polizist.« Himmel, mit seiner Souveränität war es wirklich nicht mehr weit her. Er fragte sich, ob er die Szene irgendwie in seinem geplanten Roman verarbeiten könnte, kam aber zu dem Entschluss, dass sie zu grotesk war, um noch glaubhaft zu wirken. »Also, wir suchen nach Spuren. Jemand hat Ihre Tochter gewaltsam zu Tode gebracht. Da stellt sich uns natürlich die Frage, ob sie irgendwelche Feinde hatte. Gab es … ähm, da irgendetwas?«

Hilde Schwinn schloss die Augen, lehnte sich zurück und schwieg.

»Frau Schwinn? Sind Sie … sind Sie eingeschlafen? Wenn Sie gestatten?« Grosch meinte die Frage völlig ernst.

»Bettina kam am Sonntagabend nicht nach Hause«, erklang plötzlich eine raue Grabesstimme aus weiter Entfernung. Sand, der über Knochen fegt.

Grosch wandte sich dem Ehegatten der bunten, übergeschnappten Frau zu, der nach wie vor regungslos am Tisch saß und mit den Schatten verschmolz. Er hatte beim Sprechen nicht einmal den Kopf gehoben.

»Also vor zwei Tagen ist Ihre Tochter verschwunden?«, fragte Grosch. Er überlegte, ob er aufstehen und zu dem grauen Elend hinübergehen sollte, ließ es dann aber bleiben.

»Sie hatte den Nachmittag bei einer Kommilitonin in Weyher verbracht. Studierte Biologie. In Landau. Selbstständiges Mädchen. Ich gehöre nicht zu der Art von Vätern, die sofort durchdrehen, wenn das erwachsene Kind mal eine Nacht nicht nach

Hause kommt. Kam öfters vor. Sie hatte so viel an der Uni zu tun, manchmal übernachtete sie im Studentenwohnheim bei einer Freundin. Aber normalerweise rief sie vorher an. Diesmal hat sie nicht angerufen, aber ich habe mir nichts dabei gedacht.« Erst jetzt blickte der graue Mann auf. »Ich bin ein guter Vater, Herr Grosch.« Tränen schimmerten in seinen Augen.

Grosch nickte. »Ich bin überzeugt davon, dass Bettina Sie sehr gern gehabt hat«, sagte er. »Es ist nicht Ihre Schuld.«

Mutter Schwinn war indes wieder aus Ihrem tranceartigen Zustand erwacht. Sie verknotete ihre Beine auf noch abstrusere Weise und starrte auf die Hände in ihrem Schoß, die die Teetasse mit der Schießpulverflüssigkeit umklammert hielten.

»Wir alle tauchen eines Tages ein in den Fluss der blauen Kuh, es ist nur eine Frage der Zeit. Aber im Fluss ist alles herrlich warm und behütet, und wir singen Lieder.«

Grosch sah sie verständnislos an. Dann blickte er wieder zu dem gebrochenen Mann, und ein tiefes Gefühl des Mitleids glühte in seinem Innern auf, so stark, dass es ihm kurz die Luft zum Atmen nahm. Verdammt, der Mann am Wohnzimmertisch machte die Hölle durch – allein! Seine Gattin war abgetaucht in eine Scheinwelt, um sich ihrem Leben und ihren Ängsten nicht stellen zu müssen.

Es passte nicht. Shit, die beiden passten so was von *überhaupt nicht* zusammen! Am liebsten hätte Grosch Heinz-Hermann Schwinn gepackt und mit ihm fluchtartig das verrückte rosafarbene Fleischhaus verlassen. Aber das ging nicht.

»Ihre Tochter studierte also Biologie. In Landau.« Das bloße Wiederholen der Tatsachen war nicht unbedingt das Klügste, was Grosch von sich geben konnte. Das Problem war, dass ihm partout nicht einfiel, wie er mit den gegensätzlichen Welten der Schwinns – grau und bunt – umgehen sollte. Grosch kam sich vor, als wäre er mitten in einen surrealen Traum gestolpert.

Er spürte den Blick von Heinz-Hermann Schwinn auf sich ruhen, versuchte, Augenkontakt herzustellen, aber das Gesicht des Mannes lag versteckt im Schatten.

»Können Sie mir sagen, welche Bestie mein Kind ...« Schwinns Stimme brach. »Sie sind doch Polizist! Sie wissen doch, was man in so einem Fall unternimmt.«

»Ich brauche irgendwelche Hinweise, Herr Schwinn«, erwiderte Grosch mit ruhiger Stimme. »Irgendwas. Ist Ihnen denn überhaupt nichts an Ihrer Tochter aufgefallen? Hat sie sich in letzter Zeit irgendwie verändert oder seltsam verhalten?«

Schwinn schüttelte den Kopf. »Nichts. Da ist nichts.« Er dachte einen Moment länger nach. »Gar nichts. Sie traf sich mit denselben Leuten wie immer. Ihren Kommilitoninnen, dem jungen Winzer, dem sie in seinem Weinlabor aushalf ...«

Grosch horchte auf. »Können Sie mir zufällig die Namen dieser ...«

»Es ist einfach geschehen«, fuhr Heinz-Hermann Schwinn fort, als hätte er ihn gar nicht gehört. »Das ist das Schreckliche, nicht wahr? Manchmal geschehen Dinge einfach, ganz ohne Grund.«

»Es *muss* aber einen Grund geben, Herr Schwinn! Ich bezweifle, dass dieser entsetzliche Mord aus reiner Willkür passiert ist.«

Grosch bemerkte, dass Heinz-Hermann Schwinn bei dem Wort »Mord« in seiner Schattenecke zusammenzuckte.

»Wir sehen uns alle wieder im Fluss der tausend Seelen«, leierte Hilde. »Dort wird unser Kind auf uns warten, bis auch wir so weit sind.« Aber ihre Maske bröckelte allmählich, Grosch bemerkte, dass Tränen auch in ihren Augen schimmerten.

»Glauben Sie«, sagte Grosch vorsichtig, »dass ein Mensch ihre Tochter umgebracht hat? Die hiesige Polizei scheint von einer Art Unfall auszugehen, in den ein – wie soll ich sagen? – wildes Tier involviert war.«

Was nun folgte, erschreckte Grosch zutiefst. Er hatte schon viel gesehen, viele Absonderlichkeiten erlebt, er hatte Dingen, die auf den ersten Blick übernatürlich wirkten, Angesicht zu Angesicht gegenübergestanden. Nie hatte er dabei die Fassung verloren. Sein Verstand war zu rational (und zu faul), um sich vor irgendetwas zu fürchten. Doch bei dem, was nun geschah, jagte ihm eine Gänsehaut über den Rücken. Es fühlte sich an, als wäre er rücklings in einen wuselnden Ameisenhaufen gefallen.

Hilde Schwinn begann zu lachen. Es war ein helles, mädchenhaftes Lachen, das von tief drinnen kam, eine Mischung aus Schreien und Kichern, Panik und Glückseligkeit. Sie lachte so heftig, dass sie ihre Tasse umstieß, deren Inhalt sich über den gelben Teppich ausbreitete.

Heinz-Hermann Schwinn sprang plötzlich auf und trat mit energischen Schritten in die Mitte des tuchverhangenen Zimmers. »Schweig, Frau!«, rief er. Es klang verzweifelt, mehr eine Bitte als ein Befehl. »Schweig endlich, verdammt … HALT DEIN MAUL!«

Aber Hilde konnte nicht aufhören. Sie hielt sich den Bauch, rollte sich auf dem Boden in eine embryonale Seitenlage und lachte noch lauter. Grosch wusste, dass ihn dieses entsetzliche Lachen verfolgen würde bis in die Hölle.

Heinz-Hermann Schwinn stand mit angewinkelten Armen im Wohnzimmer, inmitten des süßlichen Duftes der Räucherstäbchen. Er ballte die Hände zu Fäusten, als wollte er sich im nächsten Moment auf seine Frau stürzen und ihr ins Gesicht schlagen. Doch stattdessen wirbelte er herum und verschwand durch die gelbe Glastür des Wohnzimmers.

Es dauerte eine weitere Minute, ehe sich Hilde beruhigen konnte. Mit dem Handrücken wischte sie sich die Tränen aus den Augen.

»Ein Tier, sagen Sie.« Plötzlich, scheinbar ohne Übergang, klang ihre Stimme wieder ruhig. »Ein Tier soll es gewesen sein. Was für eine seltsame Idee, Herr Grosch. Wie naiv. Wie von einem Kind. Dabei stellt sich die Frage, welche Kreatur das Schicksal zu Bettina geschickt hat, doch gar nicht. Jeder weiß es.«

Grosch zog die Augenbrauen hoch. »Sie *wissen*, wer Ihre Tochter ermordet hat?«, fragte er langsam.

Hilde blickte ins Leere. »Der Mann-Wolf kommt und frisst die Lebensenergie der Vorherbestimmten, auch wenn sie noch nicht so weit sind. Er ist wie ein Staubsauger, verstehen Sie? Ein Energiestaubsauger.«

Grosch versuchte, sich an die psychologischen Lektionen während seiner Ausbildung zu erinnern, daran, wie man in so einem Fall seinem verstörten Gegenüber begegnen sollte. Aber ihm fiel nicht das Geringste ein, und auch seine Intuition, auf die er sich normalerweise verlassen konnte, ließ ihn im Stich.

»Der Energiesauger«, flüsterte er und lehnte sich nach vorne. »Sie meinen, es gibt ein Wesen, das nachts durch die Weinberge streift? Und dass dieses Wesen Ihrer Tochter … begegnet ist?«

Hilde nickte aufgeregt. »Kennen Sie die Werke von Boris Altarnus de Copta Plasifal y Carma? Nein? Und von Walther Pflueger? Sollten Sie lesen, Herr Grosch. Ich hätte darauf gewettet, dass Sie die kennen. Ihre Frage trifft nämlich voll ins Schwarze. Unsere Tochter ist dem Mann-Wolf begegnet. Er streift seit Jahrhunderten hier herum, ab und zu sieht ihn eine verirrte Seele. Egal, wie Sie die Kreatur nennen, wir beide, Sie und ich, Herr Grosch, wir wissen, dass es der Energiesauger ist.« Hilde Schwinn verzog plötzlich das Gesicht, ihre Fassade stürzte in sich zusammen, und es sah aus, als würde sie im nächsten Moment in Tränen ausbrechen. Grosch war sich nicht sicher, ob er froh über die erste menschliche Gefühlsregung der verwirrten Frau sein sollte oder ob sie ihn eher abschreckte.

»Es hat wieder angefangen, Herr Grosch. Der Mann-Wolf ist wieder unterwegs.«

Grosch nickte, obwohl er keine Ahnung hatte, wovon Hilde Schwinn sprach.

»Im neunzehnten Jahrhundert – da ist er das erste Mal losgezogen, um sich zu nähren. Und als er satt war, hat er sich schlafen gelegt. Jetzt … ist der Mann-Wolf wieder erwacht und wandelt zwischen den Reben umher.«

Ungeachtet all des Blödsinns, den Hilde Schwinn bisher von sich gegeben hatte, wurde Grosch hellhörig. »Im neunzehnten Jahrhundert?«, fragte er. »Wollen Sie damit sagen, es ist hier in der Gegend *schon einmal* zu außergewöhnlichen Morden gekommen?«

Hilde Schwinn nickte. »Um 1880, wenn mich nicht alles täuscht. In Kottler und Rhodt und ich glaube, auch in Weyher, kam es zu … Vorfällen.«

Grosch betrachtete die bunte Frau aufmerksam, drängte sie nicht.

»Menschen wurden verstümmelt und auf die Reben gespießt ... und zum Teil gefressen. Ein Werk des Mann-Wolfs, Herr Grosch. Er lebt in einem Erdloch, von wo er die Umgebung beobachtet. Seit über hundert Jahren ist er nicht mehr herausgekommen, um sich zu nähren. Aber jetzt ist die Bestie wieder erwacht, und sie hat *Hunger*.«

Grosch schüttelte den Kopf. »Verzeihen Sie, Frau Schwinn, ich möchte Ihnen nicht zu nahe treten, aber das alles klingt wie eine Schauergeschichte, die man kleinen Kindern erzählt, damit sie parieren. Und mein Instinkt sagt mir, dass Sie das genauso sehen. Was, also, wollen Sie mir wirklich mitteilen?«

Die Maske seligen Lächelns senkte sich von Neuem über Hilde Schwinns Gesicht. Als sie sprach, klang ihre Stimme nicht mehr überkandidelt. »Ich weiß, Herr Grosch, Sie halten mich für eine verrückte alte Frau, die am Trauma ihres Verlustes zerbricht.« Ihre Augen wurden wässrig. »Vielleicht stimmt das. Aber eine Sache dürfen Sie nicht vergessen: Manchmal, Herr Grosch, manchmal erwacht das Schlafende. Wenn Sie sich an meiner Ausdrucksweise stören, dann halten Sie bitte an diesem Satz fest: Ich glaube, das Schlafende ist erwacht, und es schleicht bei Vollmond durch die Weinberge.« Sie sah Grosch eindringlich an. »Versprechen Sie mir, dass Sie dem ein Ende bereiten werden. Bringen Sie das, was nicht hätte erwachen dürfen, zur Strecke.«

Grosch schluckte, nickte bedächtig. »Ich verspreche es Ihnen, Frau Schwinn.« Er erhob sich, zog seinen Mantel am Kragen zusammen und wandte sich in Richtung Tür.

Draußen war die Dämmerung hereingebrochen. Grosch hatte es dennoch nicht eilig, als er die einsame Hauptstraße Kottlers entlangschritt. Er brauchte Zeit, die seltsame Begegnung zu verdauen. Es störte ihn nicht, dass der Ort nach Sonnenuntergang noch ausgestorbener wirkte als bei Tag.

Gedankenverloren setzte er einen Schritt vor den anderen, als er hinter sich plötzlich ein ohrenbetäubendes Rappeln vernahm. Er drehte sich um und sah die Silhouette eines flachen Wagens um die nächste Biegung kommen. An der hinteren Stoßstange baumelte etwas lose herab und schleifte unter beträchtlicher Geräuschentwicklung am Boden.

Mit wenig mehr als Schrittgeschwindigkeit kam das Fahrzeug heran. Bald konnte Grosch erkennen, dass es sich um einen dunkelblauen Honda Legend aus den späten achtziger Jahren handelte. Das ehemals luxuriöse Coupé war in denkbar schlechtem Zustand: Das Blech war pockennarbig von Beulen und Kratzern, der Lack nur noch aufgrund seiner Position auf der Außenseite des Gefährts als solcher zu erkennen, und einer der beiden Klappscheinwerfer flackerte zum Erbarmen.

Als der Wagen ihn passierte, ertönte ein ohrenbetäubendes Quietschen, nackter Stahl, der über Stahl schabte. Er rollte gut zwanzig Meter weiter, bis er mit rasselndem Motor zum Stehen kam.

Einen Augenblick lang geschah nichts. Dann öffnete sich leicht ruckelnd das elektrische Fenster auf der Fahrerseite. Leiser Vibraphonjazz drang ins Freie.

Groschs Lippen trafen sich, um ein »P« wie »Passfeller« zu artikulieren. Da schob sich plötzlich ein Arm aus dem geöffneten Fenster, einen rundlichen, in Papier gewickelten Gegenstand in der Hand.

Grosch kniff die Augen zusammen, schnüffelte konzentriert in die kühle Abendluft. Dann senkten sich seine Schneidezähne wie von selbst auf die Unterlippe herab. *»Fishmäc«*, flüsterte er ehrfürchtig. Mit einigen raschen Schritten war er bei dem Fahrzeug, riss die Beifahrertür auf und ließ sich hineinfallen.

»Pass! Du hier? Was für eine Überraschung!«

Frank Passfeller, gekleidet in ein schwarzes Ledersakko, Jeans und Cowboystiefel, erwiderte die Begrüßung mit verkniffenem Gesicht. »Wohl kaum, altes Kameradenschwein«, sagte er knurrig. »Du schäbiger Manipulator hast von Anfang an fest damit gerechnet, dass ich sofort hier angedackelt komme, wenn du mir nur den Mund mit deinen Werwolfvorkommnissen wässrig genug machst. Du hast *gewusst*, dass ich bei so einer Sache gar nicht anders kann! Nur deswegen hast du mich auf Mallorca angerufen, oder?«

Grosch lächelte ihn mit großen Augen an. Vielleicht lächelte er auch den Fishmäc an, der nach wie vor am Ende von Passfellers Arm außerhalb des Fensters schwebte.

Passfeller seufzte, zog den Arm ein und warf Grosch das Mitbringsel in den Schoß. »Da – friss und stirb. Ich weiß gar nicht, wieso ich dir überhaupt was mitbringe, wo du mich so mies ausgespielt hast.« Er schüttelte den Kopf, wies auf den Burger. »Stammt vom letzten Schnellfraßladen diesseits der Autobahn, kurz bevor die Zivilisation schlagartig aufhörte. Ist natürlich längst kalt – ich hab *Stunden* gesucht, bis ich dieses gottverlassene Saukaff endlich gefunden hatte.«

»Völlig irrelevant«, konterte Grosch, riss mit gierigen Fingern die Papierumhüllung auf und drückte sich eine Hälfte des lappigen Brötchens in den geöffneten Mund. »*Immer* köschtlisch!«

»Im Handschuhfach sind mehr«, erklärte Passfeller. »Wie gesagt, ich weiß gar nicht, wieso ich das immer wieder ...«

»Weil ich dein Freund bin, Pass«, erwiderte Grosch fröhlich und verputzte die zweite Hälfte des Fischbrötchens. Remouladentropfen rannen träge in seinen Bart. »Und weil Freunde sich nun mal gegenseitig das Leben verschönern. Eine der Grunddefinitionen von Freundschaft, wenn du gestattest?«

»Ach? Und du – hast *du* mir vielleicht das Leben verschönert, indem du mich aus meinem wohlverdienten Urlaub gerissen hast?«

»Ich habe dem Kriminologen in dir Gelegenheit gegeben, an etwas teilzuhaben, das sich möglicherweise als einer der spektakulärsten Fälle der SK 66 erweisen könnte, Pass. Oder auch nicht. Man wird sehen ... Im Handschuhfach, sagst du?«

Passfeller nickte, und Grosch beugte sich nach vorne. Als sein Blick auf den Armaturenträger fiel, stutzte er.

Der Innenraum des Legend hatte sich seit seiner letzten Mitfahrt nachhaltig verändert: Über die gesamte Breite des Armaturenbretts verteilten sich Zusatzinstrumente, runde und eckige, kleine Knöpfe und längliche Kippschalter, Touchscreen- und Digitalanzeigen sowie etwa 5000 verschiedene Kabel, die von den Apparaturen herabbaumelten, um irgendwo in der Dunkelheit des Fußraums zu verschwinden.

Grosch deutete mit einer Hand auf das elektrische Brimborium, während er mit der anderen das Handschuhfach öffnete. Knisternd holte er einen weiteren Fishmäc hervor. »Lass mich raten, Pass: Du hast die Kohle für die überfällige Inspektion anderweitig angelegt?«

Passfeller nickte stolz. »Allerdings. Statt in Ölwechsel, Bremsen, Auspuff und solchen Mist habe ich in einige der modernsten Zusatzgeräte investiert, die die Verbrechensbekämpfungstechnik gegenwärtig zu bieten hat. Manches ist über das Internet aus Amerika importiert, anderes in Eigenregie mit meinem alten Freund Lolek von der Honda-Garage in Frankfurt zusammengeschraubt.« Lässig legte er den rechten Arm auf Groschs Rückenlehne. »Ich sage dir, Tillmann: Gegen dieses Geschoss sind James Bonds Filmautos ein lauer Mückenschiss. Wer will schon Ölteppiche ausgießen und Raketen abfeuern? *Ich* habe zeitgenössische Ausrüstung verbaut! Nachtsichtgerät, Doppelvergaser-Turbo und phototrope Scheibentönung lauten die Zauberworte von heute.«

»Ffototrope Ffeibentönung?«, erkundigte sich Grosch kauend.

»Allerdings«, bestätigte Passfeller. Er deutete auf einen kleinen, ziemlich wacklig wirkenden Knopf, von dessen Sockel ein mehrfach geknickter Draht irgendwo ins Innere der Mittelkonsole verlief. »Elektrisch polarisierbares Silberhalogenid im Glas macht's möglich. Wenn ich hier draufdrücke, färben sich sämtliche Scheiben des Wagens im Handumdrehen undurchsichtig dunkel. Ziemlich praktisch, um unerkannt durch eine Menschenansammlung zu fahren. Gib acht!«

Er drückte auf den Knopf. Es klickte.

Im selben Augenblick erstarb der Motor des Honda mit einem unästhetischen, rülpsenden Geräusch. Auch die leise Jazzmusik verstummte abrupt.

Sonst geschah nichts.

»Falsch verkabelt?«, brummte Grosch mitfühlend und zerknüllte umständlich Fishmäcpapier, um die peinliche Stille zu übertönen.

»Ich ... den Rest zeig ich dir ein andermal«, murmelte Passfeller und drehte wütend den Zündschlüssel, um den Wagen neu zu starten. Nach drei Versuchen sprang der Motor an. »Wo müssen wir hin, damit ich hier was zum Übernachten kriege?«

Grosch, der gerade gewissenhaft einen dritten Burger auswickelte, deutete geradeaus. Der Honda setzte sich in Bewegung.

Sie fuhren etwa zwanzig Meter.

Dann brüllte Grosch: »DA!« Er deutete durch die beschlagene Windschutzscheibe auf ein uraltes, schmutziges Sandsteinhaus rechts der Straße. Über der Tür ragte ein rostiger Eisenpfahl über den Gehweg hinaus, an dem ein hölzernes Schild baumelte. Im Licht einer verkrusteten Glühbirne (die zweite war defekt) konnte Passfeller das Wort *Fremdenzimmer* entziffern.

»Sehr vertrauenerweckend«, kommentierte er und stellte den Motor ab. »Und du glaubst, die haben noch was für mich?«

»Nöö«, sagte Grosch und stieg aus. »Ich hab das einzige Zimmer bekommen, und eine andere Pension gibt es in Kottler nicht.« Bevor Passfeller zu einer verdutzten Erwiderung ansetzen konnte, fügte er hinzu: »Aber keine Angst, Pass, du musst nicht auf der Straße nächtigen. Es ist ein Doppelzimmer!«

»Wie schön«, murmelte Passfeller und drückte auf einen von acht Knöpfen seiner Fernbedienung, um den Wagen zu verriegeln.

Nichts passierte.

Kapitel 6

Staub und Ackerkrume

Speyer (Pfalz), 17. September 2003

Bei strahlendem Sonnenschein steuerte Passfeller den Legend am folgenden Mittag durch die Parkplatzeinfahrt des Pfälzischen Landesarchivs, rollte in die erstbeste Parklücke und stellte den Motor ab. Er blieb sitzen und lauschte versonnen den letzten Takten des Songs »Waiting for a Lotto Sixpack« von *Der Enorme Mann.*

Der Enorme Mann war Passfellers neueste Entdeckung auf dem Jazzsektor: ein Quintett aus der Schweiz, das den entspannendsten Vibraphonjazz spielte, der Passfeller in seinem an entspannendem Vibraphonjazz nicht armen Leben bisher untergekommen war. Als Vibraphonist Urs Jetzter seinem Instrument endlich die letzten sphärischen Klänge entlockt hatte, beugte sich Passfeller vor, um die CD auszuschalten. Er drückte auf einen Knopf, und mit einem lauten *Schschschsch* quoll eine weiße Dampfwolke aus den Belüftungsgittern des Armaturenbretts. Noch bevor Passfeller das infernalische Brennen in den Augen und den krampfartigen Hustenreiz in den Lungen spürte, riss er die Tür auf und verließ fluchtartig den Wagen.

Während er untätig neben seinem Fahrzeug stand und wartete, dass sich die Tränengasschwaden verzogen (irgendwie musste die Leitung des Panik-Buttons mit dem Massekabel des Autoradios Kontakt bekommen haben), sah er sich um. Von dem monumentalen Gebäude, in dem sich die Pfälzische Landesbibliothek sowie das Landesarchiv befinden sollten, konnte er aufgrund einer Wand aus Büschen und Bäumen nicht viel erkennen. Passfeller wedelte letzte Gasreste aus dem Innenraum, verschloss den Wagen und folgte einem Pfad zum Vordereingang.

Die Idee, das Pfälzische Landesarchiv in Speyer aufzusuchen, war ihm gekommen, nachdem Grosch am Abend zuvor von seiner merkwürdigen Begegnung mit den Eltern der Ermordeten berichtet hatte. Auch wenn Hilde Schwinn kaum das Idealbild einer vertrauenswürdigen Informantin darstellte, hatten er und Grosch beschlossen, den Ansatz des von ihr erwähnten »Mann-Wolfs« zu verfolgen. Zwar war es durchaus möglich, dass es sich nur um einen lokalen Mythos handelte oder etwas, wovon man sich in der esoterischen Subkultur nach dem Genuss fragwürdiger Pilzgewächse zuraunte; genauso gut mochte es im neunzehnten Jahrhundert aber tatsächlich irgendwelche mysteriösen Verbrechen in der Region gegeben haben. Und in diesem Fall konnte es sich beim Mörder von Bettina Schwinn um einen Nachahmungstäter handeln, der sich historische Untaten zum Vorbild genommen hatte.

Passfeller umrundete eine Biegung und trat auf einen weiten, gepflasterten Platz, an dessen entferntem Ende sich die Landesbibliothek in den strahlend blauen Himmel erhob. Es war ein kantig-geometrischer Bau mit durchgehenden, parallelen Fensterreihen und einer weiß verkleideten Außenhaut, dessen Architekt sich einen ausnehmend plumpen Raumkreuzer aus *Star Wars* zum Vorbild genommen zu haben schien. Sogar für publikumswirksame außerirdische Einflüsse war gesorgt worden. In der Mitte des Platzes thronte eine Skulptur, die einer exterrestrischen Kultur entsprungen sein musste: eine große Masse Metall, gestapelt auf eine zweite große Masse Metall. Zielstrebig hielt Passfeller auf die großen Drehtüren zu, die den Eingang des Raumkreuzers markierten.

Bereits am frühen Morgen, nach einer entwürdigenden Nacht in Groschs winzigem Doppelzimmer (es gab zwar separate Betten, jedoch schienen sie für Wesen von deutlich unter einem Meter fünfzig gezimmert), hatte Passfeller zunächst bei der Neustädter Stadtbibliothek angerufen. Er erkundigte sich nach Polizeiprotokollen und Kriminalakten aus dem späten neunzehnten Jahrhundert. Als er im Verlauf des eher zähen Telefonats die Lautstärke ein wenig erhöhte und die BKA-Muskeln spielen ließ, verwies man ihn hastig an die Pfälzische Landesbibliothek. Dort wurde er wiederum weiterverbunden, diesmal zur Archivabteilung, die sich endlich als richtige Adresse herausstellte. Die Leiterin der Einrichtung versicherte ihm, man verfüge über Urkunden- und Aktenbestände, die zum Teil bis ins Mittelalter zurückreichten, sowie einen umfangreichen Fundus an Verwaltungsdokumenten und behördlichen Schriften ab dem Jahr 1816. Falls es tatsächlich in den 1880er Jahren irgendwo in der Nähe der Ortschaft Kottler eine Serie mysteriöser Kriminalfälle gegeben habe, so lägen darüber in Speyer mit hoher Wahrscheinlichkeit Aufzeichnungen vor. Passfeller kündigte sein Erscheinen für die Mittagszeit an, und die Dame versprach, sofort einen Mitarbeiter auf die Fragestellung anzusetzen, so dass mit etwas Glück bis zu seiner Ankunft alles relevante Material bereits zusammengesucht sei.

Mit dem kühlen Blick eines Mannes, der weiß, was er sucht, passierte Passfeller die Drehtür und betrat die gut zehn Meter hohe Eingangshalle. Leicht erhöht durch einen Stufenaufgang war eine große Anmeldungs- und Registrationstheke zu erkennen. Dahinter schloss sich die Bibliothek mit ihren Karteikästen, Bücherregalen und digitalen Rechercheterminals an. Auch die beiden nächsthöheren Stockwerke, die wie breite Balkons über der Eingangshalle aufragten, waren mit Bücher- und Zeitschriftenregalen vollgestopft. Passfeller wandte sich nach links und folgte einer Treppe ins nächsthöhere Stockwerk. Dort, so hatte er am Telefon vereinbart, würde man ihn erwarten.

Als er die gläserne Doppeltür durchquerte und den Benutzersaal des Landesarchivs betrat, war sein erster Eindruck der einer seit langem ungestörten Stille.

Der Raum war riesig. Auf zwei Seiten wurde er von einer Galerie eingefasst, während auf der linken durch große Fensterflächen helles, freundliches Tageslicht hereinfiel. Weiße Tische standen in langen Reihen hintereinander wie in einem Schulsaal, ausgestattet mit modernen, ebenfalls weißen Leselampen. Meterhohe Topfpflanzen reckten sich aus eckigen Kübeln der hohen Decke entgegen.

Ein rascher Rundblick zeigte Passfeller, dass er nicht allein war: An den Tischen saß insgesamt ein halbes Dutzend Besucher, bis auf eine Ausnahme alles Männer. Als hätten sie sich zu Hause abgesprochen, trugen alle karierte Jacketts, dazu Rollkragenpullover oder Schals. Ihre schlaffe Gesichtshaut war von der Farbe lange geöffneten Magerquarks; keiner von ihnen war jünger als achtzig. Vor jedem türmte sich ein gewaltiger Stapel loser oder in Schachteln gestapelter Akten, und die Greise lasen darin mit Augen, die hinter winzigen Zwickern oder riesigen Kassengestellbrillen bis zur Unkenntlichkeit zusammengekniffen waren. Passfeller argwöhnte, dass sie verzweifelt herauszufinden suchten, ob sie nicht zur Zeit des Dritten Reiches zufällig irgendwann irgendwo irgendetwas *Gutes* getan hatten, an das sich bloß niemand mehr erinnerte, sie selbst eingeschlossen.

Mit einem beklommenen Gefühl schritt er an den Tischreihen entlang. Niemand schien ihn zu bemerken, niemand sah auf. Generell war Bewegung die Sache der Archivbenutzer nicht; die Greise wirkten wie Schaufensterpuppen, starre Bestandteile der Einrichtung. Nur ganz selten verriet ein zeitlupenhaftes Umblättern oder ein verhaltenes Räuspern, dass Leben in ihnen war.

Passfeller erreichte einen L-förmigen Tresen, hinter dem eine junge Frau saß und emsig Unterlagen sortierte. Er wollte gerade den Mund öffnen und sich vorstellen, als er aus dem Augenwinkel *sie* entdeckte – die Herrscherin des Trupps antiker Rechercheure. Tonnenförmig und knallbunt geschminkt thronte sie am entfernten Ende der hintersten Tischreihe, das schlohweiße Haar zu einer komplexen geometrischen Skulptur aufgetürmt. Die Frau war deutlich älter als die restlichen Mumien, ein Relikt von mindestens hundert Jahren, schätzte Passfeller. Wie um diesem überdeutlichen Umstand Hohn zu spotten, hatte sie einen topmodernen Laptop vor sich aufgebaut. Würdevoll hockte sie hinter dem Gerät, eine Königin unter den Untoten, und ließ mit hypnotischer Regelmäßigkeit alle drei Sekunden einen goldberingten Zeigefinger auf einzelne Tasten herabfahren, während ihr Kopf wie der einer Galapagosschildkröte träge zwischen einer aufgeschlagenen Akte und dem Monitor hin- und herpendelte.

Schaudernd wandte Passfeller sich dem Tresen zu. Mit Erleichterung stellte er fest, dass die Frau dahinter höchstens fünfundzwanzig und sogar einigermaßen attraktiv war. Sie hatte kinnlanges, mahagonifarbenes Haar und eine überaus ansehnliche Figur, die von einem engen, schwarzen Pullover vorteilhaft betont wurde.

»Passfeller, SK 66«, sagte Passfeller und stützte sich männlich auf die Theke. »BKA, polizeiliche Recherche. Sie wissen Bescheid.« Er lächelte souverän.

Die junge Frau starrte ihn aus riesigen, haselnussbraunen Augen an.

Sie wusste nicht Bescheid.

»Ich, ahh ...«, hob Passfeller an, diesmal etwas weniger souverän. »Ich hatte telefoniert ... mit Ihrer Chefin, sollte mich hier melden.« Das Mädchen legte auf eine bezaubernde Art und Weise den Kopf schief und öffnete den Mund, um etwas zu erwidern. Da machte es hinter Passfellers Rücken unvermittelt *»Psssst!«*

Er drehte den Kopf und stellte überrascht fest, dass die leblosen Zombiekörper ringsum offenbar doch zu Bewegungen fähig waren: Sämtliche der hängebackigen Gesichter waren ihm zugewandt. Die fette Mumienkönigin hatte ihren monotonen Rhythmus auf der Laptoptastatur unterbrochen und hielt tadelnd einen Zeigefinger an die grellroten Lippen. In ihrem Blick lag die generationenalte Verachtung des Adels für den Pöbel.

Die junge Frau bedeutete ihm schweigend, einen Augenblick zu warten. Sie tätigte einen unhörbaren Telefonanruf, dann nickte sie ihm freundlich zu und flüsterte in kaum vernehmbarer Lautstärke: »Alles klar, Herr Passfeller. Die Archivleitung sagt, einer unserer Sachbearbeiter hat bereits Material für Sie zusammengesucht. Es wird gleich heraufgebracht. So lange müssten Sie bitte warten.«

Hinter Passfellers Rücken *psssste* es erneut wütend. Die junge Frau wies ihn mit einem Kopfnicken an, am vorderen Ende einer Tischreihe Platz zu nehmen. Da ihm nichts anderes übrig blieb, fügte er sich in sein Schicksal. Er setzte sich, schloss die Augen und stellte sich vor, er wäre eine Figur in einer grotesken amerikanischen Slapstickserie.

Und wartete.

Die Hände in den Taschen seines Lodenmantels vergraben, einen Moods-Zigarillo im Mundwinkel, stapfte Grosch die gewundene Hauptstraße Kottlers entlang. Ab und zu berührte er das Notizbüchlein in seiner Tasche, in dem er bisher enttäuschend wenige Einträge festgehalten hatte.

Er hatte bereits geahnt, was Passfellers Abreise zum Betreiben »historischer Recherchen« für ihn bedeuten würde: Er musste in diesem trostlosen, verwanzten Kaff bleiben und auf Eingebungen hoffen – oder zumindest auf literarische Inspiration. Seine anfängliche Hoffnung, dass mit dem neuen Fall eine Fülle von kreativen Ideen auf ihn niederprasseln würde, war bisher kläglich enttäuscht worden. Wahrscheinlich, dachte er, lag es an der Einsamkeit des Ortes und an der Verschwiegenheit der Dorfbewohner. Irgendein Autor hatte mal gesagt, er benötige absolute Einsamkeit, um sein Oberstübchen auf Trab zu bringen. Grosch verspürte nichts dergleichen, im Gegenteil, er fühlte sich hier geradezu sediert.

Müde wie ein verregneter Feriennachmittag lag die Straße vor ihm. Er lief mitten auf der Fahrbahn, ein Auto würde nicht kommen. Niemand verirrte sich freiwillig hierher.

Es war zum Auswachsen. Grosch fühlte sich ausgezehrt, obwohl er noch gar nichts Nennenswertes auf die Beine gestellt hatte. Gut, er hatte mit den beiden nervösen Jugendlichen geredet, die ihm in fragwürdiger Grammatik ihre unheimliche nächtliche Begegnung geschildert hatten. Und er hatte Bert Hempel besucht und sich das Handy-Video mit der seltsamen Gestalt und ihren glühenden Augen angesehen.

Grosch wollte es sich nicht eingestehen, aber zum ersten Mal in den langen Jahren seiner Tätigkeit als SK-66-Sonderkommissar nervte ihn sein Job. Viel lieber wäre er jetzt daheim gewesen, in seiner Wohnung in Butzbach, wo er wie ein Walross auf der »Sonderanfertigung« herumliegen könnte, einem riesigen Sitzsack, um über seinen Kriminalroman *Der Entstellte vom Doktorberg* nachzudenken.

Die Häuser am Straßenrand sahen aus, als hätten sie sich seit hundert Jahren nicht verändert, aber sie versprühten nicht die geheimnisvolle Aura vergangener Zeiten. Sie sahen langweilig aus. Grosch schielte durch offene Tore in Höfe, wo Traktoren und merkwürdige verrostete Maschinen herumstanden, die den Anschein erweckten, als würden sie seit Dekaden nicht mehr benutzt. Trostlosigkeit erfuhr eine neue Bedeutung.

Er dachte an Bert Hempel. Wenigstens er schien nicht so grenzdebil zu sein wie die übrigen Leute hier mit ihren abweisenden Gesichtern und ihren niemals lächelnden, verkniffenen Lippen. Er überlegte, ob er ihm spontan einen erneuten Besuch abstatten sollte. Aber wozu sollte das gut sein?

Sie tappten im Dunkeln. Himmel, was für ein klischeebeladener Satz. Grosch ermahnte sich, ihn auf gar keinen Fall in seinem Roman zu verwenden. Das war eine billige Phrase. Tatsache jedoch war, dass er und Passfeller keinen echten Ansatzpunkt hatten. Das Geschwätz Hilde Schwinns klang im Nachhinein so wirr, dass selbst Passfellers Ausflug ins Landesarchiv eher wie eine Arbeitsbeschaffungsmaßnahme wirkte.

Hempel hatte ihm die Adresse der einzigen Gastwirtschaft in Kottler genannt, einer Kneipe mit Namen *Garten Eden.* Grosch war bereits daran vorbeigelaufen, hatte durch die grünen Butzenglasscheiben geschaut, aber das Lokal war noch geschlossen gewesen. Also war er weitermarschiert, in der Hoffnung, einem Menschen über den Weg zu laufen, mit dem er ein wenig plaudern konnte.

Er lief keiner Menschenseele über den Weg.

Hempel hatte ihn und Passfeller für den nächsten Tag zu einer Weinprobe auf sein Gut eingeladen. Grosch hatte noch nie an einer Weinprobe teilgenommen, aber er hoffte, dass er dort vielleicht den einen oder anderen Bewohner dieses Ortes in ein Gespräch verwickeln könnte.

Er stellte sich vor, dass er mit einem Haufen angetrunkener Männer in einem Keller voller alter Weinfässer herumstehen und einen guten Rebensaft nach dem anderen genießen würde. Und er hegte die Befürchtung, dass es Passfeller schnell ins Nirwana befördern könnte. Passfeller vertrug keinen Wein. Wenn er den Zenit überschritt, wurde er – nun ja, merkwürdig. Grosch hatte es einmal erlebt, damals, als sie dem Vampir von Wetzlar das Handwerk legten. Passfeller hatte mit einem der mutmaßlichen Täter, der sich später als unschuldig herausstellte, ein Wetttrinken veranstaltet. Der Rest war Geschichte. Grosch versuchte, das Bild seines jodelnden Kollegen, der die Arme um zwei wildfremde Männer legte und ihnen versicherte, dass er sie liebte, zu verdrängen, aber es funktionierte nicht.

Er bog um eine Ecke und betrat eine kopfsteingepflasterte Seitengasse. Die Luft roch schlecht, nach Fäulnis und verbranntem Laub, so als sonderten die einzelnen Sandsteine der hinfälligen Gebäude diesen Geruch ab. Als würden die Häuser atmen.

Grosch sah auf seine schmutzigen Schuhspitzen hinab und lenkte seine Gedanken zu seinem Romanversuch, der sich immer noch im Anfangsstadium befand. *Der Entstellte vom Doktorberg*. Der Titel war schon mal knorke. Dumm nur, dass er bisher nicht mehr als einen Titel hatte. Armselig.

Am Ende der Gasse stand ein monströser, blassblauer Schlüter-Traktor mit laufendem Motor. Eine bucklige Gestalt saß auf dem Bock. Stinkende Abgase stiegen aus dem senkrechten Auspuffrohr des Ungetüms auf.

Gemächlich schritt Grosch an den toten Häusern vorbei, bis er den riesenhaften Trecker erreicht hatte. Er blieb neben einem Hinterrad stehen, das ihm bis zur Schulter reichte.

Die Gestalt auf dem Sitz entpuppte sich als glatzköpfiger Mann mit einem braunen, viel zu kleinen Hut. Vielleicht war die Kopfbedeckung in der feuchten Luft eingegangen, überlegte Grosch, vielleicht war auch der Kopf des Mannes aufgequollen. Der Hutzelgreis trug eine blaue Hose und ein schmutziges braunes Hemd. Feindselig starrte er auf Grosch hinab.

»Einen schönen guten Tag!« Grosch hob eine Hand zum Gruß. »Wie geht's, wie steht's?« Er musste schreien, um das Knallen und Rattern des Traktormotors zu übertönen.

Die Gestalt bewegte sich nicht. Ihre Augen schienen aus den Höhlen quellen zu wollen. Sie standen etwas zu dicht beieinander, und einen schlimmen Augenblick lang hatte Grosch die Befürchtung, sie könnten aus dem Kopf springen und vor seine Füße kullern. Er fragte sich, wie sich Augen anfühlten, wenn man sie aufhob. Wie geschälte Trauben?

Eine halbe Minute verging, die Grosch nutzte, um sich einen neuen Zigarillo anzuzünden und die dreckverkrusteten Reifen des Traktors zu begutachten. Endlich schaltete das Männchen den Motor aus und kletterte vom Fahrersitz.

Der Mann war sehr klein und dürr, so dass Grosch einen Moment lang dachte, er hätte ein deformiertes Kind vor sich, mit dem zu großen Kopf eines glatzköpfigen Greises. Als der Mann zu sprechen begann, war es, als würde die Wolkendecke, hinter der sich die Sonne versteckt hielt, dichter werden.

»Sie sind eins von diesen Viechern!«, stellte der Alte fest.

Grosch wog abschätzend den Kopf hin und her. »Wenn Sie mit ›Viechern‹ Bullen meinen, würde ich sagen, es stimmt.«

Der winzige Mann mit dem Kinderleib krempelte seine Hemdsärmel hoch und entblößte stark behaarte, sehnige Arme, von Narben gezeichnet. »Sie sind gekommen, weil hier dieses junge Ding kaputtgemacht wurde, nicht wahr? So ist es doch, ich hab recht, ich weiß es, ich bin der Bully-Müller, gell!«

Grosch sah den Mann aus halb geschlossenen Augen an. »Hier in Kottler scheint es keinen Tod zu geben«, sagte er. »Bei euch gehen Menschen wie Dinge kaputt, jedenfalls scheint es mir so.« Er inhalierte tief. »Sie heißen Bully?«

Der Mann nickte. »Ja, aber Sie können ruhig ›Bully‹ zu mir sagen, gell, das tut hier jeder.«

Grosch seufzte. »Tja, also Bully. Wie geht's Ihnen so? Kannten Sie die Tote?«

Bully verzog sein Gesicht in gespieltem Grübeln. Dann, nach vielen Sekunden, fragte er sehr langsam, jede Silbe betonend: »Was für eine Tote?«

»Na, die Kaputte«, rief Grosch und schloss sich Bullys Lachen an.

»Ach die! Nee, kannte ich nicht. Ich meine, ich hab sie nicht flachgelegt oder so, gell.«

»Nicht?«, fragte Grosch. »Da bin ich aber überrascht.«

»Ich auch, ich auch«, brüllte Bully und lächelte wie eine Eidechse. »Dabei standen sie früher Schlange beim alten Bully. Aber das ist lange her.«

»Ich verstehe genau, was Sie meinen«, sagte Grosch. »Man wird nicht jünger. Wie alt sind Sie denn, Bully? Wenn Sie gestatten?«

»160!«, rief Bully wie aus der Pistole geschossen und blickte Grosch voller Stolz über seinen spontanen Ulk an.

»So alt schon?« Grosch fuhr sich mit den Händen durch den Vollbart. »Wenn ich Sie mir so ansehe, hätte ich geschätzt, 140, vielleicht 150, aber …«

»Ich habe mich gut gehalten. Aber zurück zum Thema: Sie sind eins von diesen beiden Viechern, gell, so ist es, gell? GELL?«

Grosch nickte. »Ich bin's«, gab er zu.

»Interessant. Wo ist denn das andere Vieh?«

»Äh … keine Ahnung. Weg. Stadt. Archiv.«

Bully, 160 Jahre alt, nickte weise. »Ich verstehe genau, was Sie meinen«, imitierte er Grosch. »Wie auch immer. Haben Sie schon eine Spur? Haben Sie die Bestie schon gesehen?«

»Die Bestie?«, wiederholte Grosch. »Sie meinen, den Mörder?«

Bully winkte ab. »Nennen Sie es, wie Sie wollen. Aber Sie haben doch bestimmt schon von der Geschichte gehört. Sind Sie ein guter Geschichten-Zuhörer? Himmel, ich habe Sie noch nicht mal nach Ihrem Namen gefragt. Tu es auch jetzt nicht.«

Der Alte war verrückt. Wahrscheinlich hatte er sein ganzes Leben in diesem beschissenen Kaff zugebracht. Seine Gene waren verseucht.

»Nein, wir haben noch keine heiße Spur«, sagte Grosch matt. Die Müdigkeit, die Kottler ausdünstete und die seinen Leib befallen hatte, kehrte zurück.

»Dann gebe ich Ihnen mal einen Tipp«, sagte Bully. »Sie sollten sich mal nachts auf die Lauer legen. In den Weinbergen. Machen Sie das, gell! Dann kann es passieren, dass Ihnen der Wolf vor die Klöten läuft.«

Grosch zog die Augenbrauen zusammen. »Der Wolf? Der scheint hier ja eine Art lokaler Berühmtheit zu sein.«

Bully blickte zu Boden und schüttelte den Kopf. »Ich habe schon viel zu viel erzählt, ich …«

»Was hat es denn mit dem Wolf auf sich? Wenn Sie gestatten? Von dem höre ich nämlich nicht zum ersten Mal.«

Bully sah Grosch aus trüben Augen an. Er rückte seinen winzigen Hut gerade und verwischte den Schweiß unter dem Band. »Na ja, das Biest, das vor über hundert Jahren hier umging, gell. Einige wollen es in den vergangenen Tagen wieder gesehen haben.« Er lehnte sich nach vorne. »Ich hoffe nur, dass es nicht in die *Siddie* kommt, gell.«

Grosch brauchte einen Moment, ehe er kapierte, dass der kleine Mann mit »Siddie« den Dorfkern Kottlers meinte. »Können Sie mir mehr erzählen von dieser sagenumwobenen Kreatur, Bully? Ich finde das sehr interess-«

Als hätte es Grosch nie gegeben, drehte sich Bully um. Er kletterte auf den Fahrersitz des riesigen Traktors, startete den Motor und gab Gas, ohne Grosch noch eines Blickes zu würdigen.

Den aufgerauchten Zigarillo im Mundwinkel, stand Grosch da und blickte dem monströsen Gefährt nach, wie es sich durch die viel zu enge Gasse entfernte. Es touchierte die eine oder andere Fensterbank, wo zum Glück keine Kästen mit Kräutern oder Blumen standen, dann war es weg. Die ekelhafte Stille Kottlers kehrte von allen Seiten zurück.

In diesem Augenblick erschien wie aus dem Nichts ein schlanker, junger Mann und lief mit langen Schritten an Grosch vorbei, der erschrocken zusammenzuckte. Er war hochgewachsen, seine Glieder, die in engen, schwarzen Kleidungsstücken steckten, wirkten spinnenartig. Er drehte sich zu Grosch um. Grosch sah ein weißes Gesicht unter dichten, dunklen Locken. Ausdruckslos starrte der Mann ihn einen Moment lang an, dann wandte er den Kopf ab und beschleunigte seine Geschwindigkeit. Er machte keine Geräusche beim Gehen.

»Hey, schönen guten Tag«, rief Grosch. »Entschuldigen Sie, ich bin …« Er biss sich auf die Zunge. Fast hätte er gesagt, *eins von den Viechern.*

Der junge Mann passte nicht hierher, fand Grosch. Er sah aus wie ein Tourist. Er besaß nicht die typische abweisende Kottler-Mimik, und in seinem Blick stand sogar eine gewisse Intelligenz zu lesen. Grosch behauptete gerne von sich, eine Person auf den ersten Blick einschätzen zu können. Nur selten lag er mit seinen intuitiven Mutmaßungen daneben.

Er rief dem jungen Mann in Schwarz nicht noch einmal hinterher, beobachtete stattdessen, wie er um die Ecke zur Hauptstraße bog und verschwand.

»Alles Verrückte«, murmelte Grosch und zündete sich einen neuen Zigarillo an.

Die Zeit stand still im Reich der Mumienkönigin. Alle drei Sekunden ertönte das einschläfernde *Klick* ihres herrschaftlichen Zeigefingers auf der Tastatur. Alle dreißig Sekunden raschelte irgendwo verstohlen brüchiges Papier, wenn einer ihrer Untertanen eine Seite umblätterte. Alle hundertzwanzig Sekunden räusperte sich jemand bronchialen Schleim aus der Kehle.

Frank Passfeller saß im Benutzersaal des Landesarchivs, am Rand der vordersten Tischreihe, und fühlte sich dem Wahnsinn so nah wie selten zuvor in seinem Leben. Stumm verwünschte er Tillmann Grosch, Kottler, den ganzen verdammten Fall und nicht zuletzt sich selbst dafür, dass er geisteskrank genug gewesen war, für *das hier* seinen wohlverdienten Urlaub abzubrechen. Wenn er daran dachte, dass er jetzt – in dieser Sekunde! – auf dem Dach des *El Mercenario* in der Sonne brutzeln könnte, kam ihm die Galle hoch. Was Moni wohl gerade machte? Ob sie bereits abgereist war? Verdenken könnte er es dem Mädchen nicht ...

Klick.

Die monotone Tipperei der fetten Fürstin riss Passfeller in die Realität zurück. Um sich abzulenken, zog er seinen Organizer aus der Jackentasche. Mit einem leisen Piepsen erwachte der handtellergroße Touchscreen zum Leben.

»Psssst!«, zischte die Mumienkönigin hinter seinem Rücken. Ihr Volk raschelte aufgebracht.

Mithilfe des Bedienstifts öffnete Passfeller eine Textdatei mit den verworrenen Angaben Hilde Schwinns. Langsam scrollte er durch den Text. Die Frau hatte explizit von einem »Mann-Wolf« gesprochen. »Mann« hieß im Althochdeutschen »wêr«, im Lateinischen »vir«, soviel wusste Passfeller, ohne das Wörterbuch des Minicomputers nutzen zu müssen. Aber auch ohne diese etymologische Kenntnis lag auf der Hand, wovon Frau Schwinn eigentlich gesprochen hatte.

Von einem Werwolf.

Klick.

Grübelnd starrte Passfeller durch die großen Fenster in den blauen Himmel. Wieder dieser Werwolfquatsch. Schon Grosch hatte in ihrem ersten Telefonat darauf angespielt. Ohne dass er es wollte, kam Passfeller ein Reigen von Horrorfilmen in den Sinn, die er seit seiner Jugend gesehen hatte, manche durchaus unterhaltsam, der Großteil schauderhaft minderwertig. In so gut wie jedem verwandelten sich Menschen unter dem Einfluss des Vollmonds in reißende Bestien, verleibten sich schubkarrenweise Menschenfleisch ein und konnten schlussendlich nur durch den Einsatz geweihter Silberkugeln zur Räson gebracht werden.

Klick.

Passfeller kaute am Bedienstift des Organizers. War die Vorstellung so widersinnig? Ließe sie nicht zumindest die eigentümlichen Verletzungen Bettina Schwinns in einem anderen Licht erscheinen – ihre *keinem bekannten Tier zuzuordnenden* Verletzungen? Und was wäre in diesem Kontext von dem verstörenden Bericht der beiden jungen Burschen zu halten, die den Leichnam gefunden hatten? Was von der seltsamen Kreatur, die der Winzer mit seiner Handykamera festgehalten hatte?

Klick.

Passfeller schüttelte den Kopf und versuchte, den hypnotischen Bann, den die fettleibige Alte mit ihrer Tipperei um ihn wob, abzuschütteln. Die Idee eines Wolfsmenschen war Humbug, physisch, evolutionsbiologisch und aus fünfhundert anderen Gründen. Was den beiden Jungen und dem Winzer auch in den Weinbergen begegnet war, wer immer Bettina Schwinn getötet hatte – es war definitiv *keine* Kreatur gewesen, die sich bei Vollmond in einen Wolf verwandelt hatte. Klick, basta, aus.

Ein leises, dissonantes Quietschen schwebte plötzlich durch die staubige Stille. Passfeller ignorierte das unvermeidliche *Psssst*, sah auf und stellte fest, dass durch eine gläserne Schwingtür neben dem Registrationstresen eine kleine, kugelrunde Frau mit einem altmodischen Rollwagen den Raum betreten hatte. Sie mochte Anfang sechzig sein, trug einen gestrickten Norwegerpullover mit Rautenmuster und eine schnittige, grau melierte Knabenfrisur. Mit ihren dicken Backen und ihrer winzigen runden Brille erinnerte sie Passfeller frappierend an eine weibliche Version der Trickfilmfigur Doctor Snuggles.

Auf den zwei Etagen ihres Wägelchens stapelten sich Bücher, Ordner und Bündel mit vergilbten Unterlagen.

»Sind Sie Herr Passfeller vom BKA, der die Materialien über den Rebenwolf bestellt hat?«, wollte sie mit gedämpfter Stimme wissen.

Passfeller sah die Frau verständnislos an. Auf ihrem Namensschild stand *Dr. Thekla Glunz*.

»*Was* hab ich bestellt?«

»Psssst!«, befahl die Mumienkönigin erbost.

Genug war genug.

So blitzartig, dass einem unbedarften Beobachter das Herz stehen geblieben wäre, schnellte Passfeller von seinem Stuhl in die Höhe. »ENTSCHULDIGEN SIE BITTE, JUNGE FRAU!«, brüllte er sehr freundlich. »KÖNNTEN SIE VIELLEICHT MAL *ZWEI MINUTEN* DIE SCHNAUZE HALTEN, MIT VERLAUB? BEI IHREM DAUERNDEN GEZISCHEL KANN SICH JA KEIN MENSCH KONZENTRIEREN!«

Während er mit erhitztem Gesicht wieder Platz nahm und sich den Sakkokragen richtete, geschah etwas Bemerkenswertes: Mit einer Behändigkeit, die Passfeller ihnen nie zugetraut hätte, rafften sämtliche Greise synchron ihre gebrechlichen Knochen zusammen. Staubwolken stiegen auf, als dicke Aktenkladden zugeschlagen und hässliche Hüte auf noch hässlichere, überwiegend kahle Schädeldecken gedrückt wurden. Der Systemsound des herunterfahrenden Laptops hallte wie ein Gongschlag durch den Benutzersaal, und die Männer scharten sich zu einer beinahe militärisch anmutenden Phalanx um ihre monumentale Anführerin. Zwischen deren dicken Lippen drang ein keuchender Laut hervor, der wie *»Bwaglløøøøglek!«* klang, in der Sprache der Menschen aber vermutlich *»Unmöglich«* oder etwas sehr Ähnliches bedeuten sollte. Es schien, als wollten sich die zürnenden Senioren zu einer Stampede formieren, um den unverschämten Eindringling in ihr Reich mit der gesammelten Macht ihrer knisternden Körper zu überrollen.

In diesem prekären Augenblick berührte ihn die pausbackige, grauhaarige Frau am Arm. »Ich glaube, es dürfte dem innerbetrieblichen Klima dieser Einrichtung zuträglich sein, wenn Sie mit in mein Büro kämen, Herr Passfeller«, sagte sie milde. Als Passfeller aufblickte, stellte er fest, dass sie grinste.

Ohne ein weiteres Wort folgte er der Frau durch die Glastür neben dem Tresen, einen breiten, leeren Flur entlang und in ein ordentliches, leicht überheiztes Büro, wo er sich auf einem Besucherstuhl niederließ. Thekla Glunz parkte den Rollwagen neben einem altmodischen, massiven Schreibtisch, bevor sie seufzend dahinter Platz nahm.

Der kleine Arbeitsraum bestand aus wenig mehr als einigen Regalbrettern an den Wänden, auf denen scheinbar willkürlich Stapel mit alten Papieren herumlagen. In der entfernten Ecke befand sich ein winziges Waschbecken, neben dem, sorgsam ausbalanciert auf einem Bücherstapel, ein Wasserkocher und ein paar Tassen standen. Auf dem Schreibtisch fielen ein übergroßer schwarzer Aschenbecher mit protzigem Marlboro-Aufdruck sowie eine antike, mit goldenen Intarsien verzierte Zigarrenkiste aus dunklem Edelholz ins Auge.

»Vielen Dank, dass Sie mich vor den reitenden Leichen gerettet haben«, sagte Passfeller fröhlich.

Doktor Glunz quittierte seine Bemerkung mit einem Lächeln. »Einige unserer Nutzer sind ... ein wenig eigen«, erklärte sie diplomatisch. »Manche kommen so häufig, dass sie glauben, sie hätten mehr Befugnisse als wir Mitarbeiter.«

»Worin genau besteht Ihre Aufgabe hier?«, wollte Passfeller wissen und zückte seine Zigaretten. »Darf ich?«

Thekla Glunz schob ihm den riesigen Aschenbecher hin und öffnete mit der gleichen Armbewegung die schicke Schatulle. Säuberlich übereinandergeschichtet lagen darin mehrere Reihen silbrig verpackter, länglicher Gegenstände. »Aber sicher«, sagte sie. Sie nahm eine der Stangen heraus und drehte die Box einladend in Passfellers Richtung. »BiFi?«

Passfeller schüttelte grinsend den Kopf. »Danke, aber ich rauche lieber meine eigenen.«

Als Passfeller die ersten Rauchschwaden ausstieß und Thekla Glunz mit einem höchst zufriedenen Gesichtsausdruck in ihre Minisalami gebissen hatte, kam sie auf seine Frage zurück: »Ich arbeite hier auf ehrenamtlicher Basis als Sachbearbeiterin. Früher hatte ich einen leitenden Posten bei der BASF in Ludwigshafen, Abteilung Lebensmittelchemie. Damit ich im Ruhestand nicht verrotte oder noch unförmiger werde, als ich schon bin, suche ich dreimal die Woche irgendwelchen Hobbyhistorikern äonenalte Schulzeugnisse heraus und so was alles.« Sie beendete ihre Wurst und entsorgte die Verpackung mit einem schwungvollen Wurf über die Schulter, wo nahe der Wand ein geflochtener Binsenpapierkorb stand.

Sie verfehlte ihn deutlich.

Passfeller schmunzelte. Die alte Dame war ihm sympathisch – sie erinnerte ihn an Grosch. Er zog erneut an seiner Zigarette und sagte durch einen Schwall von Rauch: »Zum Grund meines Hierseins, Frau Glunz: Sie wissen, dass ich vom BKA komme, und haben im Auftrag der Archivleitung für mich bestimmte Materialien ausgegraben.« Er senkte die Hand mit der Zigarette und sah die alte Frau scharf an. »Was haben Sie vorhin gemeint, als Sie sagten, ich hätte Unterlagen über die *Rebenbestie* bestellt?«

»Den Rebenwolf«, stellte Doktor Glunz richtig und griff nach einem armdicken, von Kordeln zusammengehaltenen Aktenbündel, das zuoberst auf dem Wagen lag. Als sie die Verschnürung löste und das Dokument aufschlug, stieg Passfeller der trockene Duft alten Papiers in die Nase.

»›Rebenwolf‹ war die landläufige Bezeichnung für einen Serienmörder, der anno 1888 in der Region südlich von Neustadt diverse Menschen hinschlachtete.« Sie rückte ihre kleine Brille ganz nach vorn auf die Nasespitze und blätterte knirschend in dem Wälzer. Ohne aufzusehen, fuhr sie fort: »Er wurde so genannt, weil er seine Opfer wie ein Raubtier zerfleischte und anschließend zwischen den Rebstöcken liegen ließ!«

Kapitel 7

Dämonen der Vergangenheit

Kottler (Pfalz), 17. September 2003

Der *Garten Eden* sah schon von außen nicht besonders einladend aus. Ein windschiefes, verrostetes Schild, auf dem der abgehackte Kopf einer Sau abgebildet war, hing über dem Eingang. Im Innern sprach die Gaststätte ihrem paradiesischen Namen dann vollends Hohn.

Der *Garten* war ein elendes Loch.

Grosch war, was Kneipen anging, nicht wählerisch, vor allem dann nicht, wenn es sich um das einzige Lokal weit und breit handelte. Aber als er die Tür aufstieß, sanken sein Magen und sein Mut um ein Beträchtliches.

Die Wände waren bis auf Schulterhöhe mit dunklem Holz vertäfelt. Es sah aus, als handele es sich dabei um Planken, die jemand aus einem gesunkenen Boot gerissen hatte, das lange Jahre auf dem Grund des Meeresbodens verschimmelt war. Oberhalb der Vertäfelung war nacktes Mauerwerk zu sehen, was Grosch spontan mit einem Gefängnis assoziierte. Eine bunte Lichterkette umrahmte wie eine Bordüre den gesamten Raum.

Die Wirtschaft war kaum größer als sein Wohnzimmer daheim in Butzbach. Dunkelholzige Stühle und Tische standen in kleinen Grüppchen beisammen, an denen alte Männer vor ihren Weinschoppen saßen und die Luft mit Rauch schwängerten, der wie dicker Nebel umherwaberte.

Auf der linken Seite befand sich eine Theke, die im Gegensatz zum übrigen Inventar in einem schrecklichen Kotzgrün gehalten war. Verstaubte Gläser standen hinter Butzenglasscheiben. Kopfüber hingen Alkoholika von der Decke.

»Na wunderbar«, murmelte Grosch. »Während sich Pass in der Stadt verlustiert, darf ich hier im Sumpf herumstochern. Mit mir kann man's ja machen. Ich bin ja bloß der zweite Bulle, der nicht mal einen Führerschein besitzt.«

Bei seinem Eintreten senkte sich eine gespenstische Stille über den Schankraum, nur unterbrochen von der plärrenden Musik aus einer vorsintflutlichen Jukebox in der Ecke, die einen alten Schlager von Vicky Leandros spielte.

Das halbe Dutzend Männer an den Tischen starrte Grosch feindselig an, so dass er sich an eine Szene aus dem Film *American Werewolf* erinnert fühlte, in dem zwei Reisende zu später Stunde eine unheimliche Kneipe im schottischen Moor betreten. Es hätte ihn nicht gewundert, wenn jemand zu ihm gesagt hätte: *Was willst du, Fremder?*

Doch das tat keiner.

Gemächlich, um Haltung bemüht, knöpfte Grosch seinen Mantel auf und schlenderte zur Theke, wo der Wirt, ein schmaler Mann mit Schnurrbart, Stirnglatze und schwarzer Hornbrille, gerade ein Glas im trüben Wasser des Waschbeckens spülte. Er starrte Grosch an, als wäre er ein Außerirdischer. Das Stimmengemurmel setzte zögernd wieder ein, Vicky Leandros wurde von Roger Whittaker abgelöst, der behauptete, Abschied sei ein scharfes Schwert.

Aus dem Augenwinkel nahm Grosch in einer Ecke einen prähistorischen Darts-Automaten wahr, der wahrscheinlich nie benutzt wurde, und er überlegte, ob es vielleicht eine gute Idee wäre, später mit Passfeller eine Runde zu zocken. Möglicherweise könnte er sogar einen der Anwesenden zu einem Spielchen überreden, um mit ihm ins Gespräch zu kommen.

Es gab keine Frauen. Die Männer schienen allesamt Landwirte zu sein: Ihre Haut war wettergegerbt, sie trugen grobe Kleidungsstücke, karierte Hemden, schmutzige Hosen, verdreckte Schuhe. Die meisten waren um die vierzig, und sie gehörten wahrscheinlich schon lange zum Inventar, kamen jeden Tag hierher, weil sie nichts hatten, womit sie ihre Freizeit sonst füllen konnten.

An einem Tisch saßen offenbar ein paar verirrte Touristen: Grosch sah einen Mann mit kurzem, gelocktem rotblondem Haar und neben ihm zwei Japaner in grauen Anzügen. Vielleicht waren es auch Chinesen oder Thailänder, Grosch konnte sie nicht auseinanderhalten.

An der Theke luden einige wacklige Barhocker zum Vorübergehen ein. Grosch hob seinen Mantel und ließ sich auf eine der Konstruktionen nieder. Vorsichtig testete er, ob der Hocker sein Gewicht trug. Er holte sein Notizbüchlein aus der Manteltasche und legte es vor sich auf den Tisch.

Der Wirt begann, mit einem Lappen, der so alt war, dass er bereits eine Frisur hatte, die Thekenplatte abzuwischen. Ohne Grosch anzusehen, sagte er: »Und was soll es sein!« Es klang nicht wie eine Frage, mehr wie ein Vorwurf. Grosch beschloss, die Hinterwäldler mit aggressivem Frohsinn aus der Reserve zu locken.

»Sie trinken hier in der Gegend doch bestimmt unheimlich viel Wein«, sagte er strahlend. »Ich meine, das ist doch eine berühmte Weingegend, oder? Tja, jetzt muss ich Ihnen was gestehen, aber bitte, sagen Sie es niemandem weiter – ich kenne mich so was von überhaupt nicht aus mit Wein. Aber ich schätze die Profis, die das Zeug schlürfen und einem dann, ohne das Etikett der Flasche gesehen zu haben, eröffnen, dass es sich um einen *halbtrockenen 95er Nacktarsch* oder so handelt.« Grosch kicherte, während ihn der bebrillte Wirt, der wie eine missglückte Kopie von Buddy Holly wirkte, ausdruckslos anstarrte. »Entschuldigen Sie bitte, Sie merken schon, ich habe überhaupt keine Ahnung von der Materie. Welchen Wein können Sie mir empfehlen? Ein feines Tröpfchen, Preis ist egal. Ein Rat von einem Experten. Was Köstliches? Aber höllisch süß sollte es schon sein, wie Traubensaft.«

Der Wirt bewegte sich nicht.

Grosch hörte nicht auf zu lächeln, klappte sein Notizbuch auf und holte einen Kugelschreiber aus seiner Manteltasche.

Er schrieb:

Der Entstellte vom Doktorberg sieht aus wie Buddy Holly, dem ein ziemlich enormer Lastwagen über die Leber gefahren ist. Hässlich, verschwiegen.
Er besitzt eine Kneipe, hässlich, feindselig, in der hässliche, verlogene Schlagermusik läuft.

»Was schreiben Sie da?«, fragte der Wirt.

Grosch blickte auf. »Eigentlich würde ich an dieser Stelle sagen, dass Sie das nichts angeht, aber wenn Sie's wissen wollen: Ich bin Schriftsteller.«

Die Augen des Wirtes verengten sich. »So? Ich dachte, Sie wären eines von den Viechern.«

Es kostete Grosch einige Mühe, sein Lächeln aufrechtzuerhalten. »Da haben Sie ganz recht, Herr … äh?«

Der Wirt verriet ihm seinen Namen nicht.

»Okay, ich gebe es zu, ich bin ein Vieh. Aber manchmal habe ich frei. Sagen Sie, haben *Sie* jemals frei, guter Mann? Freihaben, das ist was ziemlich Wichtiges, finden Sie nicht auch? Egal, ich bin privat hier, nicht in meiner Position als *Sonderkommissar für rahmenausfällige Delikte vom BKA Wiesbaden*. Wenn wir schon dabei sind, ich wäre Ihnen außerordentlich dankbar, wenn Sie sich die hier offensichtlich gängige Bezeichnung ›Vieh‹ in den Allerwertesten schieben und ab sofort den eben von mir genannten Titel benutzen würden.«

Buddy Holly sah Grosch an, als habe er ihm ins Gesicht geschlagen, und von einem gewissen Standpunkt aus hatte Grosch genau das getan.

»Ach, vergessen Sie's, ich bin ja privat hier«, sagte er lächelnd. »Da reicht es aus, wenn Sie mich ›Herr Autor‹ nennen. Ja, Sie haben vorhin ganz richtig gehört: In meiner Freizeit bin ich Schriftsteller. Ich gedenke, einen Kriminalroman zu schreiben. Wissen Sie, was ein Kriminalroman ist?«

Der Kopf des Wirtes zuckte hin und her. »Hören Sie, mein Herr, ich weiß nicht, wer Sie sind und was Sie im *Garten* vorzufinden hoffen, aber wir sind keine Bande von Hinterwäldlern.«

Grosch nickte. »Weiß ich doch. Sonst würde ich bestimmt nicht versuchen, Sie in einen literarischen Diskurs zu verwickeln. Kommen wir mal wieder zurück zum Punkt. Ich habe es mir überlegt, ich möchte doch keinen Wein. Ich hätte gerne ein eiskaltes, frisch gezapftes Bier. Ein Pils. Eines, das beim Gezapftwerden solche Geräusche macht ...« Grosch produzierte tief in der Kehle ein zischendes Geräusch.

Der Wirt funkelte ihn an, doch dann zuckte er die Achseln und begann, am Zapfhahn zu hantieren. »Ein großes oder ein kleines?«, fragte er.

»Nun, *riesen*groß sollte es schon sein, denn hier« – Grosch fuhr sich über den Bauch – »hier passt einiges rein, wenn Sie gestatten.«

Er drehte sich auf dem Barhocker in Richtung Innenraum. Er hatte das Gefühl, dass sich in derselben Sekunde ein halbes Dutzend Köpfe abwendete, als hätten alle Anwesenden ihn die ganze Zeit über gespannt angestarrt.

Er blickte zu dem Tisch, an dem er bei seiner Ankunft die japanischen Touristen gesehen hatte, aber sie waren verschwunden. Der rotlockige Mann dagegen saß noch immer dort. Er lächelte freundlich herüber, nickte ihm zu. Grosch nickte zurück. Sein Pils kam, und er nickte auch dem Pils zu. Dann begann er, in den tausend Taschen seines Mantels nach seinem Handy zu kramen. Es war Zeit, Bericht zu erstatten.

Die Glut von Passfellers Zigarette erreichte den Filter. Ein unangenehmer Schmorgeruch verbreitete sich in dem kleinen Büro. Er bemerkte es nicht. Noch immer starrte er Doktor Thekla Glunz über den Schreibtisch hinweg an wie eine Herde fliegender Krokodile. Irgendwann dämmerte ihm, dass es möglicherweise nicht das Höchstmaß an Professionalität darstellte, sich seine Überraschung so überdeutlich anmerken zu lassen, und er drückte bemüht weltmännisch seine Kippe aus.

»Ah ja«, sagte er und betrachtete mit schlecht gespieltem Interesse den Organizer in seiner Hand. »Der Rebenwolf ... er zerfleischte also seine Opfer und ließ sie zwischen den Rebstöcken liegen. Und, äh, woher wissen Sie das so? Ich nehme kaum an, dass Ihnen dieser Fall vor meiner Anfrage schon geläufig war. Sie ... Sie haben es beim Heraussuchen der Dokumente mitbekommen, beim Durchblättern, stimmt's?«

Thekla Glunz markierte eine Stelle in dem Aktenberg, indem sie eine Minisalami aus der Schatulle zwischen die Seiten legte, und sah Passfeller über ihre heruntergeschobenen Brillengläser amüsiert an. »Sie können es eine glückliche Fügung des Schicksals nennen, Herr Passfeller, aber ich bin das, was man gemeinhin als ambitionierte Heimatforscherin bezeichnet.« Ihr Grinsen verbreiterte sich und ließ unzählige kugelrunde, strahlend weiße Zähne erkennen. »Ich bin aus Landau gebürtig, wissen Sie? Seit meiner Kindheit interessiert mich die Geschichte meiner Heimat. Und da mir mein Beruf einen Status finanzieller Unabhängigkeit verschafft hat, konnte ich mich in meiner Freizeit mit Mitteln, über die ein Hobbyhistoriker eher selten verfügt, meinen Recherchen widmen.« Sie schmunzelte. »So ganz ohne Hintergedanken bin ich nach meiner Pensionierung schließlich nicht hierher gekommen«, erklärte sie und fügte mit einem Blick auf die Unterlagen auf dem Rollwagen hinzu: »Und die Archivleitung hat auch nicht umsonst ausgerechnet *mich* auf Ihre Anfrage angesetzt. Ein anderer hätte vermutlich Tage gebraucht, um die betreffenden Informationen herauszusuchen ... falls er sie überhaupt gefunden hätte.«

Passfeller lehnte sich zurück und schaltete den Organizer ein. »Das ist mit Verlaub eine glückliche Fügung. Wenn Sie so firm in der Materie sind, erspart mir das möglicherweise die Lektüre eines guten Teils dieser Schmöker hier?«

»Möglicherweise. Darf ich fragen, aus welchem Grund Sie sich für den Rebenwolf interessieren?«

»Natürlich dürfen Sie *nicht* fragen«, erwiderte Passfeller freundlich. »Grob gesagt, es geht um einen aktuellen Kriminalfall, der möglicherweise Parallelen zu Vorkommnissen in der Vergangenheit aufweist. Das muss genügen.«

»So, so.« Doktor Glunz schob sich bedächtig die Brille zurecht. Für einen kurzen Moment war sich Passfeller sicher, dass sie von dem Mord an Bettina Schwinn wusste und längst die Verbindung geknüpft hatte, die er ihr vorenthalten wollte. Aber der Moment ging vorüber, und dann war sie nur noch eine freundliche, alte Dame, die sich bemühte, ihm behilflich zu sein.

»Nun denn«, begann sie und deutete auf den Papierstapel vor sich. »Dies hier sind Unterlagen der Polizeidirektion Neustadt aus den Jahren 1885 bis 1911.« Sie blätterte zurück zu der BiFi, die sie als Lesezeichen verwendet hatte, und nahm einen brüchigen, gelben Doppelbogen heraus. Als sie ihn Passfeller hinhielt, sah er, dass er mit fragiler schwarzer Handschrift überzogen war.

»Der behördliche Bericht über das erste Opfer des Rebenwolfs«, erklärte Thekla Glunz, lehnte sich zurück und riss vorfreudig die Umhüllung des Buchzeichens auf.

Passfeller ignorierte das Kitzeln aufsteigenden Staubs in seiner Nase und las.

Bericht über eine Mordtat, begangen im Raume Rhodt im September 1888:

Am 12. des genannten Monats wurde im Wingert des Anton Sigismund Mantz, gelegen südlich der Rietburg zu Rhodt, ein kleines Mädchen von acht oder zehn Jahren aufgefunden, das allem Anscheine nach mittels Tatzen oder Zähnen durch Eröffnung von Kehle und Bauchhöhle getötet worden war. Sodann war es in jenen Wingert geschleppt, entkleidet und ihr Fleisch von ihren Armen und Schenkeln abgenagt worden. Wie es sich später herausstellte, handelte es sich bei dem toten Kinde um die neunjährige Anna-Maria Weyprecht, welche zwei Tage zuvor von ihren Eltern als vermißt gemeldet (AZ V-090988g). Die gefundenen Spuren, wiewohl die Art der Verletzungen auf ein Tier deutet, verweisen auf einen Mann von unmäßiger Körpergröße und Kraft als Täter. (Befund der Leichenschau und Lageplan des Tatorts beigeheftet als Dok. M-110988b und Dok. M-110988c)

Mit großen Augen überflog Passfeller den Text ein zweites Mal. Tatsächlich unterschieden lediglich das Datum und ein paar Namen dieses Verbrechen von jenem, das sich drei Tage zuvor in Kottler zugetragen hatte! Er nahm die erwähnten Zusatzdokumente von Doktor Glunz entgegen und las auch sie aufmerksam.

Die Parallele ließ sich beim besten Willen nicht leugnen: Anna-Maria Weyprecht war 1888 unter nahezu identischen Umständen aufgefunden worden wie Bettina Schwinn – das beschriebene Verletzungsmuster konnte, bis auf das fehlende Fleisch der Schenkel, als nahezu identisch betrachtet werden.

»Der zweite Mordfall ereignete sich vierzehn Tage später«, verkündete Doktor Glunz, die zwischenzeitlich aufgegessen und weitergeblättert hatte. »Diesmal wurde ein elfjähriger Junge verschleppt. Er stammte aus einem Ort namens Weyher, nur ein paar Minuten von Rhodt entfernt.« Sie reichte Passfeller den entsprechenden Polizeibericht. »Einen Tag darauf fand sich sein verstümmelter Leichnam in einem Weinberg in der Nähe des Dorfes. Auch von seinem Körper war offenbar gegessen, ein Bein gänzlich entfernt worden.« Sie zerknüllte ihr BiFi-Papierchen, schleuderte es hinter sich und hievte neue Kladden vom Wagen auf ihren Schreibtisch. »Hier haben wir Akten der Landauer Polizei sowie städtische Dokumente aus dem Kreis Edenkoben. Ich wusste wie gesagt, wo ich suchen musste, daher bekam ich alles recht lückenlos zusammen.« Sie strahlte Passfeller an, bevor sie fortfuhr: »Bis zum 4. November wurden insgesamt drei weitere Kinder im Alter zwischen acht und fünfzehn Jahren entführt. Alle stammten aus den benachbarten Ortschaften Rhodt, Weyher, Kottler und Hainfeld, und alle wurden mit wenigen Tagen Verzögerung tot in den Weinbergen rings um die Dörfer aufgefunden.« Thekla Glunz, der ihre Rolle als Geschichtenerzählerin sichtlich Spaß machte, legte die Arme flach auf die Papierberge vor sich und schob ihren Oberkörper dramatisch nach vorne, die winzigen Äuglein grotesk aufgerissen. »Und ein jedes Opfer war *zerfleischt wie von mächtigen Tatzenhieben oder scharfen Reißzähnen!*«

»Sehr eindrucksvoll«, murmelte Passfeller, der, eine qualmende NIL im Mundwinkel, emsig Stichworte in seinen Organizer eingab. »Was unternahm die Polizei? Gab es Spuren, Verdachtsmomente?«

»Nichts.« Doktor Glunz blätterte suchend in einem schmalen Hefter mit dem Stempel der Polizeidirektion Neustadt, während sie weitersprach. »Der Täter, ab seinem zweiten Mord landauf, landab ›Rebenwolf‹, manchmal auch ›Der-zwischen-den-Zeilen-wandelt‹ genannt, hinterließ grundsätzlich keine Spuren. Seine Opfer wurden stets im Anschluss an heftige Regengüsse gefunden, so dass mögliche Abdrücke im Erdreich längst weggewaschen waren.«

Passfeller hielt kurz inne. Auch dieser Punkt klang unangenehm vertraut.

»Da es keine Augenzeugen gab und die Polizei auch hinsichtlich des Tatmotivs im Dunkeln tappte, konnte man wenig mehr tun, als die Bevölkerung zu verstärkter Wachsamkeit anzuhalten.«

»Aber wenn der Rebenwolf von seinen Opfern *aß*, ließ sich daraus doch durchaus auf eine Motivation für seine Taten rückschließen«, warf Passfeller ein. »Oder denke ich zu modern für die damalige Zeit?«

Thekla Glunz schüttelte den Kopf. »Keineswegs. Die Sache mag über hundert Jahre her sein, aber die Menschen damals waren dennoch alles andere als Idioten.« Sie fummelte einen dünnen, auffallend sauberen Hefter aus weißer Pappe vom Rollwagen und legte ihn geschlossen vor sich auf den Tisch. »Die Polizei ließ Gutachten zur mutmaßlichen Geistesverfassung des Täters erstellen. Diese setzten sich, wie kaum anders zu erwarten, überwiegend mit dem kannibalistischen Aspekt seiner Untaten auseinander. Mehrere Nervenärzte ließen sich zum möglichen Antrieb des Rebenwolfs aus, wollten ihn im sozialen Umfeld des Täters, seiner Kindheit oder sonst wo lokalisieren können. All das blieb jedoch ohne großen Nährwert für die Ermittlungen.« Sie legte den Hefter beiseite.

Passfeller notierte alles. »Wie ging es weiter?«

»Man vermutete, dass der Täter möglicherweise selbst in einem der betroffenen Dörfer wohnte. Aufwendige Befragungen und Haussuchungen brachten jedoch keinen Erfolg.« Doktor Glunz schob ihm mit einer Hand ein einzelnes Blatt hin, auf dem die Namen und Anschriften aller fünf Opfer gelistet waren. Mit der anderen tastete sie unauffällig nach der Wurstschatulle. »Jedes neue Opfer verstärkte den eisigen Griff der Angst, der die vier Gemeinden umfangen hielt.« Mit einer unausgepackten BiFi wies sie pathetisch auf ein Bündel verschnürter Briefe, das auf der unteren Etage des Wägelchens lag. »Aufgebrachte Schriftwechsel diverser Bürger mit den Behörden belegen, dass viele Eltern ihre Kinder in die Häuser einschlossen und sie nicht mehr draußen spielen, geschweige denn zur Schule gehen ließen. Zudem kam es immer öfter zu spontanen Gewaltausbrüchen, bei denen überreizte Dörfler Auswärtige, die ihr Misstrauen erregten, schwer misshandelten. Ein fahrender Händler aus Karlsruhe wurde bei einer solchen Gelegenheit anlässlich des Markttages in Hainfeld Mitte Oktober 1888 beinahe umgebracht.«

Es piepste leise, als Passfeller die Daten in seinem Organizer zwischenspeicherte. »Und der Täter wurde nie gefasst, sagten Sie?«

»Der letzte Leichenfund datiert vom 4. November 1888«, erklärte Thekla Glunz, als habe sie seine Frage gar nicht gehört, und starrte gedankenverloren den kleinen Berg von Zigarettenkippen an, den Passfeller in ihrem Marlboro-Ascher hatte anwachsen lassen. »Danach folgte kein weiterer Todesfall mehr.«

Passfeller hob eine Braue, sagte aber nichts.

Doktor Glunz legte ihr Würstchen ungeöffnet beiseite, nahm ein in graues Leinen gebundenes Buch vom Wagen und hielt es Passfeller hin. Es trug den Titel *Umfassende Geschichte der Räubereien und Mordtaten in der Südpfalz*. »Alle Erwähnungen des Rebenwolfs sowie die vergeblichen Versuche, den Fall zu klären, enden in den behördlichen Dokumenten mit dem genannten Datum«, erklärte sie. »Die Akte wurde nie offiziell geschlossen. Da die Polizei nicht einmal mit dem Ansatz einer Erklärung aufwarten konnte, wurde der Mantel des Schweigens über der Sache ausgebreitet – an Misserfolge wird niemand gern erinnert.« Sie hob das graue Bändchen. »Dieser Sammlung aus dem Jahre 1897, zusammengetragen von einem Gerichtsdiener namens Anselm Ittenbach, ist zu entnehmen, was geschehen war: Die Mordserie endete mit dem fünften Opfer, von einem Tag auf den anderen – und damit ähnlich mysteriös, wie sie begonnen hatte. Die Behörden verkündeten der erleichterten Bevölkerung, der Täter sei nach seinem letzten Mord mutmaßlich verstorben oder habe die Region verlassen, um andernorts sein Unwesen zu treiben.« Sie schüttelte traurig den Kopf und stapelte die Papierberge zurück auf den Rollwagen.

Passfeller hackte einige letzte Zeilen in den Organizer, dann atmete er tief durch. »Ich fasse zusammen: Da tötet einer insgesamt fünf Kinder, zerfetzt ihre Körper und isst von ihrem Fleisch – ohne dass es auch nur den *geringsten* Verdacht auf seine Identität gibt?« Er ließ den Bedienstift des Palms zwischen

Zeige- und Mittelfinger wackeln. »Kommen Sie! Frau Glunz! Da muss es doch was gegeben haben? Es gibt *immer* irgendwas – und wenn es nur haltlose Vermutungen sind.«

Doktor Glunz nahm die abgelegte BiFi wieder auf und klopfte sich mit der Ecke der Verpackung gegen die Schneidezähne. »Haltlose Verdächtigungen, wie? Na schön.« Sie straffte ihre Schultern und blickte ihm durch ihre dicken Brillengläser direkt in die Augen. »Was wissen Sie über Lykanthropie, junger Mann?«

Bevor Passfeller zu einer verdutzten Erwiderung ansetzen konnte, plapperte Thekla Glunz los: »Als Lykanthropen bezeichnet man Mischwesen aus Wolf, griechisch ›lycos‹, und ›anthropos‹, dem Menschen.«

»Ich weiß, was ein Lykanthrop ...«, hob Passfeller an.

»Der Glaube, dass Menschen sich zu bestimmten Zeiten oder unter besonderen Umständen in einen Wolf verwandeln können, ist uralt«, fuhr Doktor Glunz unbeeindruckt fort. »Das Motiv der Tierverwandlung gab es bei fast allen Naturvölkern und später in den daraus erwachsenden Hochkulturen. In der Antike war der Werwolfmythos sehr verbreitet. Selbst wer in dieser Epoche nicht sonderlich bewandert ist, erinnert sich an Schriften von Vergil, Plinius, Herodot oder Ovid, die über Wolfsmenschen berichten.«

»Ja, ja, aber ich denke ...«, versuchte es Passfeller erneut.

»Im Mittelalter gelangte der Glaube zu zweifelhafter Berühmtheit, als Männer in ganz Europa auf dem Scheiterhaufen endeten, weil sie sich angeblich in Wölfe verwandelt hatten«, ratterte Thekla Glunz weiter. Als sie kurz innehalten musste, um Atem zu schöpfen, hob Passfeller rasch die Hand.

»Ich sehe, dass Sie eine Frau mit vielzähligen Interessen sind«, räumte er ein. »Aber warum referieren Sie sich jetzt einen Wolf zum Thema Lykanthropie, wenn ich Sie nach Verdachtsmomenten in einem historischen Mordfall frage?«

Sein Wortwitz blieb ihr nicht verborgen, und sie lächelte amüsiert. »Warum wohl, denken Sie, wurde der Mörder damals ›Rebenwolf‹ getauft?«

Passfeller zuckte die Achseln. »Weil er seine Opfer verstümmelte, als seien sie von einem Wolf angefallen worden?«

Thekla Glunz sah ihn schelmisch an und schwieg kurz. Dann sagte sie: »Sollte ich vorhin etwa verschwiegen haben, dass das erste Opfer des Rebenwolfs im Anschluss an eine *Vollmondnacht* gefunden wurde? Ebenso wie sein letztes?«

Passfeller klappte die Kinnlade herunter. Sein Blick fiel auf den Organizer, wo sich vor wenigen Augenblicken durch einen versehentlichen Klick seine auf dem Heimflug von Mallorca erstellten Erstnotizen zum Fall Bettina Schwinn geöffnet hatten.

In der dritten Zeile stand groß und fett: *Tatzeitpunkt: VOLLMOND!*

Thekla Glunz, die seine Verwirrung bemerkte, öffnete umständlich ihre BiFi und deutete mit der fettig glänzenden Spitze der Wurst auf Passfeller. »Diverse historische Almanache, aber auch Zeitungen aus dem sechzehnten und siebzehnten Jahrhundert – die ich nicht mitgebracht habe, weil sonst der Wagen zusammengebrochen wäre – berichten von sogenannten ›Fähr-‹ oder auch ›Währwölfen‹ im Pfälzer Raum.« Sie köpfte die Wurst mit ihren makellosen, kleinen Zähnen und kaute hektisch. »Man kann davon halten, was man will. Aber vor einem solchen Hintergrund dauerte es logischerweise nicht lange, bis abergläubische Töne in Bezug auf den Mörder laut wurden. Die Menschen waren verwirrt und ratlos, verstehen Sie? Sie dürsteten nach einer Erklärung, egal welcher – nach einem Buhmann, den sie für den Verlust ihrer Kinder verdammen konnten!« Ein erneuter Biss, ein mümmelndes Kauen. »So wurde der Rebenwolf in seiner nebulösen Nicht-Fassbarkeit zu einem geisterhaften Wesen. Und die Polizei wirkte dieser Entwicklung keineswegs entgegen. Bei genauerer Betrachtung erscheint das auch durchaus logisch: Einen ›Geist‹ kann man nicht arretieren – eine unausgesprochene, dennoch höchst bequeme Ausrede für die anhaltende Erfolglosigkeit der Staatsmacht.« Die alte Dame strahlte ihn über beide Backen an und saugte mit spitzen Lippen den letzten Wurstzipfel aus der Verpackung.

Passfeller seinerseits starrte nachdenklich aus dem einzigen Fenster des Büros. Ruckartig wandte er sich wieder der Sachbearbeiterin zu. »Und Sie? Glauben *Sie*, dass die fünf Kinder von einem Wolfsmann umgebracht wurden?«

»Das habe ich nicht gesagt«, entgegnete Thekla Glunz diplomatisch und warf die Wurstverpackung hinter sich.

Einen Moment lang herrschte Stille. Passfeller holte Luft, um eine neue Frage zu stellen, als urplötzlich eine raue Männerstimme in unmittelbarer Nähe losblaffte:

»Was wollt ihr Pissköpfe? Ich schluck doch eure Kugeln! Kommt her!«

Mit einer Verzögerung von mehreren Sekunden realisierte er, worum es sich bei dem Gebrüll handelte. Er zuckte entschuldigend die Achseln, zog das Mobiltelefon hervor und trat rasch hinaus auf den Flur.

Als er auf Rufannahme drückte, meldete sich eine sonore Bassstimme.

»Ahoi, Pass«, begann Grosch und nahm schlürfend einen Schluck von was-auch-immer. »Ich hab einen Ort gefunden, wo ich in bester Undercover-Manier ein bisschen den lokalen Schwingungen zu unserer Mordsache auf den Zahn fühlen kann.« Grosch trank erneut und fuhr nicht ohne Stolz fort: »Eine Gastwirtschaft, in der scheinbar so ziemlich jeder Bürger von Kottler seinem täglichen Alkoholabusus frönt ...«

»Ah. *Die* Art von Recherche meinst du«, erkannte Passfeller gelangweilt.

»Ich dachte mir, ich setze mich mal so schriftstellermäßig mit meinem Notizbuch an die Theke, schlürfe lässig einen Drink und beobachte ein bisschen die Leute.«

»Lässig. Drink. Beobachten«, wiederholte Passfeller verständnislos.

»Ach, Pass. Vom Künstlerdasein hast du leider absolut keine Ahnung, wenn du gestattest«, behauptete Grosch triumphierend. »Das ist der kreative Müßiggang der Böhmen. Oder so ähnlich ...«

»Meinst du zufällig *Boheme*?«, half Passfeller nach.

»Völlig egal«, fand Grosch. »Ich wollte vorschlagen, dass wir uns später hier treffen könnten, wenn du zurück bist. Okay?« Er verstummte kurz, man hörte ein Einwickelpapierchen knistern, bevor er weitersprach. »Und wie läuft's bei dir, Pass? Schon was rausgefunden?«

»Ich denke schon«, erwiderte Passfeller und dachte kurz nach. »Sag mal, Tillmann – du hast doch aus Neustadt den Obduktionsbefund von Bettina Schwinn bekommen? War dort zufällig die Rede davon, dass Partien ihres Körpers verschwunden waren? *Abgenagt* zum Beispiel?«

»Du fragst manchmal ganz schön komische Sachen, Pass«, antwortete Grosch am anderen Ende der Leitung. »Aber wie es der Zufall so will ...«, es raschelte, »... hab ich den Befund bei mir, hier in meinem Mantel. Warte mal, warte mal ... hier ist er doch schon: *An Kehle und unterer Bauchdecke Intrusionen von mindestens drei gleich gearteten scharfen Objekten, Epidermis und Fettschichten punktiert und eingerissen ... parallel verlaufende Lazerationslinien ... Speise- und Luftröhre zerfetzt mit Malmschäden, die möglicherweise auf Einwirkung von Zähnen hindeuten ... Dickdarm und Mastdarm nach Eröffnung der Bauchhöhle nach außen getreten ...* Junge, Junge – da kann man sich ja richtig Appetit holen. Aber: nein. Davon, dass Teile gefehlt hätten, steht nichts da. Wieso fragst du?«

»Nur so eine Idee«, erwiderte Passfeller. »Ich wollte ausschließen, dass wir es mit einem Psychopathen zu tun haben, dessen Antrieb kannibalistischer Natur ist.«

»Können wir ausschließen, würde ich sagen.«

»Es sei denn, der Täter wäre von diesen beiden Jungen im Weinberg überrascht worden, *bevor* er sein grässliches Mahl ...«

Passfeller hatte den Satz noch nicht beendet, da öffnete sich die Tür von Doktor Glunz' Büro, und das pausbackige Gesicht der alten Dame schob sich durch den Spalt. »Ich mach uns ein Teechen, wenn's recht ist?«, schlug sie vor. Mit einem schelmischen Augenzwinkern fügte sie hinzu: »Oder wäre ein Whisky eher nach Ihrem Geschmack? Ich hätte *zufällig* einen

Johnny Walker da, Black Label. Eis müsste auch irgendwo aufzutreiben sein.«

Passfeller nickte euphorisch. »Alles Weitere später«, zischte er in den Hörer.

»Ja, ja, versteh schon«, brummte Grosch am anderen Ende heiter. »Knackige Bibliothekarin, was? Lass mich raten: Mitte zwanzig, einssiebzig, blond, kurzes, graues Sekretärinnenkostüm, herzallerliebste Nickelbrille?« Er lachte glucksend.

Passfeller seufzte, jedoch mit einem nachsichtigen Lächeln auf den Lippen. »Wenn du wüsstest, *wie* falsch du liegst, Tillmann.« Er legte auf.

Während Grosch sein Handy und den reichlich zerknitterten Obduktionsbericht wieder wegsteckte, bemerkte er, dass ihn der rotblonde Mann zwei Tische weiter die ganze Zeit über aufmerksam beobachtet hatte. Als er Groschs Blick bemerkte, nickte er ihm von Neuem zu, dann hob er eine Hand und bedeutete ihm, zu ihm an seinen Tisch zu kommen.

Grosch zögerte einen Moment, dann wälzte er seinen Hintern von dem wackligen Barhocker herunter, ergriff sein halb geleertes Pils und folgte der Einladung. Schwerfällig ließ er sich dem Fremden gegenüber nieder, der sich vorbeugte und ihm eine saubere Hand mit makellos manikürten Fingernägeln entgegenstreckte. Groschs Pranke verschlang die Hand.

»Ittenbach«, sagte der Mann lächelnd. »Dirk Ittenbach, Winzer. Sind Sie neu hier im Ort?«

Dirk Ittenbach schien zwischen dreißig und vierzig zu sein. Er hatte eine hohe Stirn, deren rötlich-blonder, krauser Bewuchs von vorzeitigem Haarausfall dezimiert war, und eine lange, schlanke Nase. Er trug dunkelblaue Jeans, ein schwarzes Seidenhemd und darüber eine Weste, wie sie normalerweise Kellner in gehobenen Restaurants zu tragen pflegen. Sein Gesicht war glatt rasiert und so rosig, als hätte er es vor Kurzem unter kaltes Wasser gehalten.

»Darf ich Sie auf ein Getränk einladen?«, fragte der Mann und lehnte sich wieder zurück. »Entschuldigen Sie, wenn ich aufdringlich sein sollte, aber Sie wirkten etwas verloren an der Theke.«

Grosch grunzte Zustimmung. »Danke, sehr gerne. Nicht leicht, als Fremder bei Ihresgleichen Anschluss zu finden.«

Der Mann lachte leise. »Das kann ich mir vorstellen. Mir ist es nicht anders ergangen – ich bin erst vor kurzer Zeit hierher gezogen.«

»Sie stammen nicht aus Kottler?«, fragte Grosch interessiert. »Wie haben Sie es geschafft, Schweigen und Misstrauen der Ortsansässigen zu durchbrechen? Wie lange muss man hier leben, um als menschenähnliches Wesen wahrgenommen zu werden?«

Dirk Ittenbach hob das Weinglas, das vor ihm auf der zerschlissenen Tischplatte stand, und nahm einen vorsichtigen Schluck von dem dunkelroten Inhalt. Er schmatzte und verzog angewidert das Gesicht. »Ich hoffe, Sie haben nichts von dieser Plörre bestellt«, sagte er. »Wirklich, ich erwarte in so einem Kaff keinen Mouton Rothschild, aber diese schweflige Brühe grenzt schon an Frechheit. So was als Dornfelder zu verkaufen!« Er schüttelte den Kopf. »Um auf Ihre Frage zurückzukommen: Ich weiß es nicht. Ich bin seit etwas über zwei Jahren in Kottler, und mittlerweile starren mich die Leute wenigstens nicht mehr an wie einen Aussätzigen, wenn ich den *Garten* betrete.« Er blinzelte Grosch zu, lächelte. »Sie sind einer der beiden Kommissare, die in dem schrecklichen Mordfall ermitteln, nicht wahr?«

Grosch nickte. »Genau erkannt, mein Lieber. Komme mir vor, als würde ich von jedem Einwohner mit Argusaugen beobachtet. Richtig unheimlich. Ich habe nicht einmal mit einer Hand voll Koteletts – oder wie die Bewohner dieses schmucken Ortes heißen – persönlich gesprochen, aber anscheinend weiß längst jeder, wer ich bin. Tillmann Grosch mein Name, SK 66, BKA. Angenehm festzustellen, dass es hier auch normale Menschen gibt.« Sie schüttelten sich zum zweiten Mal die Hand, und Grosch leerte sein Bier. »Nun, das Bierchen hier, Herr Ittenbach, ist ganz okay. Wenn Sie mit Ihrem Wein unglücklich sind, bestellen Sie sich lieber ein Frischgezapftes. Das bekommt.«

Ittenbach bestellte eine Runde für sich und Grosch, zwei Herrengedecke. »Geht auf mich, Herr Grosch.«

Buddy Holly stellte ihnen zwei Schnapsgläser mit klarer Flüssigkeit und zwei große Biere hin. Der Schnaps schmeckte nach Desinfektionsmittel und brannte in der Kehle. Grosch spülte schnell mit Pils nach. Ittenbach nippte an seinem Bier, als befürchtete er, die Flüssigkeit wäre vergiftet.

»Sie sind also ein Zugezogener«, sagte Grosch. »Seit einem Jahr in Kottler? Was hat Sie denn hierher verschlagen, ans Ende der Zivilisation?«

Ittenbach lachte wieder. »Der Beruf, die Passion, nennen Sie es, wie Sie wollen, Herr Grosch. Es war schon immer mein Traum, ein eigenes Weingut zu führen, und zwar ein hochmodernes, auf dem neuesten Stand der Technik. Ein ganzes Jahr lang suchte ich nach einem Weinberg, klein, aber in sonniger Lage. Sie wissen natürlich, dass die Qualität eines Weins maßgeblich von seiner Lage abhängt? Nun, Kottler liegt hervorragend für die Art Wein, den ich zu produzieren gedenke. Also habe ich hier einen kleinen Wingert gekauft. Nur zwei Hektar vorerst, für meine ersten Gehversuche. Nicht gerade billig, aber Qualität hat eben ihren Preis.«

»So?« Grosch zog die Augenbrauen hoch. »Sind Sie reich, Herr Ittenbach?«

»Ja!« Ittenbach grinste von einem Ohr zum anderen.

»Wirklich? *Wie* reich?«

»Meinen Sie mich oder die ganze Familie?«

Grosch nickte weise. »Sohn von reichen Eltern, was? Glückwunsch.«

»Danke. Darf man heutzutage ja nicht mehr laut sagen. Mein Vater ist Großindustrieller. Er stellt Motoren für elektrische Zahnbürsten her. Wenn Sie eine elektrische Zahnbürste benutzen, können Sie mit achtundneunzigprozentiger Wahrscheinlichkeit davon ausgehen, dass Sie eine mit Ittenbach-Werk im Mund haben.«

»Na, da brat mir doch einer ’nen Storchenarsch und tauf mich Kalinka«, bemühte Grosch einen seiner Lieblingssprüche. »Sie könnten also alles machen, wonach Ihnen ist, hingehen, wo Sie wollen. Dennoch haben Sie sich in diesem Kaff niedergelassen.«

Ittenbach trank ein Schlückchen Bier und hob besänftigend eine Hand. »Das mag merkwürdig für Sie klingen, Herr Grosch, aber hier habe ich meine Ruhe. Wissen Sie, ich will nicht einfach Wein anbauen, sondern betreibe gemeinsam mit ein paar Freunden Aromaforschung. Wir haben uns ein kleines Weinlabor eingerichtet, und wir haben viel vor – mal was Neues machen, nicht immer das gleiche öde Gesöff. Die Leute hier verstehen nicht, was wir genau treiben, also lassen sie uns in Frieden. So kann man in Ruhe forschen und arbeiten – was will man mehr?«

»Tja, da haben Sie wahrscheinlich recht. Ich frage mich nur, wie Sie diese offene Feindseligkeit der Dorfbevölkerung aushalten, wenn Sie gestatten. Würde mich wahnsinnig machen.«

Ittenbach winkte ab. »Mir begegnen die Leute bei Weitem nicht so ablehnend wie Ihnen. Überrascht Sie das? Sie sind Polizist und wegen einer schrecklichen Geschichte hier, die Tagesgespräch in Kottler ist.«

»Was Sie nicht sagen?« Grosch leerte sein zweites Pils in einem mächtigen Zug. »Tagesgespräch also. Kommt mir gar nicht so vor.«

Jetzt lachte Dirk Ittenbach laut. »Was glauben Sie denn, Herr Grosch? Kottler hat gerade mal zweihundert Einwohner. *Natürlich* ist der bestialische Mord an Bettina Schwinn Gesprächsthema Nummer eins. Nur, weil sich *Ihnen* niemand anvertraut, heißt das nicht, dass es nicht brodelt in der Gerüchteküche.«

Grosch dachte einen Moment nach, wiegte abschätzend den Kopf hin und her. »Klingt logisch«, sagte er. »Haben Sie vielleicht etwas läuten hören? In der Gerüchteküche, meine ich?«

Ittenbachs Gesicht wurde ernst, seine Mundwinkel bogen sich nach unten. Mit seinem roten Haar, das an den Seiten etwas abstand, und den dünnen Armen und Händen wirkte er plötzlich ein wenig wie eine Vogelscheuche. »Ich möchte dieses unseriöse Gerede nicht unnötig aufbauschen«, sagte er. »Das behindert nur Ihre Ermittlungsarbeit.«

Grosch wandte sich in Richtung Theke und bestellte lautstark ein neues Frischgezapftes. Einige Gäste am Nebentisch sahen empört von ihrem Kartenspiel auf, wichen aber seinem Blick aus. Aus der Musikbox quoll ein unbekannter Schlager, der so tat, als ginge es im Text um Liebe, tatsächlich handelte er von Wollust. Das Getränk kam (allmählich sah Buddy Holly wie ein nervöser Axtmörder aus, fand Grosch; wahrscheinlich war er genervt, dass er sich unentwegt von seiner kotzfarbenen Theke fortbewegen musste). Grosch trank das Glas in einem Zug leer und wischte sich über den Bart. Ittenbach nippte zaghaft an seinem Schaum.

»Ich verrate Ihnen jetzt ein großes Geheimnis, Herr Ittenbach. Ich bin ein großer Anhänger von Gerüchten, und wollen Sie wissen, warum? Weil ich ihnen nicht so leicht auf den Leim gehe. Aber durch meine langjährige Erfahrung als außergewöhnlicher Sonderbulle weiß ich, dass da immer ein Quäntchen Realität mit reinspielt. Immer! Gerüchte kommen nicht von ungefähr, und ich habe den Eindruck, dass Sie ein intelligenter, vernünftiger Mann sind, der sich nicht so leicht im Gewäsch verliert.« Er zwinkerte Ittenbach aufmunternd zu. »Was sind das für Gerüchte, die in diesem Kaff die Runde machen?«

Ittenbach seufzte. »Wenn Sie es wirklich wissen wollen, erzähl ich's Ihnen«, sagte er.

Grosch lehnte sich zurück. Er liebte spannende Geschichten am Abend, das war seine geheime Passion.

Er war Schriftsteller.

Ittenbach hielt sich an seinem Bier fest. Einen Moment lang betrachtete er die goldgelbe Flüssigkeit, anscheinend tief in Gedanken versunken. »Alte Geschichten, Herr Grosch«, begann er. »Die Leute in Kottler sind, wenn Sie es positiv ausdrücken wollen, sehr traditionsbewusst. Die meisten Familien leben hier seit Generationen. Aber eine lang zurückreichende Tradition kann auch ein Fluch sein. Hier bewegt sich nichts, Knoten werden nicht gelöst, verstehen Sie? Ich glaube, ich bin der erste Mensch, der seit Jahrzehnten hergezogen ist. Man bleibt gerne unter sich.«

»Glaub ich Ihnen aufs Wort«, brummte Grosch und blickte zu den tumben Gestalten an den Tischen ringsum, die ihn ab und zu misstrauisch anblinzelten.

»Wo es viel Vergangenheit gibt, da gibt es auch viele ungelöste Konflikte. Viel Ballast, der sich im Netz ansammelt. Und ich kann Ihnen sagen, Kottler ist ein einziges großes Netz. Tratschgeschichten bekommen Sie hier im Sonderangebot. Aber eine Sache hat mich hellhörig gemacht. Ich hörte davon, bevor … bevor dieser schreckliche Mord geschehen ist. Jetzt wird die Geschichte von den Anwohnern wieder ausgegraben und aufgebläht. Hören Sie nicht auf die aufgeblähten Geschichten.«

»Guter Tipp«, sagte Grosch. »Davon bekomm ich Blähungen.«

Ittenbach lachte verhalten und nippte an seinem Bier.

»In Kottler lebt ein betagter Winzer, dessen Alter niemand genau kennt, aber wenn Sie ihn sehen, würden Sie ihn auf etwas über siebzig schätzen, nehme ich an. Merkwürdiger, eigenbrötlerischer Zeitgenosse. Spricht nicht viel, und wenn er was von sich gibt, geht es um Dinge, die seiner Meinung nach auf dieser Welt nicht in Ordnung sind. Von denen gibt es einen ganzen Haufen. Ein von Natur aus misstrauischer Bursche. Zugegeben, die Leute hier sind alle von Natur aus misstrauisch, aber sie werden Ihnen wie die weltoffensten Menschen vorkommen, wenn Sie erst Ottkar Schnorrpfeil kennengelernt haben. Er besitzt das größte Weingut am Ort, es existiert seit über zweihundert Jahren und befindet sich seit jeher im Besitz seiner Familie. Und nun kommt das Interessante: Sein Sohn, Rolf Schnorrpfeil, er dürfte so Anfang, Mitte zwanzig sein, war mit Bettina Schwinn – dem Mordopfer – offenbar seit einiger Zeit liiert.«

»Ah!« Grosch blickte auf, sein Unterkiefer klappte herunter. »Was Sie nicht sagen! Das ist in der Tat höchst interessant, Herr Ittenbach. Wenn Sie gestatten.«

Ittenbach nickte, lächelte verhalten und fuhr sich mit einer Hand durch das krause rote Haar. »Es wird noch interessanter, Herr Grosch, wenn ich Ihnen erzähle, dass sich die Wege der beiden Familien in den Jahren zuvor bereits vielfach gekreuzt haben.«

Grosch kratzte sich den Vollbart und sah Ittenbach aufmerksam an.

»Wie gesagt, Herr Grosch, es handelt sich nur um Gerüchte – aber nach allem, was ich gehört habe …«

Grosch ergriff Ittenbachs schlanke Hand, die sich kalt und schweißig anfühlte. Er tätschelte sie, als handele es sich um ein rohes Schnitzel. »Das mit der Fragwürdigkeit eines Gerüchts haben Sie bereits wiederholt zum Ausdruck gebracht. Jetzt spannen Sie mich nicht so auf die Folter! Was ist das für eine Geschichte? Was läuft da zwischen den Schwinns und den Schnorrpfeils?«

Ittenbach seufzte. »Merkwürdige Geschichte. Pathetisch. Als hätte es die *Dornenvögel* nach Kottler verschlagen.«

Grosch lachte schallend. Köpfe ruckten zu ihnen herum.

»Also«, raffte sich Ittenbach auf, nahm sein Glas, stieß mit Grosch an und stellte es auf den Tisch zurück, ohne zu trinken. »Bereits zu Beginn des neunzehnten Jahrhunderts gab es in Kottler einen Mord. Und die Beteiligten trugen die Namen Schnorrpfeil und Schwinn! Eine alte Dame, der ich ein- oder zweimal in den Weinbergen begegnet bin, hat es mir erzählt. Um das Jahr 1800 sei ein Mitglied der Schnorrpfeil-Sippe auf bestialische Weise zu Tode gekommen. Man habe den Mann – den Ururgroßvater von Ottkar Schnorrpfeil – tot im Familienwingert gefunden, mit einer enormen Wunde längs des Oberkörpers. Man hatte ihm den Brustkorb geöffnet und sämtliche inneren Organe zuerst entfernt und ihm dann in den Mund gestopft.«

Grosch schluckte. »Beachtlich.« Er dachte einen Moment lang nach. »Was für eine Sauerei«, fügte er kopfschüttelnd hinzu.

»Ja, Sie sagen es! Schnell geriet ein Mitglied der Familie Schwinn in Verdacht. Es hatte zuvor schon häufiger Streitereien zwischen den beiden Weingütern gegeben, die weit über bloßes Konkurrenzverhalten hinausgingen. Jedenfalls glaubte die Familie Schnorrpfeil, dass die Schwinns etwas mit der grausamen Tat zu tun hätten. Kurzerhand zogen sie los und zündeten das Gut der Schwinns an. Zwei Kinder sowie zahlreiche Tiere starben. Den Schnorrpfeils konnte die Brandstiftung allerdings nie nachgewiesen werden, ebenso wenig wie der Mord den Schwinns. Die Schwinns rächten sich jedoch, indem sie den beiden halbwüchsigen Töchtern der Schnorrpfeils im Wald auflauerten und sie … ähem, vergewaltigten. Wie gesagt, all das sind nur Gerüchte. Man müsste sich mal in alten Archiven umsehen, irgendwo sind diese Taten – sofern sie denn wirklich passiert sind – gewiss registriert.«

»Das ist eine interessante Geschichte, Herr Ittenbach. Allerdings sehe ich keinen Zusammenhang bezüglich …«

»Es geht noch weiter. Die Schwinns und die Schnorrpfeils gerieten während des Zweiten Weltkriegs erneut aneinander. Wissen Sie, der Nationalsozialismus machte auch vor Kottler nicht Halt, und Schwinns wie Schnorrpfeils waren – so heißt es – glühende Verehrer Adolf Hitlers. Eine Verehrung, die in einem fast religiösen Wahn gipfelte. Angeblich steigerte sich der Großvater der ermordeten Bettina – ein gewisser Elias Schwinn – so sehr in seine Bewunderung für den Führer hinein, dass er sich sogar kleidete wie dieser, selbst wenn er nur in seinen Weinbergen unterwegs war. Er kopierte dessen Frisur, ließ sich einen briefmarkengroßen Oberlippenbart wachsen – es schien fast, als wollte Elias Schwinn Adolf Hitler *sein*. Das gefiel dem alten Schnorrpfeil, dem Vater des heute lebenden Ottkar, überhaupt nicht. Für ihn grenzte das an Blasphemie. Eines Abends überfiel er Schwinn, betäubte ihn mit Chloroform und rasierte ihm – so geht die Sage – den gesamten Körper blank.«

Grosch stieß ein prustendes Lachen aus. »Sie nehmen mich auf den Arm!«

Ittenbachs Gesicht blieb regungslos.

»Nicht im Ernst, oder? Herr Ittenbach – das ist doch Kokolores!«

Ittenbach nippte an seinem Bier. »Der alte Schwinn fand es nicht gut, als er wie ein gerupftes Huhn zwischen den Weinstöcken erwachte. In der folgenden Nacht lief er zum Schnorrpfeil-Hof, drang dort ein, überwältigte Schnorrpfeil und hackte ihm in rasender Wut mit einer Axt die rechte Hand ab.«

Grosch, der ebenfalls das Glas an die Lippen gehoben hatte, verschluckte sich, Bier geriet ihm in die Nase. »Himmel! Warnen Sie mich nächstes Mal vor, wenn so was kommt, Herr Ittenbach. Wenn Sie gestatten.«

Ittenbach ließ sich zu einem Lächeln hinreißen. »Entschuldigen Sie. Wissen Sie, ich konnte es zunächst auch nicht glauben. Aber dieser Fall ist sogar dokumentiert. Sie können es nachprüfen. Der alte Schwinn wurde daraufhin verhaftet, aber später zum Militärdienst eingezogen. Schnorrpfeil natürlich nicht – mit nur einer Hand. Fortan hasste ihn Schwinn *noch* mehr. Er wurde nämlich an der Front verwundet und kehrte als Invalide nach Kottler zurück. Ihm fehlte keine Hand, dafür beide Beine.«

»Scheiße«, sagte Grosch.

»Ja, in der Tat. Er gab Schnorrpfeil die Schuld an seiner Kriegsverletzung. Er hasste ihn, weil Schnorrpfeil nicht eingezogen worden war. Verrückt, nicht? Wie auch immer, die beiden Weingüter existieren noch heute. Natürlich färbte der generationenalte Hass auch auf die heutigen Nachkömmlinge ab, das können Sie sich ja denken. Und jetzt stellen Sie sich folgendes Szenario vor: Die jüngsten Kinder der beiden Familien begegnen sich auf dem Weinfest in Rhodt – und verlieben sich ineinander.«

»Klingt prekär.«

»Prekär ist wohl etwas milde ausgedrückt. Bettina Schwinn und Rolf Schnorrpfeil waren sich durchaus bewusst, dass ihre

Liaison überschattet wurde von einem alten, alles verzehrenden Hass. Die Eltern der beiden gingen sich aus dem Weg, sprachen kein Wort miteinander, grüßten sich nie, aber …«

»Ich habe Heinz-Hermann Schwinn gestern persönlich kennengelernt«, sagte Grosch. »Er wirkte auf mich gar nicht so abweisend.«

»Das größere Problem ist auch Ottkar Schnorrpfeil. Mit purem Hass geimpft. Ich habe es einmal miterlebt, hier, mitten auf der Hauptstraße, nur wenige Meter vom *Garten* entfernt. Die beiden Turteltauben – Rolf und Bettina – standen da und hielten sich an der Hand, als der alte Schnorrpfeil plötzlich mit seinem Traktor in einem Höllentempo die Straße entlangkam. Ich wusste bis zu diesem Tag nicht, dass Traktorenreifen auch quietschen können, aber sie können es. Der alte Schnorrpfeil sprang vom Bock, trat zwischen die beiden, schlug seinem Sohn ins Gesicht – und zwar mit voller Wucht – und begann, auf Bettina Schwinn einzubrüllen. Er schrie, dass sie sich seinem Jungen nie wieder nähern solle. Er schrie, sie sei eine Hexe. Wissen Sie, Herr Grosch, das war echt unheimlich. Ich meine, *wie* er das Wort ›Hexe‹ betonte. So, als glaube er wirklich an so etwas, an Hexen, Dämonen und böse Geister, was weiß ich! Als wäre Bettina Schwinn *tatsächlich* eine vom Teufel Besessene, die sich an seinem Sohn vergangen hatte.

Und er schrie, dass er sie töten würde. Genau das schrie er. Er schrie, dass er ihr die Kehle aufschlitzen würde, wenn er sie noch einmal mit seinem Sohn zusammen sähe. Und, Herr Grosch, Sie können mir glauben, an diesem Nachmittag klang das keineswegs wie eine leere Drohung.«

Grosch sah Ittenbach lange an. Stimmengemurmel hüllte die beiden ein, ab und zu lachte jemand keuchend.

»Ist Ihnen klar, was Sie mir da gerade erzählt haben, Herr Ittenbach?«, fragte Grosch nach einer Minute langsam, jedes Wort klar und ernst artikulierend.

Ittenbach fuhr sich mit der Hand durch das Haar. Nervös sah er sich um. »Ja. Und ich habe viel zu viel erzählt, Herr Grosch. Wie schon erwähnt – alles Gerüchte, und …«

»Aber diese verbale Drohung … Sie waren doch Zeuge, oder?«

»Schon. Aber die Leute in Kottler bedienen sich gern einer derben Sprache. Wie oft wurden hier schon leichtfertig Morddrohungen ausgesprochen, ohne dass etwas passierte!« Plötzlich sah er erschrocken drein. »Sie … Sie werden den alten Schnorrpfeil doch jetzt nicht verhaften, oder? Nur weil ich ... Bitte sagen Sie niemandem, dass ich Ihnen …«

Grosch legte den Kopf zurück und lachte die Decke an. »Schon gut, mein Lieber.« Wieder ergriff er Ittenbachs kalte Hände. »Sie haben recht. Wahrscheinlich ist da nichts weiter gewesen. Aber ich bin Ihnen dankbar, dass Sie es mir erzählt haben. Dieses Gespräch bleibt unter uns.«

Ittenbach sah fragend in sein Bier. »Warum sind Sie mir dankbar? Hören Sie, ich möchte keine Unannehmlichkeiten …«

»Nein, nein. Es ist nur so, dass uns dieses Gerücht wahrscheinlich noch öfters begegnen wird. Und jetzt weiß ich ja, dass es sich nur um ein Gerücht handelt.«

Ittenbachs Miene zeigte eine merkwürdige Mischung aus Erleichterung und Anspannung, als könnten sich die Muskeln in seinem Gesicht nicht genau entscheiden, was sie tun sollten. »Gott sei Dank«, sagte er. »Wissen Sie, Herr Grosch, ich habe es hier nicht leicht … als Zugezogener. Sie müssen mich mal auf meinem Weingut besuchen kommen, wenn Sie mögen. Ich wohne am südlichen Ortsrand, in der Kellergasse – ein bisschen ungünstig, wo doch der Wingert, den ich gekauft habe, ein gutes Stück entfernt liegt, östlich von Bert Hempels Lage.«

Grosch lächelte. »Gerne, wenn ich die Leute hier satt habe und mich mit einem normalen Menschen unterhalten möchte.«

Sie stießen an.

»Sagen Sie, Herr Ittenbach, eine Sache noch – wenn es damals, um 1800, *kein* Mitglied der Familie Schwinn war, der dem Ururur-Schnorrpfeil die Gedärme aus dem Leib gerissen hat, wer war es dann? Ist das jemals aufgeklärt worden?«

Nach einer längeren Pause, als wüsste er gar nicht mehr, wovon Grosch sprach, schüttelte Ittenbach langsam den Kopf.

Grosch blieb noch eine Weile im *Garten Eden*, obwohl sich Ittenbach unmittelbar nach seiner Erzählung von ihm verabschiedete, da in seinem Labor, wie er sagte, noch ein Haufen Arbeit auf ihn wartete. Der Winzer trank sein Bier nicht einmal zur Hälfte aus, übernahm die komplette Rechnung (Grosch hatte mittlerweile sieben große Pils intus) und ließ Grosch seine Visitenkarte da, falls er noch Fragen habe.

Grosch hing zurückgelehnt auf dem alten, schwarzen Holzstuhl, trank in gezügeltem Tempo sein Bier und beobachtete die Gäste der Kneipe. Ab und zu wandte sich einer der Anwesenden in seine Richtung, doch sobald er Groschs Blick begegnete, sah er schnell wieder weg. Der Wirt versteckte sich hinter seinem Zapfhahn. Eine hässliche Kuckucksuhr an der Wand schlug acht. Grosch ließ sich Ittenbachs Geschichte durch den Kopf gehen. Er nickte vor sich hin, schlug sein Notizbüchlein auf und kritzelte darin herum. Seine Hände brauchten Beschäftigung, das regte den deduktiven Denkprozess an.

Er hatte gerade sein achtes Bier bestellt, als sich die Eingangstür öffnete und eine vertraute Gestalt auf der Schwelle erschien.

Passfeller starrte ungläubig in den verräucherten Raum, und seine Gesichtsfassade sackte in sich zusammen. Die Anwesenden glotzten ihn mit der gleichen Mischung aus Verwirrung und Ekel an, mit der sie Grosch bei seiner Ankunft gemustert hatten, und hielten in ihren murmelnden Gesprächen inne.

Passfeller erwiderte ihre Blicke unerschrocken, suchte den Raum nach Grosch ab. Der hob eine Hand und winkte ihm zu. »Huhu!«, rief Grosch. »Sonderkommissar Passfeller! Hier bin ich! Hier, ich sitze in der Ecke, ich, der gefährliche Sonderkommissar Grosch! Das Vieh!«

Passfeller sah ihn, und seine Miene hellte sich etwas auf. Mit raschen Schritten durchquerte er das Lokal, zog einen Stuhl unter dem Tisch hervor – denselben, auf dem zuvor Ittenbach gesessen hatte – und ließ sich mit einem erschöpften Seufzen darauffallen.

»Verflixt, was für ein Loch!« Passfeller sah sich angewidert um. »Wie lange bist du schon hier, Tillmann?«

»Oh, eine ganze Weile, Pass. Hab mich angeregt unterhalten. Was willst du trinken? Das Bier besteht fast nur aus Schaum, ist aber durchaus genießbar.« Er hob einen Arm und bestellte in ohrenbetäubender Lautstärke zwei Bier. Der Wirt brachte die Getränke und stellte sie kommentarlos auf den Tisch. Er verschwand, ohne die leeren Gläser mitzunehmen.

Passfeller nahm einen tiefen Zug, stöhnte. »Also, Tillmann. Was hast du den ganzen Tag getrieben?«

Grosch ließ seinen Blick über die verhutzelten Geschöpfe schweifen, die verstohlen zu ihnen hinüberblickten. »Ich habe versucht, mich bei der Dorfbevölkerung einzuschmeicheln, ein Unterfangen, das offen gestanden schwer in die Hose gegangen ist. Aber ich habe jemanden kennengelernt, und ich spreche nicht von diesem ominösen Menschen da hinter der Theke.«

Passfeller folgte Groschs Blick. »Sieht aus wie die Aldi-Ausgabe von Buddy Holly, wenn du mich fragst.«

»HA!«, schrie Grosch, und sofort zuckten Köpfe zu ihnen herum. Geschwind schlug er sein Notizbuch auf und kritzelte etwas hinein. *»Sieht aus wie die Aldi-Ausgabe von Buddy Holly«,* murmelte er. »Wirklich treffend formuliert, Pass, das musste festgehalten werden.«

Aus der Musikbox drang schwermütige Instrumentalmusik, mit der unterschwelligen Botschaft, Selbstmord könne eine passable Lösung sein.

»Kannst du mal eine Sekunde lang den Bestsellerautoren zu Hause lassen und für mich Sonderkommissar Grosch sein?«, blaffte Passfeller. »Was hast du herausgefunden?« Er begann, eine NIL-Zigarette unangezündet zwischen den Fingern hin und her zu drehen, als handele es sich um eine teure Zigarre, deren Qualität man schon anhand des knisternden Geräuschs der Tabakblätter erkennen konnte. »Hast du *überhaupt* etwas herausgefunden?«

Grosch blickte verschwörerisch nach rechts und links, als würde sie jemand belauschen, dann rückte er seinen Stuhl nach vorne, um seinen Mund näher an das Ohr seines Kollegen zu bringen.

»Das möchte ich allerdings behaupten, Pass. Lass es mich mal so sagen: Wir haben morgen früh ein Rendezvous mit einem Mann namens Ottkar Schnorrpfeil.«

Kapitel 8

Solide Polizeiarbeit

Kottler (Pfalz), 18. September 2003

Der nächste Morgen war klar und sonnig, die Luft erfüllt vom süßlichen Duft reifenden Weins und dem unregelmäßigen Böllern von Knallschreckgeräten in den Hügeln. Man hätte ihn beinahe schön nennen können, fand Passfeller, wenn man ignorierte, dass man sich in einem erbärmlichen Hinterwäldler-Kaff befand, dessen männliche Bewohner im Leben kaum mehr Ziele hatten als den Anbau von Wein und das Ehelichen ihrer eigenen Schwester. Zudem empfand er die Szenerie, die ihn auf dem Weingut Schnorrpfeil empfing, als einigermaßen irritierend.

Es war gegen acht in der Früh. Mäßig erfrischt nach einer weiteren rückenmarternden Nacht in den elenden Liliputanerbetten der Pension (sie quittierten jede Verlagerung des Körpergewichts mit gotteslästerlichem Knarzen – und Grosch veränderte seine Position im Schlaf *oft*) steuerte Passfeller den Legend durch das Hoftor des schnorrpfeilschen Anwesens, das von mannshohen, weinbewachsenen Natursteinmauern gerahmt wurde. In prunkvollen goldenen Lettern verkündeten Schilder zwischen den Ranken allerlei Wissenswertes wie »*Weingut Schnorrpfeil*«, »*Traditionsbetrieb*«, »*Gutsabfüllung*«, »*Direktverkauf*« oder »*Göttliche Tropfen – hier!*«

So weit entsprach alles Passfellers Erwartungen.

Was er *nicht* erwartet hatte, waren ein massiger Mannschaftsbus sowie drei grün-weiße Streifenwagen der Neustädter Polizei, die kreuz und quer, offenbar in großer Eile geparkt, auf dem grauen Kies standen. Ebenso wenig hatte er damit gerechnet, dass das Anwesen vor uniformierten Beamten wimmeln würde wie das Kerngehäuse eines faulen Apfels vor Würmern. Doch man konnte schließlich nicht alles vorausahnen – wenngleich Grosch fraglos vorgegeben hätte, dass *ihn* die überraschende Situation mitnichten überraschte. Glücklicherweise befand sich Grosch in diesem Moment nicht hier, sondern auf dem Gäste-WC ihrer Pension, wo er mit der Ausscheidung der immensen Mengen Frühstücksgebäcks beschäftigt war, die er dem Wirtsehepaar Eberbach mit Verve von deren privater Tafel gefressen hatte. Zwar hatte er baldiges Nachkommen angekündigt, doch Passfeller machte sich über das »bald« in seiner Aussage keinerlei Illusionen.

Er schaltete Motor und Vibraphonmusik ab und stieg aus.

Das Gut war von der Anlage her grob u-förmig: Drei Gebäude rahmten den quadratischen Innenhof ein, der mit Passfellers Ankunft allmählich an die Präsentationsfläche eines Gebrauchtwagenhändlers mit stark unterentwickeltem Ordnungssinn erinnerte. Linker Hand erhob sich eine scheunenartige Halle mit einem riesigen Schiebetor, das halb offen stand. Im Innern konnte Passfeller Reihen ordentlich geparkter Landmaschinen erkennen – Traktoren in unterschiedlichen Größen, Hänger mit und ohne Tankaufbauten, eine Art Pflug sowie im Hintergrund ein seltsames Gerät, das aussah wie zwei metallene Wände auf Rädern mit einem Führerhaus obendrauf.

Geradeaus schloss sich ein imposantes, mindestens hundert Jahre altes Sandsteingebäude an. Es schien vor nicht allzu langer Zeit aufwendig restauriert worden zu sein und überragte die Seitenflügel mit Ehrfurcht gebietender Pracht. Dunkelgrün gestrichene Holzfensterläden säumten die Fenster in allen drei Stockwerken, und golden gerahmte Familienwappen neben dem Treppenaufgang zur Eingangstür signalisierten schon von Weitem die lange Tradition der Familie Schnorrpfeil.

Rechter Hand schließlich lag ein länglicher, flacher Trakt offenbar neueren Baudatums. Er war von schmuckloser Einfachheit, mit ungerahmten, gelben Glasflächen statt Fenstern und nachlässig angebrachten Wellblechplanken als Dach. Passfeller vermutete, dass sich im Innern die Produktionsanlagen des Weinguts befanden. Er nestelte seine Zigaretten aus der Jackentasche und ließ seinen Blick erneut über den Innenhof schweifen.

In Anbetracht des regen Treibens, das sich zwischen den Polizeifahrzeugen abspielte, fand er es recht verwunderlich, dass sich noch niemand bequemt hatte, ihn zu begrüßen oder sich nach dem Zweck seines Hierseins zu erkundigen. Eine gute Handvoll uniformierter Polizisten eilte emsig wie Ameisen hin und her. Mal verschwand einer in einem Gebäude, mal klemmte sich ein anderer für einen raschen Wortwechsel hinter das Funkgerät eines Streifenwagens. Zwei unruhig auf der Stelle tänzelnde Beamten bewachten drei grobschlächtige Landarbeiter in Latzhosen und Gummistiefeln, die mit hängenden Schultern vor der Wand des Wohnhauses aufgereiht standen. Die Mienen beider Parteien zeugten von einer gewissen geistigen Leere, die der Winzergehilfen zusätzlich von großer Verwirrung.

Inmitten der ganzen Hektik machte Passfeller zwei Pole der Ruhe aus: Vor dem Fahrzeugschuppen, kaum einen Steinwurf entfernt, stand ein kleiner, grauhaariger Beamter und starrte bewegungslos auf ein Klemmbrett in seiner Hand. Sein enges Gesicht war verkniffen und misstrauisch, jedoch von einer schwer zu übersehenden perfiden Freude gezeichnet. Neben ihm stand ein nochmals kleinerer, wieselgesichtiger Streifenpolizist. Ohne Unterlass bewegte sich der Mund des Grauhaarigen, ohne dass er es für nötig befand aufzusehen. Passfeller musste die Worte nicht verstehen, um zu wissen, dass das Wiesel, das alle paar Sekunden wie unter Schlägen zusammenzuckte, wegen irgendetwas zur Schnecke gemacht wurde.

Der zweite Ruhepol befand sich auf der gegenüberliegenden Seite des Hofes. Dort ragte neben dem Mannschaftsbus ein wahrer Gigant von einem Polizisten in die Höhe. Der mindestens zwei Meter große, stiernackige Mann lehnte schief wie der Turm von Pisa an der Seite des Fahrzeugs. Seine Haltung, die fraglos lässig aussehen sollte, musste höllisch unbequem, wenn nicht sogar schmerzhaft sein. Sein Gesicht, allem Anschein nach vom Allmächtigen in einem Moment großer Eile mit Hammer und Meißel entworfen, war leer und ausdruckslos, als befände er sich mit seinen Gedanken an einem weit entfernten Ort.

Passfeller erinnerte sich dunkel, dass Grosch zwei Polizisten von der Neustädter Polizei erwähnt hatte, deren Beschreibung auffallend auf diese beiden zuzutreffen schien. Er beschloss, sich den Grauhaarigen vorzunehmen; dieser machte einen autoritären, ansatzweise informierten Eindruck und würde ihm hoffentlich sagen können, was hier vor sich ging.

Als der winzige, wieselgesichtige Polizist sich wenige Augenblicke später unter dienstbaren Verbeugungen verdünnisierte und im Innern des Schuppens verschwand, steckte sich Passfeller eine NIL an und ging zu dem grauhaarigen Beamten hinüber.

»Oberkommissar Plastik?«

»Nein?« Mit dem fragend-fordernden Blick eines Mannes, der sich nur mit Widerwillen bei einer wichtigen Unternehmung stören lässt, sah der Beamte auf.

Passfeller schenkte ihm ein grüßendes Nicken. »Sonderkommissar Frank Passfeller, SK 66«, verkündete er knapp. »Sie hatten bereits das Vergnügen mit ...«

»SK 66?« Die hellblauen Augen des Mannes verengten sich zu wissenden Schlitzen. »Der Kollege von Herrn Grosch? Na, auf *Sie* haben wir gerade gewartet!«

Passfeller verkniff sich die Frage, wie diese kryptische Aussage wohl zu verstehen sei, und fuhr mit der Hand in die Innentasche seines Sakkos. Nach allem, was Grosch ihm von seiner Begegnung erzählt hatte, war dieser Oberkommissar (*Bienek* hieß er) weder ein Ausbund an Intelligenz noch an Kollegialität. Folglich zückte Passfeller die berüchtigte BKA-Belehrung, seine liebste Waffe gegen dummdreiste oder unkooperative Mitmenschen. Mithilfe des rabiat formulierten staatlichen Dokuments ließ sich binnen Sekunden das Befugnisgefälle zwischen SK-66-Mitarbeitern und restlicher Menschheit klarstellen – ein strategisch wertvoller Schachzug, den Grosch in seiner zerstreuten Milde nur zu häufig verbummelte.

Bienek nahm das Papier überrascht, aber interessiert entgegen. »Wo. Haben. Sie. Denn. Ihren. Kollegen. Gelassen?«, erkundigte er sich so langsam, als bereite es ihm Schwierigkeiten zu sprechen, während sein Gehirn mit Lesen beschäftigt war. »Hauptkommissar. Bemmann. Ist. Da. Drüben.« Als bestünde irgendein Zusammenhang, deutete er abwesend in Richtung des riesigen Beamten, der am Polizeibus lehnte und über den Sinn seines tumben Lebens nachsann.

Sonderkommissar Grosch ist in der Pension, kacken, fuhr es Passfeller durch den Kopf. Doch er beherrschte sich. »Herr Grosch ist ... anderweitig beschäftigt, er kommt nach«, sagte er lahm und trat seine Kippe aus.

Nach einer Zeit, die Passfeller wie eine Ewigkeit vorkam, näherte sich Bieneks Zeigefinger, mit dem er beim Lesen jede Zeile entlangfuhr wie ein Erstklässer, dem unteren Rand des Blattes. Mehrfach hatte ein Schmunzeln die harten Mundwinkel des Oberkommissars gekräuselt, hie und da hatte er wohlwollend auf bestimmte Worte getippt. »Ha! Ha-ha – stark«, bemerkte er jetzt und zitierte aus dem abschließenden Passus: *»... in Fällen exorbitanter Komplexität, zu deren Aufklärung die lokalen Beamten nicht oder minder befähigt scheinen, wobei die Evaluation dem SK-Beamten obliegt.«* Ohne zu realisieren, dass die Passage seine eigene, durch Passfellers und Groschs Erscheinen postulierte Unfähigkeit dokumentierte, faltete er das Papier wieder zusammen und gab es Passfeller wohlwollend zurück. »Gute Schreiberlinge habt ihr im BKA. *Endorphin!* Hätte ich selbst nicht *eloxierter* ausdrücken können.«

Leicht verunsichert steckte Passfeller den Schrieb wieder ein. »Sagen Sie, was soll das alles hier? Und was haben Sie vorhin gemeint, als Sie sagten ...«

»Dass wir auf Sie gewartet hätten?« Bienek schlug ihm mit seiner freien Hand auf die Schulter, was Passfeller unwillig zusammenzucken ließ. »Na, weil ich mich freue, Ihnen als Vertreter der höchsten bundespolizeilichen Ermittlungs*bilanz* die Lösung des Mordfalles Schwinn präsentieren zu können!« Er strahlte wie eine Atomsonne kurz vor dem Verglühen. »Jawohl!

Sie kommen quasi genau rechtzeitig, um der *Plastinierung* des tatverdächtigen *Infinitums* beiwohnen zu können – live und in Echtzeit!«

Bevor Passfeller zu einer erstaunten Erwiderung ansetzen konnte, ertönte aus Richtung des nahen Wohnhauses gedämpfter Tumult. Erregt fuhr Bieneks Zeigefinger in die Höhe und deutete auf die Haustür. »Es geht los!« Er gluckste begeistert wie ein kleiner Junge, der zum ersten Mal im Kino das Öffnen des Vorhangs beobachtet.

Passfeller sah in die angegebene Richtung, wo Sekundenbruchteile später die schnitzwerkverzierte Tür des Wohnhauses krachend aufflog. Drei uniformierte Beamte, jeder einzelne so auffallend untersetzt und hängebackig, dass sie fast wie Brüder wirkten, geleiteten eine vierte, gedrungene Gestalt ins Freie. »Geleiten« schien indes nicht ganz der rechte Ausdruck: Sie zerrten ihr Opfer, einen Mann im Rentenalter, dessen Rumpelstilzchengesicht von einem zackigen weißen Bartstreifen gerahmt wurde, rücksichtslos die Treppen hinunter und schleiften ihn ohne nennenswerten Bodenkontakt in Richtung des wartenden Busses.

Ihr Opfer, in dem Passfeller den Eigner des Guts, Ottkar Schnorrpfeil, zu erkennen glaubte, wollte die rohe Behandlung allerdings nicht ohne Widerspruch über sich ergehen lassen: Er keifte, stieß spitze Schreie und Verwünschungen aus und trat, kratzte und spuckte nach den schweinshaften Beamten, deren runde Gesichter vor Schweiß und Anstrengung rosig glänzten. Für einen Augenblick schien es fraglich, ob sie die Strecke bis zum Dienstfahrzeug bewältigen würden, ohne dass der Tobende sich losriss. Doch dann, sie hatten just den halben Weg zurückgelegt, kamen drei zusätzliche Beamten über den Hof herbeigerannt. Ihre übereifrig durchgedrückten Hohlkreuze und breiten Schultern ließen auf eine andere familiäre Abstammung schließen, und im Gegensatz zu den Gebrüdern Wutz baumelten an ihren Koppelgürteln abgewinkelte Schlagstöcke. Ohne Zögern, mit der Routine vieler ähnlicher Einsätze, brachten die Männer sie zur Anwendung.

Ottkar Schnorrpfeil stieß weitere Schreie aus, diesmal allerdings weniger aggressiv und auffallend hoch und wimmernd. Dann hatte der siebenköpfige Pulk den Bus erreicht. Die Schiebetür wurde aufgerissen, Schnorrpfeils Körper flog ins Innere wie ein Bündel Lumpen, und die drei knüppelbewehrten Beamten sprangen voller Elan hinter ihm drein. Mit einem satten *Rumms* schloss sich die Tür und verbarg das weitere Geschehen vor neugierigen Blicken.

»Brontissimo!«, rief Bienek und klatschte mit der Linken auf seinem Klemmbrett Beifall. »*Das* nenne ich solide Polizeiarbeit! Nicht wahr, Herr Passfeller?« Er sah Passfeller mit so viel unverhohlenem Stolz an, dass diesem beinahe übel wurde.

»Ich würde sagen: Die Bestie sitzt hinter Schloss und Riegel«, verkündete der Oberkommissar zufrieden und zückte einen zerkauten Kugelschreiber mit dem Aufdruck der Neustädter Sparkasse. Geziert malte er einen dicken Haken auf seine Unterlagen. »Der Mörder von Bettina Schwinn ist gefasst!«

Grosch fühlte sich nach wie vor etwas unwohl, während er von der Pension zum Schnorrpfeil-Anwesen marschierte. Irgendetwas lag ihm schon seit Tagen schwer im Magen, und auf dem Lokus forderte dieses Etwas seinen Tribut.

Manchmal konnte er Passfeller wirklich nicht verstehen – da herrschte herrliches Wetter, und es bestand keine Eile, der von Grosch aufgetanen Spur nachzugehen. Aber sein Kollege fuhr die paar hundert Meter quer durchs Dorf natürlich mit dem Wagen. Wie hatte es schon J. R. R. Tolkien so treffend formuliert: *Die schlimmste Erfindung des Menschen ist der Verbrennungsmotor.*

Was Grosch sah, als er sich dem Weingut näherte, gefiel ihm.

Eine Mauer, die mit wildem Wein bewachsen war, umgab das Schnorrpfeil-Anwesen. Die Steine waren offensichtlich schon vor Dekaden aufeinandergetürmt worden. Der Schutzwall warf einen langen Schatten. In den Ranken hielten sich singende Vögel und Insekten versteckt, die den Tag begrüßten. Ein einladender Ort.

Das Anwesen, das sich hinter einem geöffneten, riesigen Tor befand, mutete auf den ersten Blick wie die Kulisse eines Hollywood-Filmstudios an. Grosch sah Passfellers aufgemotzten Honda, der direkt hinter dem Tor parkte. Auf der linken Seite, vor einer großen Scheune mit rotem Dach, stand der schreckliche Bienek mit seiner schrecklichen Stimme – vertieft in ein Gespräch mit Passfeller. Das grinsende Gesicht des Neustädter Oberkommissars strahlte so viel Überheblichkeit aus, dass Grosch sogleich Mitleid mit seinem Kollegen bekam.

Weitere Bullenschleudern standen im Hof und vor dem Wohnhaus herum, das das Grundstück am entgegengesetzten Ende abschloss. Auf der rechten Seite, vor einer weiteren, flachen Halle, parkte ein Einsatzbus.

Was für ein Aufgebot! Hatte Passfeller Verstärkung angefordert? Das sah ihm gar nicht ähnlich. Und wie hätten so viele Beamten so rasch aus Neustadt hier sein können? Überhaupt: Was sollte der Massenauflauf? Niemand hatte vorgehabt, den alten Schnorrpfeil zu verhaften oder auch nur das Anwesen zu durchsuchen, dafür gab es noch keinen triftigen Grund. Sie hatten ihm lediglich mit einigen gezielten Fragen auf den Zahn fühlen wollen.

Irgendetwas lief hier aus dem Ruder, aber Grosch, in dessen Magen es noch von der letzten Sitzung rumpelte, konnte die unerwartete Situation nicht einschätzen.

Er schlich sich an Passfellers Legend vorbei, aus dessen hinterem Ende eine dickflüssige, ölig glitzernde Flüssigkeit in den Kies tropfte. Er hatte kein Interesse, sich in die lebhafte Diskussion, die sein Freund mit Bienek führte, einzumischen.

Als er weiterging, löste sich auf einmal die tumbe Gestalt von Hauptkommissar Bemmann aus dem Schatten des Bullenbusses. In Uniform sah er noch monströser aus als in Zivil. Seine Polizeimütze saß hoch auf seinem kastenförmigen Kopf, ließ ihn mindestens drei Meter groß erscheinen. Mit prüfenden

Schritten, als wäre er sich nicht sicher, ob der Hofboden sein Gewicht tragen würde, kam er auf Grosch zu und hob die rechte Hand wie zum Hitlergruß.

»Halt!«, rief er. »Was haben Sie hier verloren?«

Grosch schob sich einen Zigarillo in den Mund, schielte noch einmal zu Passfeller hinüber, der ihn nicht gesehen zu haben schien, und versuchte, sich vor Bemmann aufzubauen. Er war es nicht gewohnt, dass jemand größer war als er. »Tach«, sagte er. »Ich weiß nicht, was hier gerade am Laufen ist, aber ich bin überzeugt davon, dass Sie es mir gleich verraten werden.«

Bemmann sah ihn mit dem dumpfen Blick eines Berufsboxers an. »So, tue ich das gleich? Vielleicht sollte ich?« Er runzelte die Stirn, als dächte er tatsächlich darüber nach. Himmel, wahrscheinlich tat er das wirklich. »Den alten Schnorrpfeil, den verhaften wir«, eröffnete er Grosch. »Genau das tun wir. Er ist der Mörder!«

Grosch war zu überrascht, um die Fassung zu wahren. »Wie bitte? Wie kommen Sie denn darauf?«

Bemmann öffnete den Mund und schickte ein gurgelndes Geräusch auf die Reise, das erst beim zweiten Hinhören als Lachen zu identifizieren war. »Weil er's war«, sagte er. »Er hat das arme Mädchen kaputtgemacht.«

»Scheiße!« Grosch zerbröselte seinen Zigarillo zwischen den Fingern. »Woher wissen Sie das? Wenn Sie gestatten?«

Wieder gurgelte Bemmann. »Wir haben Beweise, genau die haben wir. Tja, das hättet ihr feinen Sonderbeamten euch nicht träumen lassen, was? Die Polizei hier ist nämlich nicht ganz so dumm, wie ihr glaubt. Jetzt sind Sie echt überrascht, was?« Er warf sich stolz in die Brust.

»Na ja, geht so«, sagte Grosch. »Was für Beweise haben Sie denn gefunden?«

Bemmann grinste breit, hob den rechten Zeigefinger und wackelte damit bescheuert in der Gegend herum. »Oh, das verrate ich Ihnen nicht, Herr Sonderkommissar.«

Grosch nickte. »Ehe ich's vergesse: Draußen, auf der Straße vor dem Tor wartet ein Polizist auf Sie. Er meint, er müsse dringend mit Ihnen sprechen. Er wollte mir nicht verraten, worum es geht, behauptete aber, es sei von höchster Wichtigkeit.«

Bemmann imitierte mit seinem Betongesicht Seriosität. »Ja, dann werde ich mal zu dem Kollegen hinmarschieren, Herr Sonderkommissar. Sie können sich derweil an Oberkommissar Bienek wenden, wenn Sie tatsächlich genauere Informationen wünschen. Also dann, die Pflicht ruft.«

Wie der Kaiser von China stapfte er von dannen, nicht ohne weiterhin den Boden bei jedem Schritt auf seine Tragfähigkeit zu prüfen. Kaum war er zum Tor hinaus, traten auf der anderen Seite des Hofes drei Polizisten aus der Tür des Wohnhauses. Grosch huschte hinter den Bullenbus.

Wenige Sekunden darauf wurde er Zeuge, wie insgesamt sechs Polizisten einen alten, schreienden Mann in Handschellen vom Wohnhaus weg- und zum Fahrzeug führten. Er verstand nicht genau, was der keifende Alte von sich gab, aber Hass troff aus seiner Stimme – Hass, Empörung und eine Spur Verzweiflung. Die Polizisten bugsierten ihn rücksichtslos in den Bus und schotteten den Alten von der Außenwelt ab.

Grosch zögerte keine Sekunde länger. Er wollte nicht mehr hier sein, wenn das Wildschwein Bemmann zurückkam, um ihn in die Mangel zu nehmen. Geschwind, einer spontanen Eingebung folgend, eilte er zur Tür und betrat kurzerhand das Wohnhaus der Familie Schnorrpfeil.

»Sie müssen meine Verwunderung entschuldigen, Kollege Bienek, aber ... *dieser Hutzelgreis* soll Bettina Schwinn getötet haben?« Passfeller gab sich keine Mühe, die Verwunderung in seiner Stimme zu verbergen. »*Er* hat ihren Körper brutal in Fetzen gerissen und die junge Frau anschließend über steile Feldwege in die Hänge der Weinberge hinaufgeschleift – *seines eigenen* Wingerts?«

Oberkommissar Bienek hatte seinen triumphalen Haken beendet und steckte sich das Klemmbrett mit einer militärisch-knappen Bewegung unter die linke Achsel. Seine Augenlider senkten sich auf Halbmast, als er Passfeller ansah, und der Ausdruck um seine Lippen glich dem eines Mannes, der nach dem Genuss einer vorzüglichen Speise mit sich und der Welt zufrieden ist. »Wissen Sie, was unser Vorteil war – Ihnen gegenüber, meine ich?«, erkundigte er sich, ohne auf Passfellers Frage einzugehen. »Wir sind *aus der Gegend!*« Er grinste über seine verteufelt kluge Aussage, bevor er fortfuhr: »Und wir sind nicht faul! In den Tagen nach der Auffindung des Leichnams haben wir Gespräche geführt, Herr Passfeller. Gespräche. *Kommunion.* Mit so ziemlich jedem Bürger in Kottler.« Als Passfeller ihn weiter fragend anstarrte, fügte er hinzu: »Sie sollten nicht unterschätzen, wie mitteilsam ein paar ordentliche Uniformen die ländliche Bevölkerung machen. Lassen Sie mich raten: Mit Ihnen oder Ihrem Herrn Grosch hat hier keiner freiwillig geredet, was? Kein Wunder – Sie sehen nicht aus, wie ein verlässlicher Vertreter der Staatsmacht aussehen sollte: streng, unnachgiebig und korrekt!« Er musterte Passfeller prüfend von oben bis unten. »Sagen Sie, haben Sie bei Ihrer Sonderkommission eigentlich keine schönen Uniformen?«

Passfeller schüttelte ungeduldig den Kopf. »Ich frage Sie noch mal: Woher wollen Sie wissen, dass Ottkar Schnorrpfeil Bettina Schwinn umgebracht hat?«

Er musste weiter auf die Antwort warten, denn in diesem Moment wurde der Motor des Polizeibusses gestartet. Kurz heulte die Sirene des Martinshorns auf, wurde jedoch sogleich wieder ausgeschaltet. Dann schoss der große Wagen, Kies nach allen Seiten aufspritzend, an ihnen vorbei und durch das Hoftor davon.

»Da fährt er, der Mörder ...«, murmelte Bienek versonnen. »Dem Gefängnis und einer unnachgiebig-korrekten Verurteilung wegen vorsätzlichen Totschlags entgegen.« Er starrte Passfeller an, als sähe er ihn soeben zum ersten Mal. »Woher wir wissen, dass Schnorrpfeil das Mädchen gekillt hat? Na – weil er es vorher öffentlich angekündigt hat!«

Passfeller öffnete leicht die Lippen, so dass seine aufgerauchte Zigarette heraus- und auf den Boden fiel. »Er hat *was* getan?«

»Am Morgen vor der Mordnacht war es, letzten Sonntag«, berichtete Bienek. Lässig wedelte er sich mit seinem Klemmbrett Luft ins Gesicht, obwohl es alles andere als schwül war. »Nach dem Zehn-Uhr-Gottesdienst in der Georgskirche, drüben in Rhodt, es gab fast hundert Augenzeugen. Ottkar verließ das Gotteshaus, als er von Weitem sah, wie Bettina Schwinn mit ihrem Vater in ein Auto einstieg. Bei diesem Anblick, so berichten die Zeugen einhellig, sei der Kopf des alten Schnorrpfeil so dick und rot geworden, dass man Angst haben musste, er werde gleich platzen. ›Du verdammte Fotze!‹, kreischte er quer über den Kirchvorplatz – verzeihen Sie, aber das kreischte er tatsächlich –, ›Du miese Hexenbrut! Meinen Rolf bekommst du nicht, so wahr ich Schnorrpfeil heiße!‹ Dann wandte er sich an ihren Vater, der mit offenem Mund neben dem Wagen stand. ›Hörst du, Schwinn?‹, brüllte Schnorrpfeil ihn an. ›Dein missratener Balg wird uns unser Gut nicht wegnehmen, das schwör ich dir! Und wenn ich dem verlotterten Weibsstück eigenhändig den verfluchten Hals umdrehen muss!‹ Und bevor der Pfarrer noch aus seiner Kirche heraus war und nach dem Grund des Tumults sehen konnte, war Schnorrpfeil auf seinen Trecker gesprungen und davongerattert.« Bienek zuckte die Achseln. »Tja, und zwölf Stunden später fand man Bettina Schwinn zerfleischt in Schnorrpfeils Wingert.« Er fixierte Passfeller mit einem Blick, der Schläue und Gerissenheit ausdrücken sollte. »Sehen Sie den Zu-sam-men-hang, Herr Passfeller? Die *Inkontinenz?*«

Passfeller seufzte. »Ich sehe, dass Schnorrpfeil möglicherweise einen Grund hatte, Bettina Schwinn eine gewisse Antipathie entgegenzubringen. Aber ein potentielles Motiv – falls es eines ist – reicht noch nicht aus, hier so einen Aufmarsch zu veranstalten und den Mann ohne weitere Untersuchung einzubuchten. Vielleicht hat er ja ein Alibi für den Tatzeitpunkt? Wo war er in der Nacht von Sonntag auf Montag? Wie hat er Bettina Schwinn ihre abartigen Verletzungen zugefügt? Und was ist mit dieser hündischen Kreatur, die von den beiden Jugendlichen im Weinberg gesehen wurde, ganz in der Nähe der Leiche? Was für *Beweise* haben Sie?«

Er hielt inne, um Luft zu holen. Bienek wirkte mit einem Mal erstaunlich gelassen, fast gelangweilt. »Herr Passfeller«, hob er an. »Das sind alles berechtigte Fragen, die Sie da stellen, gute, *echauffierte* Fragen, aber: Sie sind selbstverständlich alle längst beantwortet. Von uns!« Er sah sich kurz prüfend um, dann fügte er etwas leiser hinzu: »Um genau zu sein: von mir!« Seine Haltung straffte sich, er sah Passfeller voller Stolz ins Gesicht. »Und wenn Sie nach Beweisen fragen, völlig berechtigt natürlich, dann kann ich Sie als Kollege und guter Polizist beruhigen: Auch einen alles entscheidenden Beweis haben wir, einen unumstößlichen, aussagekräftigen, *ultramarinen*, der Schnorrpfeil das Genick brechen wird – im übertragenen Sinne selbstverständlich, denn die Todesstrafe gibt es ja schon eine ganze Weile nicht mehr.« Er verstummte pikiert, als sei dieser Umstand eine Schande und jeder wisse das.

Passfeller wartete, doch nichts folgte. »Ja? Wie sieht der aus, Ihr Beweis?«

Bienek gab sich betont unbeteiligt. Lässig deutete er mit dem Daumen hinter sich, in Richtung des Fahrzeugschuppens. »Na, wir haben natürlich die Mordwaffe gefunden!«

Im Haus der Familie Schnorrpfeil roch es nach gedünstetem Kohlrabi, ein unangenehmer Duft, der schwer wie Blei in der Luft hing und von fragwürdigen Kochkünsten kündete.

Der Flur, den Grosch betrat, war nur dämmrig beleuchtet, die Wände mit dunklen Holzbrettern verkleidet, der Boden gekachelt. Zu seiner Rechten erkannte er eine lange Reihe gerahmter Fotografien, die allesamt alte Männer mit knolligen Nasen zeigten. Je älter die Fotos wirkten, desto schrecklicher sahen die Kerle aus, eine unheimliche Ahnengalerie. Grosch pfiff durch die Zähne. »Mein lieber Scholli«, murmelte er, während er die Fotos betrachtete und die Urkunden las, die jeweils darunter und darüber angebracht waren. »Die Tradition der Familie und dieses Weinguts reicht ja zurück bis in die Steinzeit! Eigentlich eine schöne Sache, wenn Dinge und Traditionen Bestand haben. Aber warum sehen die Kerle auf den Bildern alle so aus, als hätten sie eine akute Blinddarmentzündung?«

Der Flur machte eine Biegung. Eine geschwungene Holztreppe führte ins nächsthöhere Stockwerk. Grosch überlegte, ob er sie nehmen sollte, beschloss dann aber, sich zunächst im Erdgeschoss umzusehen. Er kam an einem alten Holzfass sowie einem Regal mit blauen und grünen Weinflaschen vorbei. Mehrere Türen zweigten vom Flur ab. Grosch öffnete eine, steckte den Kopf hindurch und blickte eine Treppe hinunter in eine Art Kellergewölbe. Spinnweben hingen von der Decke, und in einem Netz baumelte ein eingesponnener Klumpen von der Größe einer Maus. Schnell schloss er die Tür wieder.

Der Geruch nach gedünstetem Kohlrabi wurde stärker.

Von draußen vernahm Grosch das Stimmengewirr der Polizisten. Ein Motor wurde gestartet, eine Sirene an- und sofort wieder ausgeschaltet.

Im Flur wurde es immer dunkler, und Grosch hatte das Gefühl, in einen Irrgarten einzutauchen.

Schnorrpfeil war also der Täter. Wer hätte das gedacht? Es ärgerte Grosch, dass Bemmann sich nicht zu einer Erklärung bezüglich Tatmotiv und Beweisführung hatte hinreißen lassen. Diese Arroganz, aus einem den meisten Polizisten anhaftenden Minderwertigkeitskomplex geboren, ging ihm ganz schön auf den Sack. Aber Passfeller würde das auf seine unnachahmliche Art schon regeln.

Grosch erreichte das Ende des Flurs, wo sich eine gläserne Tür befand. Sie war auf der Innenseite mit Handtüchern behängt, so dass er nicht hindurchsehen konnte.

Er drückte die Klinke herunter. Der Kohlrabi-Geruch schlug ihm wie ein warmer, feuchter Lappen ins Gesicht, verklebte seine Lungen.

Die Küche. Groß und geräumig, viel Licht, die Möbel aus dunkel gemasertem Holz, eine riesige Arbeitsplatte, auf der Dutzende angebrochener Weinflaschen nebeneinanderstanden. Kupferfarbene Kochtöpfe hingen an Haken von einem Gitter.

Am Esstisch saß eine verloren wirkende, in sich zusammengesunkene Person, ganz in Schwarz gekleidet, das Gesicht in den Händen vergraben. Als Grosch den Raum betrat, hob sie den Kopf und starrte den Sonderkommissar aus rot unterlaufenen Augen an.

Grosch zögerte nur einen Augenblick. Er hatte den jungen Mann schon einmal gesehen – tags zuvor war der Bursche auf der Straße wortlos an Grosch vorbeigeeilt, scheinbar ohne ihn wahrzunehmen.

Grosch räusperte sich und lächelte. »Entschuldigen Sie mein Eindringen«, sagte er. »Sie sind bestimmt Rolf Schnorrpfeil, nicht wahr?« Er senkte den Kopf. »Mein Beileid. Wegen Ihrer Freundin. Es tut mir leid, was Sie momentan durchmachen müssen.«

Es war versteckt, zitterte nur in den Mundwinkeln des jungen Mannes, aber Grosch konnte das dankbare Lächeln dennoch sehen.

»Heee! Nicht so schnell! Wo wollen Sie denn hin?«

Keuchend eilte Oberkommissar Bienek hinter Passfeller her, der mit raschen Schritten auf das geöffnete Tor zusteuerte. Ohne auf den grauhaarigen Oberkommissar zu warten, trat er ins schattige Innere des Schuppens. Er ließ seinen Augen keine Zeit, sich an die dämmrigen Lichtverhältnisse zu gewöhnen, sondern marschierte sogleich weiter, orientierte sich beim Gehen.

Im hinteren Teil des Raums, hinter dem absurden, über zwei Meter hohen Gefährt, war Bewegung auszumachen. Umschwirrt von dem kleinen, wieselgesichtigen Polizisten, der sich zuvor draußen eine Standpauke abgeholt hatte, suchten mehrere Männer in weißen Einweg-Overalls den Boden unter einem Traktorhänger ab. Ein Koffer voller Glasröhrchen mit unterschiedlich gefärbten Pülverchen, einer Schwarzlichtlampe sowie einem Bündel Wegwerfhandschuhe stand aufgeklappt neben ihnen auf dem Boden. Jenseits ihres Treibens stach Passfeller etwas Rot-Weißes ins Auge, und ohne zu zögern, hielt er darauf zu. Er erkannte polizeiliches Absperrband, wenn er welches sah.

»Es ... es ist schon in Ordnung«, schnaufte Bienek hinter ihm, als die Beamten bei Passfellers Erscheinen überrascht die Köpfe hoben. »Lassen ... Sie den Mann durch. Er ist ... er ist vom BKA!«

Es stand zu bezweifeln, ob irgendjemand versucht hätte, Passfeller aufzuhalten. Binnen weniger Augenblicke hatte er die Männer passiert und die Rückwand des Gebäudes erreicht. Die Mauer war bis unter die Decke mit unzähligen Wandhaken übersät. Dicht an dicht hingen Spaten, Harken, Scheren, Rollen mit Draht und anderes Werkzeug, wie man es in einem Winzerbetrieb erwarten konnte. In der hintersten Ecke schließlich lehnten mehrere unhandliche Geräte, deren Verwendungszweck sich Passfeller auch bei mehrmaligem Hinsehen nicht erschloss. Dieser besondere Bereich war mithilfe eines umgedrehten Eimers und leuchtendem Plastikband abgesperrt worden. Eine weiße Markierung auf dem Boden sowie ein kleines Schildchen mit einer Zahl deuteten an, dass dort etwas Bedeutsames sichergestellt worden war.

Während er noch suchend hierhin und dorthin blickte, kam Bienek neben ihm an. Er machte eine unbeherrschte Armbewegung in Richtung des Wiesels und rief atemlos: »Hobler! Zeigen Sie Sonderkommissar Passfeller den Fund des Tages!«

Polizist Hobler beeilte sich, dem Befehl Folge zu leisten, und schleppte einen sperrigen Gegenstand herbei, der in eine

Umhüllung aus transparenter Folie eingewickelt war. Mit einem strahlenden Lächeln hielt er ihn Bienek und Passfeller hin.

Passfeller hatte etwas Mühe, im Zwielicht des Schuppens und durch die Plastikhülle Einzelheiten zu erkennen. Offenbar handelte es sich um eine etwa einen Meter lange, grün lackierte Metallstange, an deren oberem Ende so etwas wie ein gebogener Fahrradlenker saß. Das untere lief in eine Art Teller aus, an dem vier lange, leicht gebogene Zinken angebracht waren, jede mindestens fünfzehn Zentimeter lang und höllisch spitz. Zwei weitere, gegenläufig geknickte Stahlzacken saßen in der Mitte des Tellers.

Passfeller hob gerade ratlos die Brauen, als er unvermutet etwas an einem der Zinken entdeckte. Er beugte sich vor, um es besser erkennen zu können – und ließ mit einem Zischlaut die Luft zwischen den Schneidezähnen entweichen.

Die langen Metallzacken des Geräts waren verkrustet mit einer dunklen, klumpigen Substanz. Jahrelange Erfahrung sowie mehrere verschrumpelte Fetzen, die in der Masse klebten und nichts anderes als menschliche Haut sein konnten, verrieten Passfeller, dass es sich um Blut handelte.

»Was für eine perverse Scheiße ist *das* denn?«, entfuhr es ihm ungewollt.

Oberkommissar Bienek lächelte triumphierend. »Tja, das kennt man in der Großstadt nicht, was? Zu *nekrotisch.*« Er verschränkte die Arme, ein Mann, der sich in der Rolle des Wissenden ausnehmend wohl fühlte. »Hobler? Klären Sie unseren Herrn Passfeller auf!«

»Zu Befehl!«, rief das Wiesel und zerrte einen Zettel aus der Brusttasche seiner Uniformjacke. »Es handelt sich um eine sogenannte Garten- oder Bodenkralle, Modell *Gardenfriend*«, referierte der kleine Polizist beflissen. »Pulverbeschichtetes Stahlrohr, ergonomisch abgewinkelte, vinylbezogene Griffe für ermüdungsfreies Arbeiten. Gewicht knapp eineinhalb Kilogramm. Durch die spezielle Anordnung der Zinken ist der *Gardenfriend* für Rechts- wie Linkshänder gleichermaßen geeignet. Kultiviert, lockert und belüftet jeden Gartenboden, auch schwere Lehmböden, verbessert die Wasser- und Nährstoffaufnahme, jätet Unkraut und schont dabei Ihren Rücken: angenehmes und ermüdungsfreies Arbeiten ohne Bücken und Heben. Spielend leicht anzuwenden. Hochwertige Qualität für lange Lebensdauer!« Mit einem beunruhigend naiven Grinsen starrte Polizist Hobler seinen Vorgesetzten an.

»Hervorragend, Hobler«, beschied Bienek wohlwollend. »Solide Polizeiarbeit!«

Passfeller sprach nicht aus, dass er das Verlesen eines Werbetextes, der offensichtlich aus dem Internet stammte, nur bedingt für solide Polizeiarbeit hielt. Stattdessen fragte er: »Und dieses Ding wurde *hier* gefunden? Heute Morgen?«

»Genau erkannt«, freute sich Bienek und klatschte in die Hände, wobei sein Klemmbrett zu Boden fiel. Innerhalb einer Nanosekunde war Polizist Hobler vor ihm auf die Knie gefallen und hatte es aufgehoben. Mit einer hündischen Verbeugung reichte er es dem Oberkommissar. »Außer Blut und Hautresten haben wir mehrere lange Haare an den Zinken des *Gardenfriend* festgestellt«, berichtete der Oberkommissar, ohne den Zwischenfall zur Kenntnis zu nehmen. »Rote Haare!« Mit einem Augenzwinkern in Passfellers Richtung fügte er hinzu: »Bettina Schwinn war rothaarig, wissen Sie? Die Laboranalyse wird belegen, dass das Blut von ihr stammt und der Griff übersät ist mit Ottkar Schnorrpfeils Fingerabdrücken!«

Er drehte sich ruckartig um, wobei er Polizist Hobler um ein Haar seinen Ellenbogen ins Gesicht rammte, und machte eine weitschweifige Bewegung, die den Schuppen und vermutlich ganz Kottler mitsamt seinen Weinbergen einschließen sollte. »Soll ich Ihnen mal erzählen, wie sich die Sache zugetragen hat?«, fragte er pathetisch.

»Ich brenne darauf, es zu erfahren«, erwiderte Passfeller.

»Das wäre wirklich *großartig*, Herr Oberkommissar!«, bellte Polizist Hobler begeistert.

»Es war folgendermaßen«, begann Bienek und schlenderte langsam, sein Klemmbrett wie einen Zeigestock schwenkend, zum Eingangstor zurück. »Ottkar Schnorrpfeil trifft am

Abend des vergangenen Sonntags – nach der unangenehmen *Epistel* vor der Rhodter Kirche – in Kottler erneut auf Bettina Schwinn, diesmal allein. Wie uns ihre Mutter anvertraute, hatte das Mädchen am Nachmittag mit dem Rad eine Freundin in Weyher besucht. Möglicherweise kam sie auf dem Rückweg an Schnorrpfeils Gut vorbei, vielleicht hat er ihr auch irgendwo aufgelauert – diese Details muss das harte, faire Verhör ans Licht bringen.« Beim Gedanken an das harte, faire Verhör auf dem Neustädter Polizeipräsidium saugte Bienek genießerisch die abgestandene Luft des Schuppens in seine Lungen. »Schnorrpfeil kidnappt das Mädchen, ob unter Mithilfe eines seiner Angestellten, muss noch ermittelt werden, und verschleppt es an einen Ort, den wir ebenfalls bald gefunden haben werden.«

»Er hat sie nicht hier getötet?«, fragte Passfeller dazwischen.

»Haben Sie vielleicht irgendwo im Schuppen einen Blutfleck gesehen?«, konterte Polizist Hobler, erzürnt darüber, dass sein Vorgesetzter unterbrochen wurde.

»Er verschleppt sie also an einen Ort, der nicht identisch ist mit diesem Schuppen oder dem endgültigen Fundort des Leichnams, wo ebenfalls keine größeren Mengen Blut festgestellt wurden«, schwadronierte Bienek weiter. »Dort stürzt er sich in wilder Raserei auf das Mädchen. Er misshandelt sie mit dem *Gardenfriend*, bis sie infolge des Blutverlusts stirbt. Später in der Nacht schleppt er ihren leblosen, ausgebluteten Leib an den einzigen Ort, wo er für den Fall, dass ihm trotz der späten Stunde jemand begegnen sollte, eine *profane* Ausrede parat hätte: in seinen eigenen Wingert! Wenig später, möglicherweise sogar just nachdem er seine Last dort abgeladen hat, erscheinen unsere beiden Halbwüchsigen auf der Bildfläche, um verbotenerweise irgendwelche *Psychodelika* zu konsumieren – und finden die Tote.«

»Und ein großer, streunender Hund, der im Licht des Vollmonds unheimlich und wolfsartig wirkt, bringt die beiden schuldbewussten Kinder an den Rand eines Zusammenbruchs«, vollendete Polizist Hobler servil hinter Bieneks Rücken.

»Eines *Lapsus*«, bestätigte der Oberkommissar salbungsvoll. Er trat aus dem Scheunentor in den jungen Morgen und begutachtete mit zufriedenem Blick die Lage: Die restlichen Polizisten hatten sich mittlerweile auf dem Hof zusammengefunden und verfrachteten die wenigen Angestellten des Guts in die bereitstehenden Streifenwagen. Offenbar sollten auch sie in Neustadt hart und fair verhört werden. Aus Richtung des Hoftors stapfte unterdessen der turmhohe, grobschlächtige Hauptkommissar Bemmann auf die Ansammlung zu. Sein Gesicht, das sich wie eine rotierende Warnlampe suchend in alle Richtungen drehte, leuchtete knallrot im Sonnenlicht, so als sei er gerannt oder über irgendetwas sehr aufgebracht.

Lässig drehte sich Oberkommissar Bienek zu Passfeller um. »Ach ja, noch was: Ein Alibi für die Tatzeit hat der Alte nicht. Einer seiner Angestellten hat bereits zu Protokoll gegeben, dass Schnorrpfeil spät in der Nacht zum Montag noch einmal den Hof verlassen hat und für Stunden nicht wieder erschienen ist.« Bienek reckte die Schultern. »Ich denke, damit dürfte die Neustädter Polizei sämtliche der von Ihnen vorgebrachten, höchst berechtigten Fragen durch solide Polizeiarbeit und die Kunst logischer *Reduktion* aus dem Weg geräumt haben.« Er stemmte die Hände in die Hüften, wobei sich Teile der Unterlagen von seinem Klemmbrett lösten und hinter ihm in den Staub trudelten. Polizist Hobler hechtete unaufgefordert hinterher. »Gibt es sonst noch etwas, das Ihrer Ansicht nach der Klärung harrt, Herr Passfeller?«

»Nein«, murmelte Passfeller matt. Er war verwirrt. War das wirklich alles? Archaisch überhöhte Familienehre als Hintergrund für einen Mord? Ein manisch auf Tradition bedachter, nicht mal übermäßig gewiefter Täter? Und die von Beginn an so ungewöhnliche und verwirrende Wolfskomponente – nur zufälliges, irrelevantes Beiwerk? Passfeller schüttelte den Kopf und versuchte dahinterzukommen, ob ihm Bieneks monumentale Ausführung deswegen nicht schmeckte, weil sie irgendeinen Aspekt sträflich unbeachtet ließ, oder nur, weil sie von einem normalen Feld-Wald-und-Wiesen-Bullen stammte statt von ihm. Doch so sehr er sich den Kopf zermarterte und der Urin in seiner Blase schrie, dass irgendwo noch eine Facette des Falles ungeklärt im Vakuum baumelte – er kam nicht darauf, was das sein sollte.

Alles klang schlüssig.

Mit knappen Worten verabschiedete er sich von Bienek. Während er wie ein gemaßregelter Schuljunge zum Wagen zurückschlurfte, schoss ihm die einzige Frage durch den Sinn, die angesichts dieser ärgerlich unangreifbaren Zurschaustellung tumber Polizeitätigkeit unbeantwortet blieb: Wo zum Henker steckte eigentlich Grosch?

Der junge Mann – er mochte Mitte zwanzig sein – fuhr sich mit den Händen an den Schläfen entlang und schluckte. »Sie sind Polizist«, sagte er. Seine Stimme klang hohl und heiser, als säße er in einem tiefen Brunnenschacht. »Hab Sie gestern auf der Straße gesehen. Entschuldigen Sie, wenn ich unhöflich war. Ich wollte mit keiner Menschenseele sprechen.«

Grosch nickte. Er durchquerte die Küche, zog einen der Holzstühle unter dem Tisch hervor und ließ sich vor Rolf Schnorrpfeil nieder. Es war zu erkennen, dass sein Gegenüber geweint hatte und sich seiner Tränen schämte.

»Ist Ihnen schon einmal ein geliebter Mensch genommen worden?«, fragte der junge Mann nach einer Weile, während sein Blick ins Leere glitt. Grosch wusste, dass es eine rhetorische Frage war, deswegen verzichtete er, darauf zu antworten.

»Das kann man keinem Menschen begreiflich machen, der es nicht selbst erlebt hat«, fuhr Rolf Schnorrpfeil fort. »Es ist, als würde ein Teil aus einem herausgeschnitten, ein Teil, der nicht zu ersetzen ist. Ich wusste es, wusste es von Anfang an! Meine Mutter hat es geahnt, aber natürlich hätte sie es niemals laut ausgesprochen.« Er sah Grosch an. Etwas hatte sich in seinen Blick gestohlen, etwas Abgründiges, und einen Moment lang erschrak Grosch vor dem, was er sah – einen Moment lang konnte er den knöchernen Schädel erkennen, den dieser Mensch eines Tages hinterlassen würde.

»Ihre Mutter ist nicht anwesend?«, fragte er vorsichtig.

Rolf Schnorrpfeil stieß ein abgehacktes Lachen aus. »Nein, sie ist in Mainz. Beim SWR, Fernsehauftritt bei Johann Lafer. Die hatten eigentlich den *Herrn Papa* angefragt, sein Wein genießt in bestimmten Kreisen einen ausgezeichneten Ruf. Aber der *Herr Papa* gibt solche Termine gerne an seine Untergebenen weiter. Für solche lästigen Pflichten ist sich der *Herr Papa* zu fein. Er delegiert lieber. Wissen Sie, er hat eine sehr konkrete Vorstellung, was den Entwurf des Lebens im Allgemeinen angeht. Er glaubt an klare Hierarchien – sofern er an der Spitze dieser Hierarchie steht!«

Grosch bemerkte, dass frische Tränen aus den Augen des jungen Mannes rannen. Seine Lippen waren zu einem schmalen Strich zusammengepresst.

»Was ist geschehen, mein Junge?«, fragte Grosch. »Hey, ich weiß, dass hier lauter merkwürdige, wichtigtuerische Bullen herummarschieren, und die werden Sie später noch mit 10.000 nervtötenden Fragen bombardieren, da brauche ich Ihnen gar nichts vorzumachen. Aber jetzt haben wir noch unsere Ruhe. Vielleicht möchten Sie mir ein paar Sachen erklären? Dann kann ich später die Meute zurückhalten.« Grosch winkte ab. »Vergessen Sie's, kann ich so oder so nicht, auch wenn Sie mir nichts erzählen möchten.«

Wieder ein kaum merkliches, dankbares Lächeln auf den weichen Zügen des Mannes. »Hat Ihnen schon mal jemand gesagt, dass Sie für einen Bullen ziemlich seltsam daherkommen?«

»Sagt man mir dauernd. Ich kann nix dafür, ich wurde so geboren. Liegt an den Genen.«

Jetzt grinste Rolf Schnorrpfeil sogar, doch im nächsten Moment wurde er wieder ernst. Es brach Grosch das Herz, jemanden derart am Abgrund zwischen Weinen und Lachen schwanken zu sehen.

»Der *Herr Papa*«, stieß Rolf Schnorrpfeil angewidert hervor. »So wollte er immer genannt werden. *Herr Papa!* Der elende Drecksack! Er hat … er hat Bettina umgebracht.« Rolf Schnorrpfeil lächelte kälter als die Antarktis. »Bettina und ich waren seit über einem Jahr liiert. Wir wollten heiraten. Letzte Woche habe ich es dem *Herrn Papa* gebeichtet. Verdammt, ich habe es über ein Jahr lang mit mir herumgeschleppt! Ich konnte ihm nicht unter die Augen treten. Er wollte, dass ich in den Weinbau gehe, wie jeder Schnorrpfeil seit über zweihundert Jahren, dass ich das Handwerk von der Pike auf lerne und irgendwann das Gut übernehme. Bis heute weiß er nicht, dass ich nur vorgab, regelmäßig zur Weinbauschule nach Neustadt zu fahren. Von Bettina wusste er lange gar nichts. Der *Herr Papa* hasst Bettinas Familie. Eine alte Geschichte, die auf irgendwelche Grundstücksstreitereien zurückgeht. Er *hasst* sie alle, das Schwein! Ich glaube, er brauchte keinen speziellen Grund – er kannte Bettina ja nicht einmal richtig. Aber Hass kann auch eine Art Sport sein, verstehen Sie?«

Grosch nickte.

»Und da stand ich plötzlich vor ihm, ich Feigling – ich, der ich ihn ein halbes Jahr bezüglich meiner Ausbildung angelogen hatte –, und sagte es ihm ins Gesicht, sagte, dass er mich am Arsch lecken könne, dass ich Bettina heiraten und diesen gottverfluchten Hof für immer verlassen würde. Meine Mutter warf sich zwischen uns und redete auf mich ein, ich solle es mir noch mal überlegen, und den *Herrn Papa* hat sie immer wieder angefleht, er solle nicht auf mich hören, ich sei von Sinnen. Und wissen Sie, was das Unheimliche war? Der *Herr Papa* hat überhaupt nichts gesagt, hat mich nur angestarrt. Ich wusste nicht, was hinter seiner Stirn vorging. Wenn ich es geahnt hätte, ich hätte Bettina genommen und wäre gerannt, gerannt.«

Rolf Schnorrpfeil redete nun immer schneller. Mit den Fingernägeln kratzte er nervös über die Tischplatte, er fuhr sich über das Gesicht, versuchte, seine Tränen zu verstecken. Einer Intuition folgend, erhob sich Grosch, trat neben den jungen

Mann und tat das Einzige, was ihm in dieser Situation sinnvoll erschien.

Er nahm ihn in den Arm.

»Schon gut, Rolf«, flüsterte er. »Weinen Sie ein bisschen, das ist gut. Weinen hilft.«

Und tatsächlich öffneten sich die Schleusen, und der junge Mann weinte in Groschs Lodenmantel hinein, so laut, dass es einem Schreien gleichkam.

»Sie ist tot«, stieß er hervor. »Bettina ist tot, weil ich ein Feigling bin, und mein eigener Vater hat sie getötet! Und es gibt nichts, was ich jetzt noch tun könnte!«

Grosch tätschelte ihm die Haare, wie ein Großvater seinen Enkel tätscheln würde. »Sie sind kein Feigling, Rolf. Sie sind ein mutiger Mensch. Mut bedeutet nicht, vor nichts Angst zu haben. Mut bedeutet, das Schreckliche auszusprechen, ihm zu begegnen, es auszuhalten.«

Grosch dachte über seine Amateurphilosophie nach und kam zu dem Schluss, dass er soeben zum ersten Mal seit Tagen etwas Kluges von sich gegeben hatte.

Kapitel 9

Steter Tropfen

Kottler (Pfalz), 18. September 2003

Aus Groschs Bericht wusste Passfeller, dass das Weingut von Bert Hempel »nicht ganz so schnieke« war wie der alte, aber weitaus größere Betrieb der Familie Schnorrpfeil. Dass die Wohn- und Arbeitsstätte des geschiedenen Winzers im direkten Vergleich allerdings etwa so strahlend abschnitt wie ihr mickriges Fremdenzimmer im Haus der Eberbachs gegen eine Fürstensuite des *Burj Al Arab* in Dubai, entsetzte ihn dennoch.

Das verwitterte braune Sandsteingebäude lag am äußersten Ortsrand, am Ende einer schmalen Seitenstraße. Seine einfallslose Quaderform hob sich scharf vor dem gewellten Grün der Weinberge dahinter ab. Es gab weder einen Innenhof noch Nebengebäude oder pompöse Schilder. Lediglich eine triste Reihe von Holzlettern an der Front verkündete: *WE NGUT HE PEL*. Schmale, schießschartenartige Fenster lagen hoch droben zur Straßenseite hinaus. Darunter prangte mittig ein riesiges, ehedem grün gestrichenes Tor, dessen Farbe in handtellergroßen Placken abblätterte.

»Ich hab's dir ja gesagt, Pass: Schön geht anders«, stieß Grosch in einem Schwall Zigarillorauch hervor. Passfeller, der bis zu diesem Augenblick nicht realisiert hatte, dass das Ziel ihres abendlichen Spazierganges unmittelbar vor ihnen lag, verschluckte sich am Rauch seiner Zigarette.

»Das?«, keuchte er.

»Bevor du dich kreischend vor Abscheu erbrichst, Pass, bedenke dies: Bert Hempel führt diesen Laden seit Jahren mehr oder weniger allein. Wie er mir vorgestern erzählt hat, ist seine

Frau irgendwann mit einem anderen abgehauen. Seitdem hat er nur die sporadische Unterstützung einiger Aushilfs-«

»Aber sein Haus *schimmelt!*«, unterbrach Passfeller und wies ungläubig auf mehrere bettvorlegergroße Flecken an der Wand, die im Licht der untergehenden Sonne weißlich glänzten. »Ich wohne auch allein, und *mein* Apartment schimmelt nicht!« Kopfschüttelnd zertrat er seine Kippe auf dem unebenen Kopfsteinpflaster der Gasse. »Und du bist sicher, dass man die Erzeugnisse dieses ... dieses *Winzers* bedenkenlos konsumieren kann?«

»Also ... nun: ja!« Grosch nickte väterlich. »Es ist doch so, Pass: Ich erkenne einen guten Menschen, wenn ich einen sehe. Kommt nicht allzu häufig vor, aber dann ja. Und ich erkenne einen Menschen, der mit dem Herz an seiner Arbeit hängt. Hempel ist so einer, wenn du gestattest.« Er stutzte, als sein Blick einen schulterhohen Dreckklumpen streifte, der vor dem Tor stand; als ihm klar wurde, dass es sich um einen uralten, schlammverkrusteten Fendt-Trecker handelte, der offenbar zu Hempels Besitztümern gehörte, fügte er im schlecht gespielten Brustton der Überzeugung hinzu: »Der Mann legt alles, was er hat, in seinen Wein!«

»Gut und schön«, schnaubte Passfeller. »Solange er sich nur vorher die Hände wäscht!«

Passfellers Stimmung befand sich nach der Episode am Vormittag nach wie vor in gefährlicher Schieflage. Im Anschluss an Ottkar Schnorrpfeils Verhaftung war er auf direktem Weg zur Pension zurückgekehrt, während in seinem Innern ein dumpfer Orkan aus Verblüffung, Wut und Unglauben tobte. Er hasste nichts mehr, als vor vollendete Tatsachen gestellt zu werden. Und dass die aus dem Nichts aufgetauchten Mosaiksteine von Oberkommissar Bieneks Lösungsansatz offenbar nahtlos zusammenpassten, ärgerte ihn zusätzlich.

Als er die Pension erreichte, war er noch so aufgedreht, dass er zunächst einige Runden an der frischen Luft drehen musste. Dabei traf er prompt auf Grosch, der zu Fuß vom Schnorrpfeil-Gut heimkehrte, sich sinnlose Aufzeichnungen in sein Notizbuch machend. Auch ihm schmeckte das unvermutete Ende des Falles nicht übermäßig, wenngleich es einer langjährigen Bekanntschaft mit dem vollbärtigen Riesen bedurfte, um dies hinter seiner gleichgültigen Fassade zu erahnen. Gemeinsam marschierten sie über eine Stunde lang die gebogene Hauptstraße hinauf und hinunter, rauchten aggressiv und sprachen über ihre unterschiedlichen Eindrücke vom Weingut sowie Oberkommissar Bieneks Sicht der Dinge.

Das Fazit war wenig erbaulich: Sie mussten sich damit abfinden, dass der Fall gelöst war. Und zwar nicht von ihnen.

Wenig später verständigte Passfeller Oberkommissar Schicker und unterrichtete den SK-66-Chef von der überraschenden Wendung. Während er in knappen Sätzen referierte, merkte er erneut, wie ärgerlich schlüssig die »Bienek-Variante« klang. Als er gegen Ende des Gesprächs zaghaft anfragte, ob er und Grosch nicht noch etwas vor Ort bleiben und zumindest das Geständnis des alten Schnorrpfeil abwarten sollten, überraschte ihn Schickers abschlägige Antwort nicht im Mindesten. Passfeller solle sich endlich seine Aversion gegen die lokalen Polizeikräfte abgewöhnen, hieß es; der Fall sei hinreichend durchleuchtet, um den Rest guten Gewissens der Neustädter Polizei zu überlassen.

Niedergeschlagen wollte Passfeller im Anschluss die Pensionsrechnung begleichen. Doch Grosch erinnerte ihn mit Nachdruck, dass sie am Abend noch bei Bert Hempel eingeladen seien, zur Weinverkostung. Außerdem habe er dem Winzer versprochen, ihn über den Fortgang des Falles auf dem Laufenden zu halten. Und *eine* Übernachtung mehr oder weniger aufs Spesenkonto, dazu ein gutes Tröpfchen, um das Ende des Falles zu vergessen ...

Ein leichter Fäulnisgeruch stieg Passfeller in die Nase und riss ihn jäh ins Hier und Jetzt zurück. Er rümpfte die Nase. Der Gestank drang eindeutig zwischen den angelehnten Flügeln des grünen Tors hervor, vor dem sie mittlerweile angelangt waren. Irgendwo aus dem Innern drang gedämpft das asthmatische Bellen eines Hundes. Passfeller fragte sich seufzend, ob seine Einwilligung zu ihrer gemeinsamen Abendgestaltung eine weise Entscheidung gewesen war.

Grosch dagegen drückte forsch mit der Hand gegen die mürben Planken, die quietschend nachgaben. »Herr Hempel?«, rief er zaghaft in das bedrückende Zwielicht jenseits des Tors. »Herr Hempel? Wi-hir sind's. Die Bul-len! Zur Weinprobe.«

Nichts geschah. Grosch öffnete den zweiten Torflügel, und die letzten Lichtstrahlen der Abendsonne erhellten zögernd das Innere eines großen, scheunenähnlichen Raums. Direkt hinter dem Tor stand ein mindestens vierzig Jahre alter, roter Pritschenwagen der Firma Hanomag, dahinter mehrere große, tonnenförmige Kunststoffcontainer sowie deckenhohe Stapel von Holzkisten mit leeren Flaschen darin. Im rückwärtigen Teil der Halle waren große, metallisch glänzende Apparate zu erahnen, die wie riesige, angriffslustige Roboter im Schatten kauerten. Der süßlich-faulige Geruch wurde fast greifbar in seiner Intensität. Es roch, als sei vor sehr langer Zeit einmal etwas sehr Großes, sehr Krankes in den hinteren Teil der Halle gekrochen und dort unter großen Qualen verendet.

»Vielleicht hat uns dein Freund ja vergessen?«, schlug Passfeller hoffnungsvoll vor. »Komm, lass uns verduften. Wie die Sache ausgegangen ist, kann er ja früher oder später in der Zeitung ...«

»HERR HEMPEL!«, brüllte Grosch so laut, dass Passfeller unwillkürlich einen Satz zur Seite machte. »KUUUUNDSCHAFT!«

Während sich Passfeller pikiert die Haare glättete, ertönte aus den Tiefen der Halle ein metallisches Quietschen. Ein helles Rechteck erstrahlte am hinteren Ende des Raums, in dem sich eine gedrungene Gestalt als schwarzer Schattenriss abzeichnete. Das Bellen wurde etwas lauter, aber nicht sehr.

Wenige Augenblicke darauf stand ein kräftig gebauter Mann vor ihnen, nicht einmal so groß wie Passfeller. Er hatte ein eckiges, von tiefen Falten durchzogenes Gesicht und trug ein rot-weiß kariertes Hemd, dunkelgraue Latzhosen mit vielen Taschen und schwarze Gummistiefel. Einige Schritte hinter ihm schob sich etwas über den Boden, das aussah wie ein verfilzter Flokati, den man an einen alten Diesellaster gebunden und zweimal rund um die Erdkugel geschleift hatte. Es bestand überwiegend aus gräulich-schwarzem Fell. Nur bei genauem Hinsehen ließ sich auf der Vorderseite eine lappige rote Zunge erkennen, die unkontrolliert von einer Seite auf die andere baumelte. Als das Bündel ein heiseres Kläffen ausstieß, wich Passfeller irritiert zurück.

»Vor Polakowitsch brauchen Sie keine Angst zu haben«, rief Bert Hempel und trat mit grüßend erhobener Hand aus dem Tor. »Der will nur ein bisschen töten und zerfleischen.« Er lachte rau und streckte Passfeller eine schwielige Hand hin. »Nur Spaß. Ich bin Bert Hempel. Und Sie müssen der Kollege von Herrn Grosch sein, Herr ...?«

»Passfeller. Frank Passfeller«, erwiderte Passfeller und schüttelte die Hand. Sie war fest und knorrig wie Wurzelholz.

Grosch betrachtete unterdessen mit einer gewissen Skepsis das Geschöpf, das Hempel als Hund ausgegeben hatte. Es hatte sich zwei Schritte neben dem Winzer auf dem schmutzigen Hallenboden niedergelassen und kratzte sich mit irgendeiner weit hinten angebrachten Extremität irgendwo weiter vorne. »Ein schönes Tier«, brummte er diplomatisch. »Sieht ein bisschen wie ein Okapi aus, findest du nicht, Pass?«

»Polakowitsch ist schon sehr alt«, erklärte Hempel überflüssigerweise. »Meine Frau brachte ihn vor Urzeiten mit auf den Hof, schon damals war er kein junger Hüpfer mehr. Als sie dann vor sechs Jahren ihren Hut genommen hat – tja, da ist er bei mir geblieben, die treue Seele!«

Die Kreatur bewegte ihren verfilzten Leib vertrauensselig näher an Hempels Bein heran. Der Winzer beugte sich hinunter und tätschelte ihm kameradschaftlich die Flanke. Nur mit Mühe konnte sich Polakowitsch auf den Beinen halten. Er hatte schon bessere Tage gesehen.

»Aber nun lassen Sie uns in die Tiefen meines Kellers steigen, meine Herren«, rief Hempel und hielt den Sonderkommissaren einladend das Tor auf. »Ich bin gespannt auf die neuesten

Erkenntnisse im Mordfall Schwinn. Und damit es nicht so trocken wird, hab ich uns eine Kleinigkeit vorbereitet ...« Er schloss das Tor hinter ihnen und stapfte zügig durch die düstere Halle auf das Rechteck aus Licht am anderen Ende zu. »Machen Sie sich auf eine Genusserfahrung erster Kajüte gefasst!« Er lachte erneut sein heiseres Lachen. Polakowitsch jaulte zustimmend.

»›Genusserfahrung‹ klingt amtlich, oder, Pass?« Grosch rieb sich vorfreudig die Hände, während sie vorsichtig den Hanomag umrundeten und dem Winzer folgten.

Das helle Rechteck stellte sich als massive Metalltür heraus. Auf der anderen Seite lag ein zweiter, nochmals größerer Raum, der von langen Neonröhren in klinisch helles Licht getaucht wurde. Dutzende deckenhoher, glänzender Stahltanks waren an den Seiten aufgereiht, manche in Form monströser Zylinder, andere an würfelförmige Tresore erinnernd. In unterschiedlichen Abständen ragten Rohre, Schläuche, Ventile oder runde Anzeigeskalen aus den chromblitzenden Behältern. Ein schmaler Pfad führte zwischen ihnen hindurch, hie und da lagen Schläuche oder Plastikeimer auf dem Boden.

»Sie müssen entschuldigen«, begann Hempel ein wenig verlegen. »Ich habe keinen schicken Verkostungsraum wie die größeren Weingüter. So was kann ich mir leider nicht leisten.« Er wies verlegen auf einen kleinen runden Stehtisch, der mitten im Gang, etwa auf halbem Weg durch den Raum, aufgebaut war. Drei leere Weingläser und ein Teller mit Käsewürfeln standen darauf.

»Wer hätte *das* gedacht, Pass?«, flüsterte Grosch ehrfürchtig, während sie auf den Tisch zuschritten. Mit glänzenden Augen deutete er auf die schimmernden Tanks. »Dass in einem kleinen Weingut in der Südpfalz die lange gesuchten Beweise für die Existenz außerirdischen Lebens aufbewahrt werden?« An Hempel gewandt, fügte er hinzu: »Woher haben Sie denn all diese schnittigen Raumschiffe, Herr Hempel?«

Hempel, der bei der Stahltür gewartet hatte, bis auch Polakowitsch sich hindurchgeschleppt hatte, schloss die Tür mit einem

Schlag und breitete voller Stolz die Arme aus. »Willkommen in meinem Keller!«, rief er, Groschs Frage ignorierend, und schlug mit der Faust gegen den nächsten Tank. Ein dumpfes *Klonggg* hallte durch den Raum. »In diesen Babys, werter Herr Grosch, reift mein Wein. Momentan sind sie natürlich leer. Aber wenn in ein paar Wochen erst die Lese vorüber ist ...«

Groschs Brauen zogen sich verständnislos zusammen. »Ich höre immer Keller. Wir sind keine einzige Stufe abwärts gestiegen, wenn Sie gestatten? Und wo sind die verdammten, mannshohen Holzfässer? Die vom Weinstein verkrusteten Mauerbögen?« Er schob trotzig die Unterlippe vor und verschränkte die Arme.

»Sie müssen meinen Kollegen entschuldigen«, sagte Passfeller und trat an den Stehtisch. »Seine Vorstellungen vom Winzerhandwerk sind, fürchte ich, nicht ganz zeitgemäß.« Er unterdrückte ein Grinsen.

»Oh, das ist bei den meisten Städtern der Fall«, erwiderte Hempel und winkte ab. »Um ehrlich zu sein: Vor dreißig Jahren, als das Gut noch von meinem Vater geführt wurde, sah es in den Gewölben unter diesem Haus noch so ähnlich aus. Aber kurz bevor ich den Betrieb übernahm, stellten wir auf modernere Produktionsmethoden um. Sie würden das besser verstehen«, fügte er, an Grosch gewandt, hinzu, »wenn Sie wüssten, was es für einen Aufwand bedeutet, Holzfässer instand zu halten und zu säubern.«

Grosch schmollte. »Keine Holzfässer, vor denen wir im Schein heimeliger Kerzen mit abgespreiztem kleinem Finger Rebensaft verkosten?« Er klang wie ein kleiner Junge, der nicht glauben will, dass es sich sowohl beim Osterhasen als auch beim Nikolaus nur um Onkel Heinz-Bernd in einem billigen, geliehenen Kostüm gehandelt hat. »Nehmen Sie's nicht persönlich, aber ... aber das ist doch Scheiße!«

Hempel lachte und hob beschwichtigend die Hände. »Eine Tür weiter habe ich ein halbes Dutzend kleiner Barriquefässer, in denen ich hin und wieder einen Dornfelder ausbaue. Aus echtem Holz! Die zeige ich Ihnen nachher, wenn Sie mögen.

Und das mit dem kleinen Finger können Sie halten, wie Sie wollen!«

Seine Worte schienen Grosch einigermaßen zu besänftigen. Er trat zu Passfeller an den Tisch und schwenkte schnuppernd seine Nase über dem Käseteller. »Köstlich?«, erkundigte er sich.

»Supermarkt«, gab Hempel Auskunft. »Aber ich war froh, dass ich überhaupt noch etwas im Hause hatte. So kurz vor der Lese kommt gewöhnlich niemand zur Verkostung.«

Er beugte sich abwärts, und kurz dachte Passfeller, er wolle den verlausten Leib von Polakowitsch vor ihnen auf den Tisch heben. Stattdessen ertönte ein leises Klirren, und Hempel förderte aus einer Holzkiste am Boden eine einzelne Flasche Rotwein zutage. Mit ausgestrecktem Arm reckte er sie dem kalten Neonlicht entgegen, triumphierend wie ein Sportler einen errungenen Pokal.

»Die Pfalz!«, rief er pathetisch. »Ein Land, von den Göttern geliebt, vom Klima verwöhnt.« Seine Stimme mutierte zu einem lauten, seltsam aggressiven Singsang. »Unser mildes Wetter bietet *optimale* Vorbedingung für nachgerade *tropische* Fruchtbarkeit!« Seine Miene verkrampfte sich, als leide er beim Sprechen Schmerzen. Grosch und Passfeller tauschten einen verständnislosen Blick. »Und unsere *Böden!*«, schrie Hempel voller Hass, den Blick ins Leere gerichtet, so als lese er den Text von einem unsichtbaren Zettel an der Decke ab. »*Kalk* und *Letten*, versetzt mit verkohlten Pflanzenresten aus der *Urzeit!* Wie ein *Schwamm* speichern sie die lebensspendende *Feuchtigkeit* und geben sie kontrolliert an die dürstenden Reben ...«

Grosch legte dem Mann beschwichtigend eine Hand auf die Schulter. »Sie müssen uns keine Einweisung in die Kunst des Weinbaus geben, lieber Herr Hempel. Lehrreiche Fakten interessieren uns nicht die Bohne. Stimmt's, Pass? Wir sind hier, um uns was von Ihren gottgleichen Erzeugnissen ins Hirn zu trichtern, wenn Sie gestatten?«

Hempel zuckte zusammen, als erwache er aus einer Trance. Mit großen Augen sah er die beiden Sonderkommissare an. Passfeller nickte aufmunternd.

»Entschuldigen Sie«, seufzte Bert Hempel und stellte die Weinflasche übervorsichtig auf der Tischplatte ab. »Es ist die elende Touristenschallplatte – ich rutsche immer wieder rein, verstehen Sie?« Er zuckte hilflos die Schultern. »Wie ich das hasse! Aber als Selbstvermarkter mit vergleichsweise mickriger Produktion bin ich abhängig von regelmäßigen Betriebsführungen und Verkostungen. Und wenn man erst mal ein paar Jahre am Stück immer denselben Quatsch zum Besten gegeben hat – und nebenbei über 20.000 Rebstöcke pflegen muss, von denen jeder einzelne im Jahr rund fünfundzwanzigmal per Hand bearbeitet werden will –, dann geht einem dieser Mist irgendwann in Fleisch und Blut über, ob man will oder nicht.« Seine Miene verzerrte sich, und er fügte beinahe zornig hinzu: »Die Zahl selbstvermarktender Weinbauern in Deutschland liegt bei etwa *14.000.* Das *Winzerhandwerk* hat sich in den letzten Jahren ...«

»Silentium«, grunzte Grosch freundlich und deutete auf die Flasche. »Kopf ab!«

Hempel fuhr erneut zusammen, dann nickte er. Er zückte ein Kellnermesser, klappte es auseinander und machte sich mit schuldbewusster Miene an die Arbeit. Mit raschen, sicheren Bewegungen entkorkte er die Flasche.

»Eigentlich müssten wir jetzt ein wenig warten«, erklärte er und schnupperte an dem rot gefärbten Stopfen. »Damit der Wein atmen kann. Wenn Sie vielleicht in der Zwischenzeit die Abfüllanlage oder meine Verkorkungsmaschine ...«

»Drauf geschissen!«, bellte Grosch so laut, dass Polakowitsch, der dicht neben dem Tisch zusammengebrochen war und keuchend auf dem feuchten Kachelboden lag, schockiert den Kopf hob. Gierig streckte Grosch ihrem Gastgeber sein leeres Glas entgegen. *»This throat has come for drinkin'!«*

Als sowohl Passfeller als auch Hempel ihn verwundert ansahen, zuckte Grosch entschuldigend die Achseln. »Wie du weißt, habe ich das große Latinum, Pass.«

»Das ... war aber doch Englisch, nicht wahr?«, wandte Hempel vorsichtig ein.

»Ah – *oui, oui*. Und jetzt heraus mit dem roten Gold, wie wir Dichter sagen. Bevor ich umkomme vor Dürre!«

»Alsdann«, rief Hempel und hob voller Stolz die Flasche. »Wir beginnen mit einem St. Laurent von 2001. Ein *vollmundiges* Erlebnis von satter *Weichheit*, *geschmeidig* und *charmant!* Seine *Würze* und reich ausgebildete, milde ...« Die Stimme des Winzers wurde wiederum härter und lauter. Grosch rettete die Situation, indem er Hempel mit Macht gegen das Schienbein trat.

»Verzeihung«, sagte Hempel kleinlaut und füllte reihum die Gläser. Dann hob er das seine so ruckartig, dass roter Wein über den Rand schwappte und sein Handgelenk nässte. »Ich trinke auf den Pfälzer Wein!«

»Ich auf den Rebenwolf«, erwiderte Grosch feixend und hob ebenfalls das Glas.

»Und ich trinke darauf, dass mit Ottkar Schnorrpfeil tatsächlich der Mörder von Bettina Schwinn hinter Gitter gebracht wurde«, setzte Passfeller abwesend hinzu und führte das Glas an die Lippen.

Hempel, der sich bereits einen tüchtigen Schluck einverleibt hatte, setzte prustend ab. Mit großen Augen sagte er: »Ottkar verhaftet? Wieso das?«

Es quietschte leise, als Groschs Backenzähne in seinem halb geöffneten Mund einen Käsewürfel zermalmten. »Ach ja«, erinnerte er sich. »Sie sind über die neueste und hoffentlich letzte Entwicklung noch gar nicht auf dem Laufenden.«

Er schluckte, spülte mit St. Laurent nach, und begann zu erzählen.

Als Grosch nach einer knappen Viertelstunde endete, war der Pegel der ersten Flasche nachhaltig gefallen. Hempel starrte grübelnd in den Kelch seines Glases, in dem er zwei Fingerbreit roten Rebensaft kreisen ließ.

»Ottkar ... ein *Mörder*«, wiederholte er zum mindestens dritten Mal tonlos. Mit Augen, die nach dem raschen Genuss zweier Gläser Wein erst richtig lebendig wirkten, blickte er betrübt von Grosch zu Passfeller und wieder zurück. Dann nickte er langsam. »Bei allem, was heilig ist«, hob er an. »Ein Choleriker war Ottkar schon immer.« Er leerte sein Glas, verteilte den Rest aus der Flasche auf die Gläser und trank erneut, bevor er weitersprach: »Seine Ausbrüche waren gefürchtet. Wenn er in Rage geriet, waren weder Freund noch Feind vor ihm sicher ... Ich erinnere mich an eine Sache, gut fünfzehn Jahren dürfte es her sein: Die Schnorrpfeils hatten Polen als Hilfskräfte für die Lese eingestellt, wie wir es seinerzeit auch noch taten. Am dritten Abend, die Arbeiter waren bereits gegangen, stellte Ottkar fest, dass seine Geldbörse verschwunden war. Er war sich sicher, dass er sie auf dem Führerstand eines bestimmten Treckers gelassen hatte. Als er die Gerätehalle betrat, lief ihm dort einer der Aushilfsarbeiter über den Weg, der zurückgekommen war, um eine vergessene Jacke zu holen oder so ...« Hempel schüttelte den Kopf und trank aus. »Ottkar, im festen Glauben, den Dieb vor sich zu haben, schlug den jungen Mann halb tot.«

Passfeller fixierte den Winzer über den Rand seines Glases hinweg. »Sie sind also der Ansicht, Schnorrpfeil wäre zu so einer Tat fähig? Selbst in seinem gesetzten Alter?«

Hempel tauchte unvermittelt unter den Tisch ab und kehrte mit einer Flasche Weißwein zurück. »*Fähig?* Wenn er wirklich darum gefürchtet hat, dass Rolf die Familienehre beschmutzen und das Weingut nicht übernehmen könnte – dann hätte er den Dritten Weltkrieg vom Zaun gebrochen, um es zu verhindern!« Mit dem Kellnermesser entfernte er die Kappe vom Hals der neuen Flasche und begann, sie zu entkorken. »Körperlich ist Ottkar trotz seiner über siebzig Jahre absolut auf dem Damm. Im Armdrücken würde er jeden von uns in Sekunden niedermachen! Und wenn er dann noch so eine stählerne Harke zu Hilfe nahm, wie Sie sagen ...« Es ploppte leise, als der Korken sich löste. Feinperlige, klare Flüssigkeit ergoss sich in die Gläser.

»Der *Pfälzer Riesling* ist eine fein gegliederte, frucht- und säurebetonte Angelegenheit«, deklamierte Hempel durchdringend und grimmig. »Der stellt *jeden* Rheingauer in den Schatten! Skôl!«

»Prosit«, sagte Passfeller.

»Ex oder Kieferbruch«, fügte Grosch hinzu und verhalf sich selbstvergessen zu mehr Käsewürfeln. »Hat Schnorrpfeil seine Geldbörse je wiedergesehen?«

Hempel nickte und setzte das halb geleerte Glas ab. »Sie steckte in der Gesäßtasche einer Hose, die er zwei Tage zuvor bei einer Fahrt nach Landau getragen hatte. Der Pole lag drei Wochen im Krankenhaus.«

Sie tranken eine Weile schweigend.

Als der Rest aus der Rieslingflasche auf die Gläser verteilt war, beförderte Hempel eine neue auf die Tischplatte, diesmal wieder mit rotem Inhalt, und hob feierlich die Hand. »Bevor wir zur nächsten Flasche übergehen, meine Herren, möchte ich Sie mit einer alten Tradition des Weinguts Hempel bekannt machen: Sobald ich die dritte Flasche mit jemandem lüpfe ... also ... Ich heiße Bert!«

Grosch strahlte und hob sein Glas, wie um einen feierlichen Pakt zu besiegeln. »Eine Ehre«, stellte er fest. »Auf Du und Du mit einem echten Winzer!« Er ließ sein Gefäß lautstark gegen das Hempels prallen. »Tillmann!«

»Passfeller«, sagte Passfeller und hob gedankenverloren das Glas. Als er die verwirrten Blicke der beiden anderen bemerkte, schüttelte er hastig den Kopf und korrigierte: »Frank! Ich heiße Frank. Zum Wohl, Bert. Prosit, Tillmann.«

Sie tranken.

»Ein Punkt beschäftigt Pass und mich bei der Geschichte allerdings immer noch«, verkündete Grosch, nachdem er seiner Wertschätzung für den fein gegliederten Riesling durch ein markerschütterndes Aufstoßen kundgetan hatte. »Sind vorhin extra stundenlang in der Gegend rumgelatscht, ohne zu einem Abszess zu gelangen ...«

»Konsens. Das Wort heißt *Konsens*«, unterbrach Passfeller von der Seite.

»Kackmist! Der olle Bienek muss mich heute Morgen mit seiner Geisteskrankheit angesteckt haben«, verteidigte sich Grosch und praktizierte einen einzelnen, leicht zerknickten Zigarillo aus einer Tasche seines Mantels in seinen Mundwinkel. »Die verbleibende Frage jedenfalls ist: Erklärt Bulle Bieneks Darstellung der Abläufe, mit Fleiß und Spucke zusammengebastelt, auch das, was Sie ... will sagen: *Du*, Bert, sowie Vinzenz Ortlepp und Paul Banninger in den letzten Nächten zwischen den Reben gesehen haben?«

Hempels Blick verfinsterte sich. Für einen kurzen Moment sah er Horst Frank ähnlicher, als es der echte Horst Frank je getan hatte. »Du meinst, ob *das hier* Ottkar Schnorrpfeil sein könnte?«, fragte er heiser und zog mit der Rechten ein modernes Handy aus einer Oberschenkeltasche seiner Latzhose.

Passfeller verengte die Augen. »Ist das fragliche Video noch drauf? Kann ich es sehen?«

Hempel grinste listig und bückte sich erneut in Richtung Kiste. Polakowitsch hob neben seinem Bein träge den zottigen Kopf in der Hoffnung, etwas Aufmerksamkeit zu ernten. Er wurde enttäuscht. Sekunden später stand ein schwarzer IBM-Laptop vor den beiden Sonderkommissaren. »Nicht nur das«, verkündete der Winzer mit freudig erregter Stimme. »Du kannst sogar die *optimierte* Version sehen, die der jüngste Sohn der Birkenbihls, drei Häuser die Straße runter, heute Mittag mit irgend so einer Software für mich bearbeitet hat. Ein Teufelskerl, dieser Junge, gerade mal fünfzehn und ... ach was, gebt acht!« Er klappte das Gerät auf und fummelte kurz daran herum.

Dann wurde der Bildschirm hell.

Als Passfeller und Grosch sich die Aufnahme insgesamt fünfmal angesehen hatten, hatte Hempel die Verbrüderungsflasche geöffnet und schenkte aus. Es war ein Dornfelder, Jahrgang 2000.

»Hmm«, hob Passfeller die Stimme und klappte den Bildschirm zu. Sofort stellte Hempel ihm sein gefülltes Glas darauf. »Ganz schön verwackelt, die ganze Angelegenheit. Und grobkörnig in der Auflösung.« Er zögerte. »Also, ich will euch nicht zu nahe treten, aber – für mich könnte das alles Mögliche sein!«

Hempel sah ihn an, sagte nichts.

Grosch nickte zögernd. »Ich gebe zu, Pass: Auf einem anständigen Monitor, aufgehellt und farbkorrigiert, sieht das gurgelnde Ungetüm nicht nach viel mehr aus als ...«

»... einem Mann, der gebeugt, mit sehr unsicherem Schritt zwischen zwei Rebzeilen entlanghumpelt«, schloss Passfeller kühl. »Die ›grässlichen‹ Augen sind nicht zu erkennen, außer an der einen Stelle, wo er sich ganz kurz umdreht ...«

»Aber da leuchten sie!«, warf Grosch ein.

»Wohl, sie leuchten irgendwie. Das ist auch fraglos eigenartig. Aber seien wir mal ehrlich: Keiner von uns dreien ist Biologe. Oder Optiker. Oder Fotograf. Möglicherweise kommt es eben unter bestimmten Bedingungen – weißlichem Mondlicht zum Beispiel und bei Nutzung eines Aufnahmemediums mit geringer Lichtempfindlichkeit – zu einem derartigen Phänomen? So eine Geschichte wie die roten Augen bei Blitzlichtaufnahmen, wisst ihr?«

Hempel nickte, während Grosch die Stirn in Falten legte.

»Und diese gluckernden Laute ... Steht einwandfrei fest, dass sie *von der Gestalt* kamen? Und nicht, sagen wir: aus dem matschigen Boden?«

Hempel nickte erneut und starrte in sein Glas, das er nun mit beiden Händen umklammert hielt. »Das ist es, was ich mich selbst seit zwei Tagen unentwegt frage«, gab er zu. »Wisst ihr, ich hatte viel gearbeitet an diesem Tag, war müde und gereizt, weil ich so spät noch mal nach draußen musste. Vielleicht ... *wahrscheinlich* haben mir meine Nerven einen Streich gespielt, und die Blubberei kam tatsächlich von woanders.« Er sah auf. »Es gibt kleine, zementierte Entwässerungskanäle, die hangabwärts durch den Wingert verlaufen. Es hatte den ganzen Tag über stark geregnet und ...«

»Das war übrigens am Tag des Mordes auch der Fall«, warf Grosch ein, verschluckte sich prompt am Wein und hustete brachial. »Vinzenz und Paul«, fuhr er fort, als er wieder Luft bekam, »die beiden Burschen, die die Leiche gefunden haben – sie erwähnten nasse Erde, Matsch und so weiter.«

Passfeller runzelte die Stirn. »Aber sagten die beiden nicht auch, dass das, was sie sahen, auf *vier* Beinen gelaufen sei?«

Grosch zuckte die Schultern und deutete anklagend auf sein leeres Glas, das Hempel beflissen füllte. »Die beiden waren total durch den Wind, Pass. Sie sind da oben in finsterster Nacht von irgendjemandem beim Fummeln erwischt worden! Wahrscheinlich dachten sie, das Jüngste Gericht sei hereingebrochen, um ihre unreinen Seelen zu verbrennen. Und dann finden sie auch noch eine tote Frau! Da kann man schon mal ein fliegendes Okapi sehen, wenn du gestattest. Bildlich gesprochen, meine ich ...«

»Noch mal zurück zu der Gestalt, die du gesehen hast«, wandte sich Passfeller an Bert Hempel. »Würden Größe und Statur denn theoretisch zu Ottkar Schnorrpfeil passen? Ich habe den Mann heute Morgen kurz gesehen, in meinen Augen könnte es etwa hinkommen.«

Hempel dachte nach, wobei er sein Glas gründlich leerte. »Doch, das könnte sein«, pflichtete er schließlich bei. »Die Gestalt überragte die Weinstöcke um etwa einen Kopf – so groß ist auch Ottkar ungefähr.«

Grosch hob langsam die Hand, um eine Wortmeldung anzukündigen. »Aber was sollte denn der Mörder – wenn wir mal davon ausgehen, dass Ottkar Schnorrpfeil unser Mann ist – eine Nacht nach seiner Tat *noch einmal* da oben gesucht haben? Das ergibt doch keinen Sinn, oder?« Er trank kopfschüttelnd.

»Ist es nicht so, dass Täter häufig an die Schauplätze ihrer Verbrechen zurückkehren?«, fragte Hempel zurück.

Passfeller nickte. »Korrekt. Die Gründe dafür sind unterschiedlicher Natur, psychologisch zum Teil sehr interessant.« Versonnen starrte er sein verzerrtes Spiegelbild auf der Oberfläche eines nahen Stahltanks an, während er sich das Kinn massierte. »Weiterhin könnte von Bedeutung gewesen sein, dass zum fraglichen Zeitpunkt Vollmond herrschte. Wie ihr wisst, beeinflusst der Mond die Menschen auf unterschiedliche Weise. Ottkar Schnorrpfeil muss ja nicht gleich ein Mondsüchtiger sein, aber wenn er von der Veranlagung her ohnehin ein cholerischer, streitsüchtiger Typ ist, wäre es doch irgendwie wahrscheinlich, dass es ihm die Sicherungen am ehesten bei Vollmond raushaut, oder?«

Grosch stapelte die letzte Lage Käsewürfel auf dem Teller zu einem geometrischen Muster und anschließend in seinen Mund. »Klingt nicht schlecht«, gab er zu, Käsebröckchen versprühend. »Und deswegen ist er im Tran noch mal zum Tatort zurückgekehrt?«

»Das wäre immerhin denkbar«, gab Passfeller zu und zuckte die Achseln. »Und falls es nicht Schnorrpfeil war, könnte es irgendein besoffener Trottel gewesen sein, der nachts auf dem Heimweg aus der Dorfkneipe aus Versehen in die Weinberge abgetorkelt ist und dort rülpsend und furzend nach dem richtigen Weg suchte. Das Mondlicht ließ seine Augen ungewöhnlich funkeln, Bert erschrak sich. Fertig.« Er blickte fragend in die Runde. Irgendwo am Boden stieß Polakowitsch ein leises Jaulen aus, aber Passfeller fasste es nicht als Widerspruch auf.

»Apropos ›besoffener Trottel‹«, hob Grosch an und starrte träumerisch in sein geleertes Glas. »Wo wir uns somit einig wären, dass wir der Klärung des Falles durch unsere Neustädter Kollegen nichts mehr hinzufügen können – ob wir wollen oder nicht –, sollten wir uns endlich dem widmen, weswegen wir gekommen sind.«

»Und das wäre?«, erkundigte sich Passfeller vorsichtig. Auch Hempel hob interessiert die Brauen.

»Zu trinken. Und zwar wie *Männer*«, sagte Grosch. »Wenn ihr gestattet?«

Die nächste Stunde verbrachten die Sonderkommissare und Bert Hempel damit, zu trinken wie Männer.

Der Winzer fuhr auf, was seine bescheidene Produktion zu bieten hatte: Sie verkosteten einen weiteren Jahrgang Dornfelder, Spätburgunder, erneut Riesling, mehr St. Laurent, wiederum Dornfelder und noch mal Spätburgunder. Zwischenzeitlich entfleuchte Hempel für einige Minuten und kehrte mit einem hellgelben Klotz Hartkäse sowie einem Körbchen mit schief geschnittenen Graubrotkanten zurück. Noch etwas später (Passfeller hatte mittlerweile aufgehört, die Flaschen zu zählen), gingen sie dazu über, »quer« zu trinken, wie Hempel es nannte; das hieß, es wurde nicht mehr gewartet, bis eine Flasche geleert war, bevor man sich aus einer anderen nachgoss.

»Ihr müsst entschuldigen, dass meine Auswahl so begrenzt ist«, verkündete Hempel, wild das Kellnermesser schwingend. »Früher, als meine Frau noch da war, da haben wir neben Weinen auch noch Sekt gemacht, außerdem Destillate, wisst ihr? Aperitifs, Liköre ...«

»Köstlich!«, befand Grosch und prostete Polakowitsch zu, der es sich in der Nähe seines linken Hosenaufschlags bequem gemacht hatte und einen Duft verströmte wie eine Müllkippe an einem sehr heißen Tag.

Kurz schien sich Hempels Gesicht bei der Erinnerung an lange zurückliegende Zeiten verdunkeln zu wollen. Dann jedoch fiel sein Blick auf das Etikett der Flasche, die er gerade in der Hand hielt. Ein Ruck ging durch seinen Körper, und er schrie aggressiv: »Dieser Saint Laurent ist ein *Glanzstück* meines Guts: *Satt* und *rot*, *sexy* im Glas – ein guter Gesellschafter für alle Lebenslagen!«

»Man merkt den Einfluss des Alkohols«, flüsterte Grosch mahnend in Passfellers Ohr. »Seine Rede wird zunehmend wirr.« Im nächsten Moment rülpste er in einer Lautstärke, dass die Wände des Kellers zu erbeben schienen. Polakowitsch jaulte erschrocken auf, Passfeller schlug mit verzerrtem Gesicht eine Hand auf seine Ohrmuschel.

»Ha – dir schmeckt's, was, Tillmann?«, lachte Hempel heiser und füllte Groschs Glas mit dem guten Gesellschafter. Eine Sekunde später war er satt und rot aus dem Glas und sexy durch Groschs Kehle direkt in seinen Magen geflossen.

»Hm-hmm«, machte Grosch und starrte mit Kennerblick auf einige Risse an der Betondecke. »Etwas mürbe im Abgang, aber sonst ganz fortissimo.«

Passfeller beobachtete das Geschehen mit einer gewissen Distanz. Er mochte sich der Geschwindigkeit, die seine Tischgenossen beim Vernichten der Gesellschafterschar vorlegten, nicht anschließen. Er trank seinen Wein lieber in gemäßigtem Tempo und genoss, was Sonne, Erde und Hempels aufopferungsvolle Pflege den Trauben mitgegeben hatten. Denn entgegen seiner anfänglichen Befürchtung waren dessen Erzeugnisse – mit einigen wenigen Ausnahmen – durchaus wohlschmeckend.

Nachdem Passfeller eine Weile versonnen in sein Glas gestarrt hatte, wurde ihm plötzlich bewusst, dass er irgendwie den Anschluss verpasst hatte. Von ihm unbemerkt war zwischen Hempel und Grosch eine leicht lallende, dafür umso angeregtere Diskussion entbrannt. Es ging um Hunde, und die beiden wollten sich ums Verrecken nicht mehr von diesem Thema abbringen lassen.

Als Grosch in kehligem Ton begann, die Geschichte von Baldrian zu erzählen, eines Bernhardiners, der vor vielen Jahren mit ihm eine Wohnung geteilt hatte, stöhnte Passfeller leise. Er hätte schneller trinken sollen. Ohne Alkoholrausch war die enorm lange, enorm ereignislose Episode, die er schon mindestens tausendmal gehört hatte, schwer zu ertragen.

Gähnend beugte er sich nach unten, um die Versorgungslage in Hempels Weinkiste zu überprüfen. Dabei fiel ihm eine Lage bunter Hefte auf, mit denen der Boden der mittlerweile halb geleerten Holzbox ausgelegt war. Er zog eines davon heraus, legte es auf die Tischplatte und begann, müßig darin zu blättern.

Es handelte sich um ein quartalsweise erscheinendes Fachmagazin mit dem Titel *Weinbau heute*. Auf der Vorderseite war ein Foto der gleichen absurden Maschine abgebildet, der Passfeller im Schuppen von Ottkar Schnorrpfeil begegnet war. Ein pausbackiger Mann in Latzhose saß hoch oben zwischen den beiden fahrbaren Stahlwänden und grinste breit, während er mit dem Monstrum der Länge nach über eine Reihe Weinstöcke hinwegrollte. Darunter kündigte eine Schriftzeile einen Artikel mit dem Titel »Vollernter: nie mehr ohne?« an. Nebenan am Tisch berichtete Grosch dröhnend, wie der »intelligenteste Köter der Welt« einmal einem Igel beinahe das Leben gerettet hatte. Passfeller nahm einen großen Schluck Wein und schlug seufzend das Heft auf.

Lust- und ziellos überflog er Artikel über biologische Schädlingsbekämpfung, Testberichte neuer Mostpumpen und das Interview eines württembergischen Winzers mit dem vielversprechenden Namen Frans Klomann. An einer mit einem großen Foto aufgemachten Doppelseite blieb er schließlich hängen. Sie zeigte eine weiße, annähernd menschlich geformte Robotmaschine, die auf der Arbeitsplatte eines ultramodernen Labors stand und einen winzigen Plastikbecher hielt. Japanische Wissenschaftler in weißen Kitteln drängten sich fröhlich um den Apparat. Eine Überschrift fragte in fetten Blockbuchstaben: »Enzymatische Aromaforschung – Fluch oder Segen?« Passfeller ignorierte Groschs täuschend echte Imitation eines Hundebellens und begann zu lesen.

Als eine gute Viertelstunde später die Vormachtstellung des Bernhardiners innerhalb der Tierwelt hinreichend dokumentiert war und Bert Hempel sich mit fliegenden Fingern daran machte, eine neue Weinflasche zu öffnen, entsann sich Grosch seines Kollegen.

»Was hast du da gelesen, Pass?«, erkundigte er sich, den Blick starr auf den Käseblock gerichtet, an dem er mit einem Taschenmesser aus seiner Manteltasche herumsäbelte.

Passfeller antwortete nicht, beobachtete stattdessen ihren Gastgeber beim Hantieren mit dem Korkenzieher. Nachdenklich ließ er Riesling in seinem Glas kreisen. »Sag mal«, begann er dann. »Spürt man als deutscher Winzer eigentlich schon die Auswirkungen der modernen Technik auf die Weinproduktion?«

Hempel hielt inne und sah ihn blöde an. »Was für eine moderne Technik?«

Passfeller deutete auf die Ausgabe von *Weinbau heute*, die aufgeschlagen vor ihm lag. »Hier steht, dass überall auf der Welt an der künstlichen Verbesserung und Aromatisierung von Weinen gearbeitet wird.«

»Ach so.« Hempel entfernte gekonnt den Korken und goss sich und Grosch ein.

»Auch ein guter Gesellschafter, nehme ich an?«, erkundigte sich Grosch mit Blick auf die rote Flüssigkeit.

»Ein fa-bu-lö-ser«, bestätigte Hempel nickend. An Passfeller gewandt, sagte er: »Du meinst Chipsen und solche Schweinereien?«

Grosch, der dem Käsebatzen bereits vehement zugesetzt hatte, hielt inne und spitzte die Ohren. »Chipsen? Mann, die kämen jetzt nicht ungelegen ... am besten wären *Cheese & Onion*. Oder Paprika, aber extrascharf, wenn du gestattest!«

»›Chipsen‹ nennt man die Zugabe von Holzchips in den Most, zum Beispiel Eichenspäne«, erklärte Hempel überraschend nüchtern. »Das soll eine Aromatik simulieren, welche an die von in Holzfässern gelagerten Weinen erinnert.« Er rümpfte die Nase. »Dieser Scheißdreck ist in Amerika recht beliebt, hierzulande scheiden sich die Geister – Gott sei Dank!« Er starrte kurz an die Decke, und sein Gesicht versteinerte – Horst Frank in der Rolle eines Richters, der ein Todesurteil verkündet. »Deutscher Wein von deutschen Winzern kommt ohne solchen betrügerischen Schwindel aus!« Er hob triumphal sein Glas und leerte es mit zwei raschen Schlucken.

Passfeller nickte verhalten, trank ebenfalls. »Dieser Artikel erwähnt auch andere Methoden. Besonders weit sollen in dieser Hinsicht die Japaner sein. Deren Lebensmitteltechniker haben einen Roboter entwickelt, der sämtliche organischen Komponenten eines alten Qualitätsweins aufschlüsseln und analysieren kann.« Er klopfte mit der Spitze seines Zeigefingers auf das Foto der innovativen Maschine.

»Komponenten?«, brummte Grosch verständnislos. »Wozu soll das denn gut sein? Also, mir reicht es, wenn ich weiß, in welche Körperöffnung ich mir das Tröpfchen einführen muss!« Zum Beweis hob er sein Glas und goss sich den Inhalt schwungvoll in den Mund. Ein nicht unbeträchtlicher Anteil ging vorbei und nässte den Kragen seines Lodenmantels.

Auch Hempel machte ein fragendes Gesicht, also fuhr Passfeller fort: »Um sie bis ins Detail zu rekonstruieren! Versteht ihr nicht?« Er hielt kurz inne, suchte nach einem passenden Vergleich. »Wenn ich die kleinste Geschmacksnuance, sagen wir: eines Rehrückens auseinanderdividieren kann, bin ich laut diesem Bericht durch moderne Lebensmitteltechnik in der Lage, ihn exakt zu reproduzieren – wenn's sein muss, sogar ganz ohne echtes Reh. Das Resultat könnte zum Beispiel Astronautennahrung aus der Tube mit Rehrückenaroma sein, die sich, zumindest geschmacklich, in nichts von echtem Wild unterscheiden lässt.«

»Hmmm«, machte Grosch verträumt. »Rehrücken! Ich mag Rehrücken, Pass.«

Hempels Augenbrauen dagegen zogen sich zu einem durchgehenden buschigen Strich zusammen. Er starrte Passfeller an, als habe er gerade eine Cola verlangt, um sie in seinen Wein zu kippen. »Du meinst, die Schlitzaugen wollen durch chemische Manipulation edle Weine nachbauen?« Er schüttelte heftig den Kopf, wobei seine rot angelaufene Nase im Neonlicht aufblitzte wie eine Signallampe. Unbeherrscht grabschte er nach dem Magazin. »Versucht's doch!«, spie er dem Foto mit den japanischen Forschern entgegen. »Kommt nur her, ihr Japsen!« Er senkte das Heft und starrte Passfeller mit verkniffenen Augen an. »Es braucht *tausende* Bestandteile, um einen Wein zu richtigem Wein zu machen! Glycerin, Säuren, Mineralien, Spurenelemente, Vitamine ... ich könnte endlos so weitermachen.

Selbst wenn du die größten Supercomputer dieses Planeten dransetzen würdest, aus all diesen Facetten künstlich irgendeine Brühe zusammenzupanschen – ein *Kenner* könnte so ein Gesöff *jederzeit* von einem echten, traditionell ausgebauten Fasswein unterscheiden!« Er hieb mit der Faust auf den Tisch. »Nichts kann die Wertarbeit deutscher Winzer ersetzen! Weder heute noch morgen noch in tausend Jahren!« Mit einer ruckartigen Bewegung zerknüllte Hempel das Magazin zu einem unförmigen Klumpen Papier und schleuderte ihn unbeherrscht über die Schulter davon. Polakowitsch rappelte sich winselnd auf die Beine und suchte hinter einem der blitzenden Stahltanks Deckung.

Der Winzer atmete schwer, sein ledriges Gesicht war furchterregend gerötet – teils vom Wein, teils von der Rage, in die ihn der kurze Ausblick auf eine hypothetische Zukunft versetzt hatte.

»Schon gut, es ... äh, tut mir leid«, sagte Passfeller schnell und hob beschwichtigend die Hände. »Ich wollte nicht ... ich hab das ja nur gelesen.« Er versuchte ein Lächeln. »Hey, wahrscheinlich hatte der Verfasser des Artikels selbst keine Ahnung! Ich meine – wenn nicht mal ein richtiger Winzer wie du von diesen Versuchen etwas mitbekommen hat, dann kann der Quatsch kaum allzu weit gediehen sein, was?« Mit einem bemühten Lachen griff er zur Flasche und goss einen Schwall tiefroten Dornfelder auf den Rest Riesling in seinem Glas. »Wohlsein!«

»Vivat!«, brüllte Grosch.

Sie tranken.

Es bedurfte einer längeren Zeitspanne sowie unzähliger Komplimente zur Qualität des Hempel'schen Weins, bis die Stimmung in Bert Hempels Keller einigermaßen wiederhergestellt war.

Während *Weinbau heute* vergessen in einer Ecke lag, kam die Tischkonversation irgendwann wieder in Gang, und bald wechselten die Themen in rascher Folge. Sogar Passfeller mischte mit, der sich nach seinem *Fauxpas* zwang, schneller und heftiger zu trinken, um den Vorsprung der beiden anderen aufzuholen.

In weinseliger Eintracht diskutierte man über Knallschreckgeräte (Hempel und Grosch), das Für und Wider der Todesstrafe (Passfeller und Hempel), die Herstellung hausgemachter Blutwurst (Grosch und Hempel) sowie die schwerwiegenden Nachteile vegetarischer Ernährung (Grosch, Passfeller und Hempel). Grosch machte unterdessen Schritt für Schritt den Käseklotz nieder. Als nur noch holzige Rinde übrig war und seine breite Nase röter leuchtete als der Hinterkopf eines Aras, widmete er sich achselzuckend dem trockenen Graubrot.

Irgendwann – Passfeller kämpfte mittlerweile mit einem zunehmend schwammigen Körpergefühl – war Hempel so fachmännisch alkoholisiert, dass er ungewollt alle paar Sätze in seine touristischen Werbe- und Infoplattitüden verfiel.

»... die Kreisstadt Neustadt v-verfügt über *d-d-doppelt* so viel Rebfläche wie die ganze S-Saarregion! *2100 Hektar!* Das macht sie zur *größten* W-W-Weinbaugemeinde Deutschlands, meine Herren!«

Passfeller nickte demütig, trank.

Grosch zerkaute Brotrinde, trank.

»... wird das ins Schallrohr des Triplex eingelassene Propangas durch eine einfache 6-Volt-Batterie gezündet«, freute sich Hempel kehlig. »Leider darf ich n-nicht lauter als hundertachtundzwanzig Dezibel, weil die nächsten W-Wohnhäuser weniger als vierhunnnn... vierhundert Meter entfernt stehen!«

»Ach was?«, sagte Passfeller.

»Eine echte Frechheit!«, befand Grosch.

»Es ist spät«, fügte Passfeller hinzu.

»Und w-was heute k-kaum noch einer auf dem Schirm hat«, schwadronierte Hempel in verschwörerischem Ton weiter, »unsere sch-schöne Deutsche Weinstraße war mal eine Erfindung der *N-Nazis!* G-Gauleiter Josef *Bürckel* kam Mitte der dreißiger Jahre die Idee einer *›Reben-Route‹*, und der gewitzte Hund ...«

»*Sehr* spät«, wiederholte Passfeller und rammte unter dem Tisch zärtlich den Absatz seines Cowboystiefels in Groschs Fußrücken.

»Tatsächlich«, bestätigte Grosch mit einem Blick auf sein nacktes, haariges Handgelenk. »Zeit, den Heimathafen anzusteuern.«

Hempel verstummte blinzelnd. Dann zwinkerte er den Sonderkommissaren verschmitzt zu. »Nur diesen einen noch«, sang er und wedelte verführerisch mit einer neuen Flasche aus seiner Zauberkiste. »Den hab ich ganz bis zum Schluss aufgehoben, nur für euch: ein im Barrique ausgebauter Dornfelder – garantiert ohne Holzchips und japanische Sauereien hergestellt.«

Es sollten weitere drei Stunden vergehen, bis sie das Weingut verließen.

Kapitel 10

Zwischen den Zeilen II

Kottler (Pfalz), 18. auf den 19. September 2003

Die Welt war in Schieflage geraten, aber sie roch gut. So jedenfalls empfand es Tillmann Grosch auf dem Nachhauseweg. Er hatte keine Ahnung, wie viel Uhr es mittlerweile war, und im Grunde war es ihm egal. Der Mond, der nur an einer Seite minimal abgenommen hatte, stand hoch am Himmel und überzog die Weinberge mit weißem Licht, das an die Haut einer Wasserleiche erinnerte.

Der Mond? Was hieß da *ein* Mond? Grosch sah mindestens zwei leuchtende Scheiben am Himmel. Das erklärte auch, warum das diesige Licht, das Schatten *in* den Schatten zu schaffen schien, so sonderbar intensiv wirkte.

Zwei Monde? Grosch blieb schwankend stehen. Vier! Ganz eindeutig konnte er vier Monde sehen! Der ungewöhnliche Anblick entzückte ihn. Er kramte in seiner Manteltasche nach dem Notizbuch, aber seine Finger verhedderten sich auf ihrem Weg im Stoff, und er gab die komplizierte Exkursion auf. Er grinste breit und blickte zu Passfeller hinüber, der wenige Meter neben ihm versuchte, halbwegs geradeaus zu laufen. Doch er stolperte alle paar Schritte und starrte auf seine Cowboystiefel, als seien sie Schuld am Verlust seines Gleichgewichtssinns.

Ihre Blicke trafen sich. Passfeller zeigte seine makellosen Zähne, die im Licht der vier Monde leuchteten.

»Ich müsste mal … eine Stange Wein … in die Reben stellen.« Die Worte kamen schwerfällig wie sedierte Elefanten über Groschs Lippen. Sie hörten sich auch so an.

Passfeller lachte gackernd. Er sah irgendwie kleiner und verhuschter aus als sonst, fand Grosch, so als wäre er gerade aus dem Bett gekrochen. Sein Haar stand seitlich wirr ab, am Scheitel dagegen klebte es platt am Schädel. Grosch schloss sich seinem Lachen an, und eine Minute oder länger standen sie auf dem Wirtschaftsweg und lachten, weil es sich gut anhörte in der totalen Stille.

Grosch rülpste. Der Geschmack des Dornfelders kletterte fröhlich durch seine Kehle und erblickte frische Nachtluft.

»Verdammt … saudunkel«, sagte Passfeller prustend.

»Und das bei *vier* Monden«, erwiderte Grosch. »Dunkel wie in einem schwarzen Hühnerarsch bei Nacht unter der Erde in einem versiegelten Zinksarg, oder wie man sagt.« Er sah auf, zu den Rebzeilen, die rechts und links den Pfad begrenzten.

»Abkürzung!« Passfeller spie das Wort aus wie einen alten Klumpen Kautabak. »Das soll also eine Abkürzung sein! Tillomatix, ich sage dir jetzt was, pass auf, ich sage es jetzt, Achtung, jetzt kommt's: Das ist gar keine Abkürzung.«

Grosch schickte erneut gasförmigen Rebensaft auf eine Reise in die Nacht.

»Bert ist ja ein Netter ...«

Grosch konnte sich nicht daran erinnern, dass sein Kollege jemals einen Menschen so tituliert hatte.

»Er ist in Ordnung«, sprach Passfeller weiter. »Bisschen einsam und schrullig vielleicht, mit seinem Hund Bolschewik, oder wie er heißt, aber ansonsten ein Netter. Nur das mit der Abkürzung zur Pension – also, das war ein Tipp, der in Wirklichkeit, jetzt mal echt, gar kein Tipp war.«

Seit mindestens einer Viertelstunde irrten die Sonderkommissare über einen finsteren Feldweg, der sich parallel zum Ortsrand von Kottler durch Bert Hempels Weinberg schlängelte. Der Winzer hatte behauptet, dass man auf diesem Schleichweg gut fünf Minuten Wegzeit spare. Betrunken, wie sie waren, hatten sie nicht bedacht, dass es auf der Hauptstraße – dem Weg, auf dem sie gekommen waren – ohnehin nur drei Minuten bis zum Haus der Eberbachs waren.

Grosch dachte über diesen komplizierten Sachverhalt nach. Dann sagte er: »Verloren in der Nacht, inmitten des Weins, irrten die verratenen Sonderkommissare durch den Sud der Zeit und fragten sich, was aus ihren Träumen geworden ward.« Er lachte.

Passfeller schlug Grosch mit Wucht auf die Schulter. »Tillowski, mal im Ernst – aus dir wird bestimmt noch ein großer Schriftsteller.«

Grosch musste grinsen. Sein Mund erklärte der Welt von Neuem, dass Alkohol nicht unbedingt flüssig sein musste. »Quatsch, Pass. Hab ich doch nie gelernt, das Schriftstellern. Ich bin Bulle, wie du. Einmal Scheißbulle, immer Scheißbulle.«

Aber Passfeller bestand auf seiner Einschätzung. Energisch schüttelte er den Kopf. »Nein, im Ernst, Tillmann! Du hast es drauf. Du wirst es uns noch allen zeigen! Du bist ein Dichter. Ein echter Autor.«

Grosch sah seinen Kollegen mit glänzenden Augen an. »Danke. Und jetzt würde der Autor gerne pissen.« Er stellte sich vor einen Weinstock am Wegesrand und begann zu urinieren.

Nach zwei Minuten, während denen es unablässig plätscherte, sagte Passfeller: »Ich kriege Angst, Tillmann. Willst du das gesamte Tal unter Wasser setzen?«

»Gigantische Monsterblase«, erklärte Grosch knapp.

Es vergingen weitere sechzig Sekunden, ehe das Plätschern zu einem Tröpfeln wurde und schließlich ganz verebbte. Grosch wandte sich um, einen Ausdruck des Glücks und der Erleichterung im Gesicht. »Jetzt geht's wieder.« Er kniff ein Auge zu und sah zum Himmel. »Warum ist es bei vier Monden nur so verdammt dunkel?«, murmelte er. »Kannst du mir das erklären?«

»Kann ich nicht«, entgegnete Passfeller, der sich ebenfalls ein Auge zuhielt und Groschs Blick folgte. »Ich mache mal einen ganz unorthodoxen Vorschlag: Wenn mich mein unerschütterlicher Orientierungssinn nicht trügt, müsste sich Kottler links von uns befinden. Wir latschen jetzt einfach quer durch die Reben, sonst kommen wir nie daheim an. Ich habe keine Lust, die Nacht im Freien zu verbringen.«

»Sauguter Vorschlag!«, grölte Grosch und prügelte auf Passfellers Schulter ein, als wollte er sie zertrümmern. Passfeller, der in seinem alkoholisierten Zustand glücklicherweise kein Schmerzempfinden mehr hatte, beschwerte sich nicht.

»Wohlan!« Mit energischen Schritten, die nur von gelegentlichen Stolperern unterbrochen wurden, tauchte Passfeller ein in das dunkle Rebenlabyrinth. Grosch schloss sich nach einem weiteren verträumten Blick in Richtung Himmel an.

Schon nach wenigen Schritten bemerkte er, dass er einen Fehler gemacht hatte.

Passfeller war verschwunden!

Grosch drehte sich im Kreis. Er hatte das Gefühl, dass die Weinstöcke, die bestückt waren mit dicken, hellen Trauben, auf ihn zugerückt kamen. Der Raum zwischen den Pflanzen war viel zu schmal, und plötzlich fragte er sich, was passieren würde, wenn er hier stecken bliebe. Ein entferntes Gefühl der Klaustrophobie meldete sich in der Hinterkammer seines in Watte gepackten Verstandes.

»Pass?« Himmel, eben war er doch noch da gewesen! Er konnte sich doch nicht in Luft aufgelöst haben.

»Pass?« Ein merkwürdiges, neues Gefühl beschlich Grosch – ein tiefes Unbehagen, das den Freudennebel des Alkohols in seinem Gehirn zurückdrängte.

Plötzlich bemerkte er, wie still es in den Hügeln war. Er konnte nicht einmal das Rascheln der Weinblätter vernehmen. Auch aus der Ferne drang kein Laut an seine Ohren. Es war so still, dass er das Rauschen des Blutes in seinen Ohren hören konnte. Tief sog er Luft durch die Nase ein. Sie roch nach Kuhdung und etwas anderem. Er assoziierte den Geruch mit toten Nacktschnecken.

»Pass?«, rief er etwas leiser.

Plötzlich musste er an die beiden Jungen denken, die die Leiche gefunden hatten. Als sie sich nachts in die Weinberge begeben hatten, musste es dort ähnlich bedrückend gewesen sein. Kein Wunder, dass sie nervös geworden waren, als ihnen irgendein Köter über den Weg gelaufen war, in dieser absoluten Stille, im totalen Nichts.

Groschs Unbehagen nahm zu. Mit einem Mal fühlte er sich stocknüchtern.

»Pass? Bist du hier irgendwo?« Und dann, fast unhörbar: »Frank?«

Etwas raschelte zu seiner Rechten, etwa zwei Rebzeilen entfernt, dann vernahm er Passfellers Stimme, die sich ebenfalls gedämpft anhörte. »Ich bin hier drüben, Tillmann. Ich dachte, du wärst hinter mir?«

»Ich hab mich irgendwie im Spalier vertan.«

»Klasse, das ist mal wieder typisch. Lauf einfach geradeaus weiter, wir treffen uns am nächsten Querweg. Irgendwann muss da ja …« Passfeller verstummte abrupt.

»Was ist?« Grosch versuchte, über die Weinstöcke zu schielen, aber der Hempel'sche Wein wuchs hier hoch, und das Gelände stieg in Passfellers Richtung an, so dass er seinen Kollegen nicht sehen konnte.

Wieder ein Rascheln.

»Pass? Warst du das eben?«

Stille.

»Pass?«

»Ja, ich bin hier«, erklang Passfellers Stimme, etwa auf gleicher Höhe wie zuvor. »Du, lass uns lieber zurückgehen, wir …« Das Rascheln wurde lauter.

Es kam nicht von Passfeller.

Es kam von einem Punkt *vor* ihnen.

Grosch hielt sich an einem der Weinstöcke fest. »Da ist was«, flüsterte er und wandte sich um.

Der Wirtschaftsweg, dem sie gefolgt waren, schien Kilometer entfernt zu sein. Grosch hatte gar nicht bemerkt, dass er so weit in den Wingert vorgedrungen war. Er drehte sich zurück.

Dem Rascheln vor ihm schloss sich ein gurgelndes Geräusch an.

Es klang nicht wie aufgespülter Schlamm in einem Entwässerungskanal. Kein bisschen. Und es klang auch nicht wie ein Tier. Am ehesten ähnelte es einem mit Wasser gurgelnden alten Mann, der versuchte, dabei Worte zu artikulieren.

Aber für einen Menschen waren die Laute viel zu tief.

»Pass?« Grosch spürte, wie Angst in ihm aufstieg.

»Oh, verdammt!«, schrie Passfeller zwei Rebzeilen weiter. Es raschelte laut, das entsetzliche Gurgeln setzte erneut ein. »Tillmann! Verdammt, Tillmann! Hau ab! Schnell!«

Nie zuvor hatte Grosch einen derart panischen Ton in der Stimme seines Kollegen vernommen. Er konnte hören, wie sich Passfeller rückwärts in Bewegung setzte. Er schien zu rennen.

»Scheiße, Tillmann, es ist hier, jetzt kommt es zu dir rüber!«

Grosch wankte einen Schritt zurück. Mit dem Mantel blieb er an einem Weinstock hängen. Es war, als griffen von allen Seiten harte Finger nach ihm.

Das Rascheln kam in der Rebzeile neben ihm unangenehm schnell näher. Als das Geräusch auf Groschs Höhe angelangt war, konnte er Äste knacken hören.

Etwas schob sich unter der Drahtverspannung der Weinstöcke hindurch!

»Kackmist!«, entfuhr es Grosch.

Das Ding, das sich vor ihm durch die Blätter schob und langsam aufrichtete, war etwa hüfthoch und zottig. Grosch sah zwei leuchtend weiße Murmeln im vorderen Drittel aufblitzen – die Augen der Kreatur!

»Verdammt, verdammt!« Grosch wankte einen weiteren Schritt zurück und zerrte am Mantelstoff, doch er kam nicht frei. Die Äste hielten ihn mit starren Fingern fest.

Irgendwo rechts von sich konnte er Passfeller hören, der sich immer noch in einem parallel verlaufenden Spalier befand. »Komm da raus, Tillmann! Verflixt, was ist denn los? RAUS!«

Aber Grosch konnte nicht.

Der zottige Körper bewegte sich schwankend hin und her. Die leuchtenden Murmeln (die *Augen*) richteten sich auf Groschs Körper – und verharrten.

Es hatte ihn entdeckt!

»Oh Scheiße, Scheiße, Scheiße …« Grosch zog mit beiden Händen an seinem Mantel. Es gab ein ratschendes Geräusch, Stoff zerriss.

Aber er kam nicht frei!

Ein kläffendes, heulendes Gurgeln zerfetzte die Stille. Es wurde schnell lauter.

»Pass! HILFE!« Panik entfaltete sich in Groschs Kopf. Erneut zerrte er an seinem Mantel. Ein Stück vom Innenfutter verabschiedete sich. Grosch stolperte rückwärts und stieß mit dem Rücken gegen einen anderen Weinstock.

Die glühenden Augen in dem zottigen Bündel hüpften hektisch auf und ab. Es dauerte einen Moment, ehe Grosch erkannte, dass das Wesen *rannte*.

Es kam direkt auf ihn zu.

Die Augen befanden sich mittlerweile fast auf Brusthöhe, so als würde das Wesen beim Laufen *wachsen*. Oder als hätte es sich, nachdem es sich durch die Weinstöcke gearbeitet hatte, aufgerichtet, um auf zwei Beinen über den zähen Matsch zu springen.

Grosch vermochte es nicht, seinen Blick von den leuchtenden Punkten abzuwenden. Mit einem letzten, verzweifelten Ruck riss er sich los und begann, rückwärts zu laufen – ein Unterfangen, das sofort in die Hose ging. Das Gelände war zu uneben. Er verlor das Gleichgewicht und schlug hin. Er wälzte sich auf den Bauch, strampelte mit den Füßen. Das Röcheln wurde immer lauter!

Verzweifelt robbte er durch den Schlamm, Dreck geriet ihm in Bart und Mund.

Verdammt, wo war Passfeller abgeblieben?

Und plötzlich kam Grosch ein ekelerregender Gedanke: Hatte Passfeller etwas *anderes* in seiner Rebenreihe gesehen? Etwas, das nun hinter *ihm* her war? Konnte er Grosch gar nicht zur Hilfe kommen?

Grosch stemmte sich mit den Armen im Schlamm ab, fand keinen Halt, rutschte wieder aus. Er wagte nicht, einen erneuten Blick zurückzuwerfen. Mit der linken Hand krallte er sich an einen der Weinstöcke, etwas stach ihm in die Haut. Er zog sich hoch und begann wieder zu rennen.

In der Ferne konnte er den vom Mondlicht fahl beleuchteten Wirtschaftsweg ausmachen. Eine Gestalt stand dort.

War das Passfeller? Wer, um Himmels willen, stellte sich ihm da in den Weg? Was, wenn es nicht sein Kollege war?

Das Gurgeln ertönte jetzt direkt hinter seinem Rücken. Ein hektisches, beinahe lustvolles Hecheln mischte sich in das unmenschliche Geräusch.

Das Ding hinter ihm keuchte in gieriger Erwartung.

Es war fast bei ihm.

Mit der Schuhspitze blieb Grosch an einem Stein hängen. Erneut verlor er das Gleichgewicht und kippte vornüber. Einen Moment lang trotzte sein Körper der Schwerkraft, schien zu schweben, seine Füße berührten das rutschige Erdreich nicht mehr.

Er fand keine Zeit, sich abzustützen. Schwer wie ein Meteorit schlug er auf dem Boden auf, seine rechte Hand unter seinem Bauch begrabend. Sie knickte unter dem enormen Gewicht ab, Grosch vernahm ein hässliches Knacken, als würde eine Mohrrübe in der Mitte durchgebrochen.

Ein unbeschreiblicher Schmerz jagte durch jede Faser seines Körpers. Ihm wurde übel, Blut floss in seine Kehle. Er hatte sich auf die Unterlippe gebissen.

Langsam hob er den Kopf. Das Ende der Rebzeile war plötzlich hundert Kilometer weit entfernt. Er sah die Gestalt am Ende nur noch verschwommen. Sie kam unnatürlich schnell auf ihn zu. Es schien ihm, als würde immer wieder kurz das Licht ausgeschaltet. Mit jedem Blinzeln zuckte der Schatten einige Meter näher heran.

Das Gurgeln brandete von hinten wie eiskaltes Wasser über seinen Körper hinweg. Er streckte eine Hand aus, versuchte, sich im Schlamm nach vorne zu ziehen, aber sein Leib, der Tonnen zu wiegen schien, bewegte sich keinen Millimeter.

Etwas berührte ihn, etwas Heißes, Weiches, *Haariges* ...

Es war aus!

Grosch wurde schwarz vor Augen.

Als er die Lider wieder auseinanderbrachte, blickte er in das sorgenvolle Gesicht Passfellers, der über ihm kniete. Das Mondlicht fiel ihm in den Rücken, so dass seine Züge im Schatten lagen. Seine Augen leuchteten nicht.

»Wo … ist … es?« Es fiel ihm schwer, Worte zu artikulieren.

Passfeller legte ihm eine Hand auf die Stirn. Sie fühlte sich angenehm kühl an. »Ganz ruhig, Tillmann. Es ist fort.«

Grosch schluckte. Er schmeckte Schlamm und metallisches Blut. »Du hast es … auch gesehen … es war wirklich da, oder?«

Passfeller nickte. »Bleib ganz ruhig. Du bist gestürzt, hast dich ein bisschen verletzt. Deine Lippe blutet, und deine Hand gefällt mir nicht.«

Grosch drehte sich auf die Seite, blickte an sich hinunter und betrachtete seine rechte Hand, die weißblau schimmerte und irgendwie dicker aussah als gewöhnlich. »Au Backe«, murmelte er.

»Kannst du aufstehen?«

»Ich weiß nicht.«

Passfeller ergriff Groschs linken Arm und half ihm auf die Beine. Einen Moment lang stand er wankend da, wartete, bis sein Blut wieder richtig zirkulierte und der Schwindel in seinem Kopf nachließ.

»Es … es war wirklich da«, flüsterte er und lauschte in die Stille, die wieder vollkommen war.

»Wir haben es beide gesehen und gehört, Tillmann. Bloß: was war es?«

Grosch schüttelte den Kopf. »Zuerst sah es so aus, als liefe es auf allen Vieren, aber dann … ich bin mir nicht sicher. Es ging alles so schnell. Ob es noch hier ist?« Er sah auf. »Wieso hat es mir nichts getan, Pass? Es hatte mich doch! Es ... es *berührte* mich!«

Passfeller zuckte die Achseln. »Als ich dich stürzen sah, hab ich einen Warnschuss abgegeben. Möglicherweise war es das, was es verscheucht hat.« Er sah unglücklich drein, Muskeln zuckten in seinem Gesicht, und an seiner Schläfe tickte eine kleine Ader im Rhythmus seines Herzschlags. »Lass uns von hier verschwinden, Tillmann.«

Grosch starrte auf seine Hand, dann in Passfellers Gesicht, das eine Mischung aus Sorge, Angst und Ratlosigkeit zeigte. »Was ist hier eben passiert, Pass? Kannst du mir das erklären?«

Erneut zuckte Passfeller die Schultern. »Hauen wir ab, bevor es sich das Ding anders überlegt und zurückkommt.«

»Kackmist«, sagte Grosch.

Passfeller nickte. »Du sagst es. Kackmist.«

Kapitel 11

Auge um Auge

Auf der L512, südlich von Neustadt (Pfalz),
19. September 2003

Irgendetwas unter der Motorhaube des Legend rasselte wie eine Vorkriegsnähmaschine. Passfeller betätigte einige Knöpfe auf dem Armaturenträger, das Geräusch aber blieb unverändert. Verärgert drückte er eine Taste der nachträglich angebrachten Lenkradfernbedienung, und sofort schwebten die leisen Klänge von *Der Enorme Mann* durch den Innenraum des Wagens.

Die nachmittägliche Sonne stand mit schwer nachfühlbarem Stolz am graublauen Himmel und ließ die sanft geschwungene Weinbergslandschaft beiderseits der Straße prächtiger wirken, als sie den beiden Sonderkommissaren nach den Erlebnissen der vergangenen Nacht je wieder erscheinen würde. Der raue Straßenbelag entlockte dem Legend ein ums andere Mal gequälte Seufzer. Mit verkrampftem Gesicht hielt Passfeller das Lenkrad umklammert, so dass seine Fingerknöchel weiß hervortraten.

Grosch kauerte auffallend still auf dem Beifahrersitz. Er umklammerte nichts. Es wäre ihm höchstwahrscheinlich auch schwergefallen, ruhte seine linke Hand doch in der Tasche seines Lodenmantels, während die rechte bis zum Ellenbogen in einem starren, weißen Gipsverband steckte – ein Andenken an die vergangene Nacht sowie die fragwürdige Kunstfertigkeit eines solariengebräunten Neustädter Notfallarztes mit Namen Schmaull.

Als Grosch am Morgen, nach wenigen Stunden unruhigen Schlafs, erwacht war, hatte seine beim Sturz verletzte Hand unheilschwanger gepocht, während das Gelenk beinahe auf das Doppelte seines üblichen Umfangs angeschwollen war. Obwohl Grosch vor dem Frühstück nichts davon hören wollte, hatte Passfeller ihn gezwungen, ins Auto zu steigen, und ihn auf direktem Weg ins Neustädter Krankenhaus gekarrt.

Die Diagnose in der Notaufnahme fiel kurz und schlecht aus: Irgendein Handgelenksknochen mit einem außerirdisch komplizierten Namen war angeknackst, Groschs Hand musste geschient und eingegipst werden. Es folgte ein enervierender Marathon von einer Krankenstation zur anderen, wobei das Warten auf den nächsten Behandlungsschritt jeweils etwa zehnmal so viel Zeit in Anspruch nahm wie die eigentliche medizinische Versorgung. Passfeller nutzte die Zeit, um sich über das vehemente Verbot Doktor Schmaulls und diverser übergewichtiger Krankenschwestern hinwegzusetzen und ausdauernd Telefongespräche mit dem Handy zu führen. Als sie das Krankenhaus schließlich wieder verließen, war es Nachmittag und Grosch aufgrund der nach seiner Rechnung ausgefallenen fünf Mahlzeiten noch unleidlicher, als er es infolge ihres nächtlichen Erlebnisses ohnehin schon war.

Während der Rückfahrt nach Kottler lag er schweigend im bis zum Anschlag nach hinten gekippten Beifahrersitz des Wagens, unangeschnallt, schmollend. Passfeller gewann den Eindruck, dass er es irgendwie persönlich nahm, wie rabiat ihre letztlich für korrekt befundene Lösung des Falles sich als hinfällig erwiesen hatte.

Der Honda rummste durch ein Schlagloch, das mindestens so groß wie eine Badewanne sein musste. Passfeller ergriff die Gelegenheit und sagte behutsam: »Scheiße.«

Als Grosch nicht reagierte, fuhr er fort: »Ich gebe unumwunden zu, dass wir es uns gestern Abend in Bezug auf den mysteriösen Rebenwolf ein bisschen zu ...«

»Dämlicher Kackwolf, dreckiger!«, sprudelte es urplötzlich aus Grosch hervor. »Widerwärtige Mistbestie, verschissene! Ich liebe ja eigentlich alle Tiere, Pass, das weißt du, außer dem Okapi, das ist hässlich. Aber ... dieses Geschöpf von gestern ist eine Schande für die ganze Geschöpfwelt, wenn du gestattest. Ein elender, verfluchter Scheißer, dem man sein verdammtes Fell ...«

Passfeller wandte ob des unerwarteten Ausbruchs erstaunt den Kopf. Grosch neigte normalerweise nicht zu Tiraden. In Jahren gemeinsamer Arbeit hatte Passfeller ihn als lakonischen, manchmal ignoranten Phlegmatiker kennen und in den meisten Fällen schätzen gelernt. Dass er sich über den Umstand seiner verletzten Hand derart aufregte – immerhin hätte ihn die rätselhafte Bestie genauso gut in eine Hundertvierzig-Kilo-Ladung Bullenhackfleisch verwandeln können –, musste einen Grund haben.

Passfeller ahnte, was es war.

»Ausgerechnet meine rechte Hand, Pass. Die *rechte!* Wie soll ich mir denn jetzt Notizen für meinen Roman machen, kannst du mir das sagen? Ein Schriftsteller braucht seine Schreibhand. Was mir allein während unserer Warterei heute Vormittag alles an brillanten Ideen gekommen ist ...«

Passfeller seufzte. »Ich hätte es mehr zu schätzen gewusst, wenn dir ein paar brillante Ideen bezüglich des Mordfalles Schwinn gekommen wären!«, erwiderte er. »Unser Brainstorming mit Bert gestern Abend wirkt im Licht der neuesten Ereignisse ja eher obsolet. Oder, deutlicher gesagt: für den Arsch. Literweise Rebensaft und ein mysteriöser Todesfall, das geht offenbar nicht allzu gut zusammen.«

Grosch nickte plötzlich und zerrte mit der Linken das Notizbuch aus der Manteltasche. »Ein Spitzentitel für ein Kapitel meines Romans, Pass – *Literweise Rebensaft und ein mysteriöser Todesfall!*« Erwartungsvoll streckte er das Büchlein in Passfellers Richtung. »Könntest du das mal eben aufschreiben?«

»Ich *fahre*, Tillmann!«

»Ja? Ja, stimmt. Du fährst.« Resigniert sanken Hand und Notizbuch in Groschs Schoß. »Siehst du, Pass? Dieser dämliche Wolf ruiniert meine schriftstellerische Karriere, bevor sie richtig angefangen hat.« Er setzte wieder einen schmollenden Gesichtsausdruck auf und schwieg.

Sie fuhren eine Weile. Das Rasseln unter der Motorhaube wurde zunehmend penetranter, zumindest kam es Passfeller so vor. Unauffällig regelte er die Jazzmusik lauter.

»Unterschreibst du nachher auf meinem Gips, Pass?«, erkundigte sich Grosch leise.

»Nein. Aber ich werde etwas anderes tun«, erklärte Passfeller bestimmt. »Ich habe den ganzen Vormittag über versucht, einen Spezialisten für nachtaktive Raubtiere an die Strippe zu kriegen. Nachdem ich von Pontius zu Pilatus verbunden wurde, kam ich endlich bei einem Fachmann vom Frankfurter Zoo raus, mit dem ...«

»Wer ist Pontius?«, wollte Grosch wissen.

»... ich einen Telefontermin für den heutigen Abend ausgemacht habe«, fuhr Passfeller fort, ohne auf die Unterbrechung zu achten. »Ich hoffe, dieser Professor kann mir ein paar Auskünfte zu dem Verhalten dieses ... dieses *Tiers* von gestern Abend geben.«

»Und Pilatus?«, versuchte es Grosch erneut.

»Außerdem habe ich vor, das Internet zu durchpflügen«, kündigte Passfeller an. »Ich will alles über diese Leuchtaugengeschichte erfahren!«

»Das Tapetum des Augenhintergrundes ist eine reflektierende Schicht ...«, begann Grosch ungefragt, doch Passfeller schnitt ihm mit einer ungeduldigen Geste das Wort ab.

»Ja, ja, das wissen wir doch längst. Aber mein Gefühl sagt mir, dass das gestern Nacht keine *normalen* Tieraugen waren.« Er schwieg einige Augenblicke nachdenklich, dann wandte er sich wieder an Grosch. »Und was gedenkst *du* in der Zwischenzeit zu unternehmen, um der Klärung des Falles Vorschub zu leisten?«

»Nun ...« Grosch lehnte sich noch etwas weiter zurück, was dem Sitzgestell ein unwilliges Quietschen entlockte. »Da mir ohne Schreibhand keinerlei literarische Betätigung möglich ist, denke ich, ich werde einen ausgiebigen Spaziergang machen.« Er hob eingegipste und gesunde Hand, um zu verdeutlichen, *wie* ausgiebig sein Spaziergang sein würde. Als Passfeller ihn mit einem fragenden Seitenblick bedachte, fügte er hinzu: »Ich muss den ekligen Desinfektionsmief des Krankenhauses aus der Nase kriegen, Pass. Ich mag keine Spitäler, wenn du gestattest. Hab ich nie. Zu viel Weiß und zu viel Schmerzen.« Er schüttelte sich. »Muss klar im Kopf werden. Zurückkehren zum kühlen, berechnenden Kalkül des Bullen und so. Ist schließlich mein Job.« Seine buschigen Augenbrauen zogen sich ärgerlich zusammen. »Für einen sensiblen Denker wie mich ist es nicht leicht, wenn einem ein gelöst geglaubter Fall plötzlich noch mysteriöser als vorher um die Ohren geklatscht wird. Wenn du gestattest?«

»Ein bemerkenswert literarisches Bild«, attestierte Passfeller. Bevor Grosch zu einer neuerlichen Klage über seine verhinderte Literatenkarriere ansetzen konnte, griff er quer über dessen Knie und öffnete das Handschuhfach. Unter einem Berg von Fishmäc-Papieren zog er ein kleines, schwarzes Gerät hervor. Es war etwa so groß wie ein Taschenrechner, hatte aber weniger Knöpfe. Auf der Vorderseite befand sich eine durchsichtige Klappe, hinter der eine winzige Tonbandkassette steckte. »Da«, sagte er und warf es Grosch in den Schoß. »Damit du deine Schriftstellerkarriere fortsetzen kannst.«

Grosch ergriff den Apparat mit der gesunden Hand und betrachtete ihn erstaunt. Dann drehte er andächtig den Kopf. »Das ... kann nicht dein Ernst sein, Pass?«, erkundigte er sich verdattert. »*Das* willst du mir überlassen?«

Passfeller winkte gönnerhaft ab. »Behalt es und werd glücklich damit. Ich hab's ohnehin nie benutzt.«

Grosch starrte wieder das Gerät an, das in seiner riesigen Hand zierlich und zerbrechlich anmutete. »Aber – das ist ja fantastisch, Pass! Phä-no-me-nal! Ich ... weiß gar nicht, was ich sagen soll. Dass du mir *so was* schenkst ...«

Eine weitere halbe Minute verstrich, in der Grosch das Objekt fassungslos betrachtete. Dann hielt er es zögerlich in Passfellers Richtung. Halblaut sagte er: »Was ist es?«

Passfeller schloss kurz die Augen und öffnete sie gerade rechtzeitig wieder, um seinen rechten Außenspiegel vor einer Kollision mit dem Ortsschild der Stadt Edenkoben zu bewahren, das sie soeben passierten. »Man nennt es Diktiergerät«, erklärte er kühl. »Es kann deine Stimme aufzeichnen. So musst du nicht mehr alles aufschreiben, was dein geniales Hirn ausheckt.«

Grosch hob mahnend den Zeigefinger. »Ich überhöre mal geflissentlich die Ironie in deinen Worten, Pass. Wie funktioniert es?«

Passfeller zeigte ihm die Aufnahmetaste, und eine Sekunde später übertönte Groschs dröhnender Bass das unaufdringliche Vibraphon von *Der Enorme Mann*. Das Diktiergerät dicht vor den Lippen, gab er ein sonores Shanty mit höchst fragwürdigem Text zum Besten. Nach fünf Strophen schaltete er aus und ließ sich von Passfeller die Rückspultaste zeigen. Dann drückte er auf Wiedergabe.

Ein unirdisch tiefes Grollen quoll aus dem winzigen Lautsprecher des Rekorders. Es erinnerte an das elektronisch verfremdete Gebrüll amorpher Bösewichter in billigen Fantasyfilmen. Und – die monströse Stimme sang ein Shanty!

»Das Gerät hat zwei Geschwindigkeitsstufen«, erklärte Passfeller matt, während er den Wagen durch Edenkoben steuerte und hinter dem Ortsausgang rabiat beschleunigte. »Du hast deinen Gesang mit doppelter Geschwindigkeit aufgenommen und mit normaler wieder abgespielt.«

Grosch lauschte einen Augenblick verdutzt. Schließlich erkannte er das verzerrte Organ als sein eigenes und fiel prustend in den unmenschlich tiefen Gesang ein. Zweistimmig besangen Grosch und Monstergrosch die Muschikatze des einäugigen Kapitäns.

Passfeller seufzte, was in dem akustischen Chaos jedoch niemand außer den Zahnfüllungen in seinem Mund hörte.

Noch zwei Ortschaften bis Kottler.

Als Grosch wenig später die Pension verließ und ziellos die menschenleere Hauptstraße von Kottler hinabschritt, rumpelte sein Magen schon wieder wie ein abrutschendes Bergmassiv. Er überlegte, ob es sich möglicherweise um eine psychosomatische Reaktion handelte. In Kottler fühlte er sich unwohl, nicht erst seit der vergangenen Nacht. Dieser Fall machte ihm echt zu schaffen, und das überraschte ihn selbst ein wenig. Seine Verletzung war der Tropfen, der das Fass zum Überlaufen brachte.

Ausgerechnet die Schreibhand! Wie viel Pech konnte ein einzelner Mann haben? So etwas Dämliches war ihm noch nie passiert. Grosch hatte immer über die kleinen Unfälle des Alltags gelacht – Leute, die sich beim Bügeln ein Bein brachen und dergleichen. Sein Onkel Windigo Grosch war einst beim Spazierengehen, während er sich den blauen Himmel ansah, gegen eine Straßenlaterne gerannt und hatte sich dabei einen Schädelbasisbruch zugezogen.

Grosch hob seinen zur Hälfte eingegipsten Arm und betrachtete ihn eingehend. »Saudummer Kackwolf«, murmelte er.

Wenige Schritte weiter jedoch fand er sich mit seinem Schicksal ab. Eine Berufsverletzung war eine Berufsverletzung, und außerdem hätte es schlimmer kommen können. Viel schlimmer.

Je weiter er marschierte, desto länger wurden die Schatten, die Luft deutlich kühler. Wie er es von seinen bisherigen Wanderungen gewohnt war, begegnete er keiner Menschenseele.

Er wählte eine Seitengasse, die er bisher noch nie betreten hatte, und erreichte rasch den Ortsrand, an den sich – wie in jeder Himmelsrichtung – Weinberge und geschlängelte Wirtschaftswege anschlossen. Er ließ die Häuser hinter sich, stieg hinauf in das Weinmeer, umgeben von sattgrünen Rebzeilen, an denen dicke Traubenbündel hingen, so prall, als müssten sie im nächsten Moment platzen. Hier, fernab des grässlichen kleinen Dorfes, hatte Grosch endlich das Gefühl, wieder richtig Luft zu bekommen.

Mit seiner funktionstüchtigen Hand kramte er in seiner Manteltasche herum, bis er schließlich das Diktiergerät zutage förderte, das ihm Passfeller geschenkt hatte.

Passfeller konnte ein richtiger Schatz sein, wenn er wollte. Grosch wusste, dass sich sein Kollege – wenn er nicht gerade betrunken war – heimlich lustig über ihn machte; dass er seinen Plan, Schriftsteller zu werden, in Wirklichkeit belächelte (so wie er damals Groschs Wunsch belächelt hatte, Cello spielen zu lernen; seine Idee, eine neue Zeichensprache für Taubstumme zu erfinden; wie er die Passion des Malens für sich entdeckt hatte; wie er einen Stadtpark hatte verspeisen wollen – wobei letztgenannte Idee selbst Grosch im Nachhinein etwas bedenklich vorkam). Dennoch hatte sein Kollege anscheinend begriffen, dass ihm der kreative Zeitvertreib diesmal wirklich wichtig war.

Grosch überlegte, ob er Passfeller nicht auch etwas Nettes schenken sollte. Bloß was? Neue Cowboystiefel? Eine Stange Zigaretten? Eine Frau?

Grosch prustete leise und sah sich im letzten Licht des Tages um. In Richtung der untergehenden Sonne glaubte er, die Hänge von Bert Hempels Weinberg ausmachen zu können. Zwar hatte er immer noch Mühe, sich im endlosen Grün der Reben zurechtzufinden, aber die Lage des Wingerts, wo er in der vergangenen Nacht die Bekanntschaft einer U.L.K. gemacht hatte – einer unidentifizierten, leuchtäugigen Kreatur –, würde er so schnell nicht vergessen.

Er kniff die Augen zusammen und starrte weiter in die Ferne. Jenseits von Berts Grund und Boden glaubte er, die Gegend wiederzuerkennen, in die ihn Bienek und Bemmann geführt hatten, um ihm den Fundort von Bettina Schwinns Leichnam zu zeigen. Es musste sich also um die Lage von Ottkar Schnorrpfeil handeln. Unwillkürlich musste er an dessen Sohn Rolf denken, und er fragte sich, wo der junge Mann wohl gerade war. Er hoffte für ihn, dass er den Absprung schaffen, das Grauen, das er erlebt hatte, hinter sich lassen und fern von diesem verdammten Saukaff ein neues Leben beginnen würde.

Der Wingert, in dem Grosch stand, war ihm dagegen unbekannt. Aber das war ihm nur recht. Er wollte, bevor es finster wurde, seinen Kopf auslüften, und das ging nur an einem Ort, mit dem man keine negativen Erinnerungen verband.

Die Sonne hatte bereits mit ihrem unvermeidlichen Abrutschen hinter die grünen Hügel begonnen.

Grosch knöpfte seinen Mantel zu, was mit einer Hand, die zudem das Diktiergerät halten musste, kein leichtes Unterfangen war.

Höher und höher stiefelte er in den fremden Weinberg, bis er die letzten Häuser im Tal aus den Augen verloren hatte. Er schaltete das Diktiergerät ein und hielt es sich schräg vor den Mund, wie es die aufgesetzten Sonderermittler in den billigen, brutalen Abendserien immer taten, wenn sie eine Leiche untersuchten.

»Ziemlich schöne Landschaft«, sagte er, drückte die Stopptaste, spulte zurück und kontrollierte, ob seine Stimme wiederum aufgenommen wurde. Es funktionierte. Grosch war entzückt – er besaß ein wahres Wunderwerk der Technik! Wie hieß es doch so schön: »Man weiß erst, was einem gefehlt hat, wenn man es plötzlich besitzt« ... oder so ähnlich.

Stolz sprach er erneut in das Mikrofon: »Grüne Pracht, die verführerisch über die Hügel fließt. Reifender Wein – eine schöne Vorstellung. Dass ein feines Getränk *wächst*, herangezüchtet werden muss, mit viel Liebe gehegt und gepflegt wird, bis sich der lukullische Genuss in seiner ganzen Macht entfalten kann. Außerhalb der hässlichen Ortschaft mit ihren hässlichen Bewohnern ist das eine echt schöne Gegend. Kottler ist wie eine Warze auf makelloser, samtener Haut.

Hey, der *Entstellte vom Doktorberg* könnte doch Winzer sein! Ein Connaisseur. Ja, genau: Der *Entstellte vom Doktorberg* ist Hedonist. Das verbindet ihn mit dem Hauptkommissar. Beide sind Hedonisten, beide leben in riesigen Landhäusern, schätzen einen edlen Tropfen, alte Bücher und gutes Essen. Das bringt den Kommissar schließlich auf die Spur des *Entstellten vom Doktorberg*.«

Grosch schaltete das Diktiergerät aus. Die Story für seinen Roman nahm allmählich Konturen an. Nie hätte er gedacht, dass Schreiben so kinderleicht war. Das konnte ja jeder! Man brauchte nur ein Diktiergerät und musste den Bewusstseinsstrom fließen lassen.

Bewusstseinsstrom – das Wort ließ ihn wieder an die Eltern der ermordeten Bettina Schwinn denken. An Hilde Schwinn, die auf dem Fluss der Kuh segelte und die Realität nur durch die bunte Pracht indischer Batiktücher wahrnahm.

Es erleichterte die Ermittlungen nicht gerade, dass buchstäblich *alle* Bürger von Kottler eine Schraube locker zu haben schienen. Man konnte sich nicht normal mit ihnen unterhalten. Bis auf Bert Hempel drehten die meisten am Rad, ein Kabinett skurriler Charaktere. Vielleicht lagen darin seine Magenprobleme begründet, überlegte Grosch. Keine, aber auch wirklich keine der Personen, die er hier kennengelernt hatte, konnte man in einen Roman einbauen. Die Realität war seltsamer als die Fiktion.

Grosch schaltete das Diktiergerät wieder ein und sagte feierlich: »Die Realität ist seltsamer als die Fiktion.« Laut ausgesprochen fühlte sich der Satz noch besser an. Grosch spulte zurück und ließ ihn fünfmal hintereinander erklingen.

Dirk Ittenbach hatte auch ganz vernünftig gewirkt. Er machte sich eine gedankliche Notiz, den Jungwinzer bei Gelegenheit noch einmal aufzusuchen. Als Zugezogenen hatte ihn das Wahn-Virus von Kottler noch nicht befallen. Vielleicht konnte er mit dem einen oder anderen interessanten Hinweis aufwarten, der ihm und Pass bei ihren Ermittlungen weiterhelfen würde.

Ittenbachs Tipp bezüglich Ottkar Schnorrpfeil war allerdings nicht viel wert gewesen. Nichts passte zusammen. Fakt war, dass in den Weinbergen noch immer ein Wesen mit leuchtenden Augen umging, ein Wesen, das definitiv gefährlich war.

Im Westen glitt die Sonne hinter den Horizont. Grosch, der in die entgegengesetzte Richtung marschierte, beobachtete mit Sorge, wie die Schatten der Rebenmauern ringsum zu zusammenhängenden, dunklen Flächen verwuchsen. Er beschloss, dass es höchste Zeit war, umzudrehen und zur Pension zurückzukehren. Nichts würde ihn dazu bringen, noch einmal nach Einbruch der Dunkelheit zwischen den Reben herumzustolpern!

Grosch bekam eine Gänsehaut, als er an die Ereignisse des vorangegangenen Abends dachte. Instinktiv tastete er in seinem Mantel nach der Pistole, die sich irgendwo in einer der vielzähligen Taschen befinden sollte. Normale Bullen transportierten ihre Dienstwaffen in Holstern, oder sie besaßen ein eigens in ihre Jacke eingenähtes Fach wie Passfeller. Grosch dagegen trug seine Pistole so selten bei sich, dass er beides überflüssig fand. Er mochte keine Waffen. Sie waren nur gut zur Jagd, um große und köstliche Tiere zu erlegen.

Oder zur Selbstverteidigung.

Die Stille ringsum war vollkommen, und Grosch glaubte, den Wein riechen zu können – ein leicht saurer, chlorophyllhaltiger Duft wie in einem Gewächshaus oder einem Gartencenter. Er blickte eine Rebzeile entlang, begutachtete die fetten Trauben, die im letzten rötlichen Tageslicht verführerisch glänzten und förmlich nach Verzehr schrien.

Grosch schaltete das Diktiergerät ein. »Kann es schaden, das eine oder andere Träubchen zu kosten? Nein! Vertrauen auf zukünftige Genüsse ist gut, Qualitätskontrolle durch den geschulten Gaumen des Profis dennoch unabdingbar.«

Er steckte den Rekorder fort und riss einen erstaunlich großen Klumpen Trauben von einer der Pflanzen ab. Frisch und schwer lagen die Früchte in seiner gesunden Hand. Grosch unterdrückte den Impuls, seine Zähne in das komplette Bündel zu schlagen. Er hob die Trauben über seinen Mund und biss vorsichtig die unterste ab. Die Haut platzte zwischen seinen Zähnen, und der Saft floss ihm über die Zunge. Er zerkaute das Fruchtfleisch, das fest und süß war.

Unglaublich! So exquisite Trauben hatte er noch nie gekostet, und Grosch war immerhin staatlich geprüfter Traubenverschlinger.

Jetzt tat er es doch – er schob sich das halbe Traubenbündel in den Mund. Dunkelroter Saft spritzte hervor wie Blut aus einer Wunde, lief in seinen Bart, tropfte auf seinen Mantel.

Himmel! Das war nicht nur exquisit – das war delikat, deliziös, exzellent. Es war superb, raffiniert, blumig, süffig. Prickelnd, erlesen, verlockend, ein Gedicht aus Fruchtfleisch. Grosch stellte amüsiert fest, dass sich seine Vergleiche verdächtig wie die hasserfüllten Werbesprüche Bert Hempels anhörten.

Er grinste mit rot verschmiertem Mund. »Meine Fresse. Jetzt sehe ich dieses Gewächs mit ganz anderen Augen.« Er lachte, machte einige Schritte zwischen die Zeilen und langte erneut zu.

Ganz allmählich ging der Mond auf, spuckte sein ungesundes Licht über das Land, in dem ein Sonderkommissar des BKA mit einer eingegipsten Hand wie ein kleiner Junge zwischen den Reben umherwanderte, mit verschmiertem Gesicht und glänzenden Augen.

Irgendwann war er satt. Trunken von der Süße, holte er das Diktiergerät wieder aus der Tasche und drückte die Aufnahmetaste.

In der Pension fluchte Passfeller lautstark vor sich hin. Was er im Stillen befürchtet hatte, war eingetreten: Das Telefonat mit Professor Rainar Lexmundt, Zoologe und Spezialist für nachtaktive Tiere vom Zoo Frankfurt, hatte sich als denkbar nutzlos herausgestellt. *Ja*, eine reflektierende Schicht auf dem Augenhintergrund gebe es bei zahlreichen Tieren, so der Fachmann, nicht nur bei nachtaktiven. Vom Uhu über die Hauskatze bis hin zum Reh könnten bei entsprechendem Lichteinfall die Sehorgane unterschiedlichster Lebewesen einen »leuchtenden« Eindruck wie den von Passfeller beschriebenen hervorrufen. *Nein*, beim Menschen oder auch nur bei Primaten sei ein derartiges Phänomen weder bekannt noch biologisch denkbar. *Ja, sicher,* auf Blitzlichtfotos wirkten auch menschliche Augen häufig unnatürlich rot, doch seien dies lediglich die Blutgefäße der Netzhaut, angestrahlt vom grellen Licht, das durch die sich zu langsam schließenden Pupillen direkt ins Augeninnere falle. *Nein*, von einem wahlweise zwei- oder auch vierbeinig sich fortbewegenden Geschöpf mit reflektierendem Tapetum, das *gurgelnde* Laute wie ein verstopfter Abfluss ausstoße, habe Lexmundt noch nie gehört. Zögern. Ob dies wohl ein Anruf von »Verstehen Sie Spaß«‹ sei?

Passfeller, von der Wendung des Gesprächs wenig angetan, hatte daraufhin aufgelegt und sich mit mühsam aufrechterhaltener Hoffnung der so vollmundig angekündigten Internetrecherche zugewandt.

Er baute den Laptop auf der einzigen verfügbaren Stellfläche des winzigen Fremdenzimmers auf, einem Nachttisch zwischen den beiden klapprigen Betten. Dann verband er Rechner und Mobiltelefon gewissenhaft mithilfe von allerlei Kabeln und Adaptern – nur um festzustellen, dass er an dieser Stelle des Raums keinerlei Netzempfang hatte! Wütend riss er alles wieder auseinander und drehte ungeduldig Runde um Runde durch das enge Zimmer, das Handy wie ein Trottel hoch über seinen Kopf haltend. Wie sich herausstellte, zeigte es am Fenster, das aus dem Zimmer im ersten Stock hinaus auf die Hauptstraße ging, immerhin *einen* schwächlichen Empfangsbalken, dies jedoch auch nur, solange das Fenster weit offen stand. Unbeherrscht zerrte Passfeller den Nachttisch ans andere Ende des Raums, wobei ein gerahmtes Foto der vier Kinder des Ehepaars Eberbach zu Bruch ging, und baute seine Apparaturen neu auf. Diesmal hatte er Erfolg: Das Handy stellte eine Verbindung her, der Laptop konnte sich ins Netz einwählen, und wenig später empfing ihn auf dem Bildschirm das betongraue Recherche-Template der SK 66.

Mit dieser Einrichtung konnten Beamte der Sonderkommission von jedem Ort der Welt Suchaufträge an Großrechner OTTI senden. Das Superhirn durchforstete daraufhin mit unvorstellbarer Geschwindigkeit sämtliche zugängliche Quellen – polizeiliche Datenbanken auf der ganzen Welt – und sandte die Ergebnisse umgehend an den virtuellen Arbeitsplatz des Auftraggebers. Passfeller steckte sich eine NIL in den Mund (Frau Eberbach hatte Rauchen auf dem Zimmer untersagt, aber zum Teufel, das Fenster stand ja offen) und legte los.

Zunächst ließ er OTTI nach dem Phänomen leuchtender Tieraugen suchen. Das Datenpaket, welches ihm das System mit wenigen Minuten Verzögerung schickte, enthielt jedoch nur Informationen, die ihm entweder Grosch bereits vorgekaut hatte oder solche, die Teil von Professor Lexmundts Ausführungen gewesen waren. Nichts darüber, welches Tier für den Angriff auf die beiden Sonderkommissare im Wingert und – in zweiter Instanz – für den Mord an Bettina Schwinn verantwortlich sein könnte. Unzufrieden verschob Passfeller die Ergebnisse in den Papierkorb. Er lehnte sich zurück, runzelte die Stirn und griff erneut zu den Zigaretten.

Eine sanfte Brise fuhr durch das geöffnete Fenster herein. Passfeller, in Ermangelung eines Stuhls gezwungen, kniend vor Nachttisch und Laptop zu kauern, erhob sich steif und massierte stöhnend seine knirschenden Kniegelenke. Rauchend stützte er sich auf das Fensterbrett und sah hinaus.

Bereits während seines Telefonats hatte es zu dämmern begonnen. Mittlerweile war es draußen vollständig dunkel. Still, verlassen und schlaglochübersät lag die Hauptstraße von Kottler unter ihm ausgebreitet. Die vier letzten Straßenlaternen zwischen seinem Aussichtspunkt und dem nahen Ortsrand glommen müde mit dem noch immer fast vollen Mond um die Wette. Passfeller blies eine dicke Rauchschwade ins Freie und blickte ihr nach, während sie vom frischen Abendwind zerpflückt und davongetragen wurde. Er hob den Blick zu den düsteren Hängen, die sich rings um Kottler auftürmten wie die Wände eines urzeitlichen Meteoritenkraters. Im fahlen Mondlicht ließ sich das parallele Muster der Rebzeilen nur erahnen. Hie und da war der geduckte Schatten einer Wingerthütte zu erkennen.

Noch einmal spähte er die stumme Hauptstraße hinauf und hinunter. Grosch war nirgends zu sehen.

Auf den stockfinsteren Wirtschaftswegen zwischen den Reben stapfte er gewiss nicht mehr herum – nicht nach den Erlebnissen der gestrigen Nacht. Passfeller vermutete, dass er auf dem Rückweg einen Zwischenstopp im *Garten Eden* eingelegt hatte. Sei's drum, vielleicht stieß er dort im Gespräch mit den Eingeborenen ja auf eine neue Spur.

Und die konnten sie weiß Gott brauchen – irgendwo dort draußen lief ein unbekanntes Biest frei herum, das Grosch und ihn angegriffen und höchstwahrscheinlich eine junge Frau getötet hatte. Zähneknirschend warf Passfeller seine aufgerauchte Kippe auf die Straße und ließ sich wieder vor dem Laptop nieder.

Als Nächstes forderte er von OTTI medizinische Informationen darüber, wodurch möglicherweise krankhafte Veränderungen des Tapetums bei Mensch oder Tier hervorgerufen werden konnten.

Und diesmal hatte er Glück.

Das treue Rechengehirn beharkte ihn mit einem Pulk von Aufsätzen aus Fachzeitschriften und Exzerpten aus zoologischen und anthropologischen Dissertationsschriften. Passfeller schwirrte schon nach den ersten Bildschirmseiten der Kopf, doch er arbeitete sich verbissen durch Fremdwörter und Fußnoten hindurch. Nach einer guten Stunde hatte er zwar höchstens die Hälfte dessen verstanden, was er gelesen hatte; dennoch glaubte er, etwas Brauchbares herausgefiltert zu haben.

Mehrere Wissenschaftler berichteten unabhängig voneinander, dass es in Fällen, da Menschen für eine kurze Zeitspanne dem Einfluss von Radioaktivität ausgesetzt waren, zu einer temporären Steigerung ihrer Lichtwahrnehmung kommen konnte. Bei Unglücksfällen in Russland sowie militärischen Einrichtungen in Osteuropa war festgestellt worden, dass bei Opfern minimaler Verstrahlung – deren Intensität nicht für eine reelle Gesundheitsgefährdung ausreichte – kurzfristig eine starke Lichtüberempfindlichkeit auftrat. Untersuchungen der

Augen hatten ergeben, dass die Ursache hierfür in einer extrem gesteigerten Reflexionswirkung des Augenhintergrundes lag.

Fasziniert klickte Passfeller sich durch die Dateien, während seine Hände und Lungen ohne sein bewusstes Zutun den Inhalt der Zigarettenschachtel vernichteten.

Offenbar sorgte die beschriebene Veränderung dafür, dass mehr einfallendes Licht auf dem Augenhintergrund gespiegelt wurde und ankommende Bilder von den Sehzellen wesentlich heller wahrgenommen wurden. Mussten die Augen dann nicht theoretisch auch in der Dunkelheit winzige Lichtreste auffällig stark reflektieren – wie die Augen eines Raubtiers?

Aufgeregt startete Passfeller eine Schlagwortsuche innerhalb der von OTTI zusammengestellten Datensammlung. Aber wie kaum anders zu erwarten, führte keines der wissenschaftlichen Dokumente einen Vergleich mit Raubtieraugen an; die unheimliche optische Begleiterscheinung des Phänomens war keinem Wissenschaftler aufgefallen. Passfeller dagegen überlegte fasziniert, inwiefern die Information die Vorgänge der letzten Tage möglicherweise in einem anderen, neuen Licht erscheinen ließ.

In Gedanken versunken klickte er eine von mehreren Bilddateien an, die dem Auszug einer amerikanischen Dissertation beigefügt waren – und fuhr erschrocken zurück!

Das Foto zeigte einen verstört wirkenden Mann mit altmodischem Seitenscheitel, bei dem es sich, einer Bildunterschrift zufolge, um einen Arbeiter eines Kraftwerks irgendwo in Tschechien handelte. Er trug eine an mehreren Stellen aufgerissene, graue Arbeitsmontur und dicke Handschuhe. Das Bild war im Flur eines Büros oder Verwaltungstraktes aufgenommen, die Lichtverhältnisse bescheiden. Der Mann starrte mit großen Augen direkt ins Objektiv des Fotografen, dessen Kamera offenkundig nicht über ein Blitzlicht verfügte. Hinter dem Rücken des Fotografen jedoch schien sich eine offene Tür zu einem helleren Raum zu befinden. Ein gelblicher Lichtstreifen färbte den Boden zu Füßen des Arbeiters. Und die Augen des verstörten Tschechen ... sie *leuchteten!*

Atemlos drückte Passfeller seine halb aufgerauchte NIL im Nest ihrer Vorgänger an einem Pfosten von Groschs Bett aus und schob sein Gesicht dicht an den Monitor.

Es konnte keinen Zweifel geben: Die Augen des Tschechen, der dem zugehörigen Text zufolge für eine kurze Zeit einer radioaktiven Verstrahlung ausgesetzt gewesen war, reflektierten das Licht wie zwei riesige Glasmurmeln. Es entstand der Eindruck, dass man weit in seinen Schädel hineinblicken könne, wo sich das Licht an zwei hochglanzpolierten Spiegeln brach – genau wie bei dem Geschöpf, das Grosch und ihn durch den Weinberg gehetzt hatte!

Mit einem Zungenschnalzer ließ sich Passfeller zurücksinken und entwirrte seine verkrampften Beine. *Das* konnte der fehlende Mosaikstein sein!

Wenn sich tatsächlich eine zeitweilig gesteigerte Reflexionsfähigkeit des Augenhintergrundes auf künstlichem Wege herbeiführen ließ, bedeutete das, dass es sich bei der gesichteten Kreatur um etwas völlig anderes gehandelt haben konnte als ein Monstrum.

Passfeller schloss die Augen und versuchte, sich das Bild des knurrenden Schattens vor sein geistiges Auge zurückzurufen ... dürr, zottig, wie er in weiten Sätzen hinter dem panischen Grosch herhetzte ...

Ein Wolfshund!

Schlagartig war sich Passfeller sicher: Wenn man die unerklärlichen, geisterhaften Leuchtaugen subtrahierte und sich vorstellte, das Tier habe statt seines sonderbar gurgelnden Knurrens *gebellt*, blieb keine andere Möglichkeit – es musste sich um einen großen Hund gehandelt haben, möglicherweise eben einen Wolfshund. Und gab es in einem Ort voller kläffender Köter nicht zwangsläufig nächtliche Streuner?

Falls diese Theorie zutraf, blieben lediglich zwei Fragen ungeklärt: Wie sollte das Tier – unter Umständen dasselbe wie jenes, dem die beiden Jugendlichen in der Nacht des Leichenfundes begegnet waren – hier, am Rektum der Welt, in Kontakt mit Radioaktivität gekommen sein?

Und, bei genauerer Überlegung noch bedenklicher: Wie zum Henker konnte es angehen, dass Bert Hempel eine Kreatur mit leuchtenden Augen gesehen (und gefilmt!) hatte, die *aufrecht auf zwei Beinen* ging?

Passfeller stieß ein Schnauben aus, als ihm bewusst wurde, dass trotz seines Fortschritts noch längst nicht alle Nüsse dieses sonderbaren Falles geknackt waren. Und Grosch, der alte Drückeberger, war noch immer nicht zurück! Er warf einen Blick auf seine Uhr. Fast Mitternacht! *So* schlecht schien Tillmann die verrottete Dorfkneipe doch nicht zu gefallen.

Passfeller schnappte sich die Zigarettenschachtel, die sich ärgerlicherweise verdächtig leer anfühlte, und steckte sich eine letzte NIL ins Gesicht. Im selben Moment, da die Flamme seines Feuerzeugs an den äußersten Tabakkrümeln leckte, ertönte draußen vor dem Fenster ein durchdringender Schrei.

Passfeller zuckte so heftig zusammen, dass der Filter die Verbindung mit seinen Lippen aufgab und die Zigarette Funken sprühend auf die Tastatur des Laptops fiel. Doch da hatte er sich bereits auf seine schmerzenden Beine gewuchtet und den Kopf zum Fenster hinausgestreckt.

Erneut gellte ein hohes, panisches Kreischen durch die Nacht, eindeutig eine Frauenstimme. Passfeller arbeitete lange genug in seinem Job, um echtes Entsetzen zu erkennen. Diese Frau *war* entsetzt, soviel stand fest. Mehr noch: Sie schrie, als fürchte sie um ihr nacktes Leben!

Suchend starrte Passfeller die Straße hinauf und hinunter. Linker Hand war bis zum Ortsausgang niemand zu sehen. Rechts dagegen verschwand die Fahrbahn nach wenigen Metern hinter einer Biegung. Und auf dem Asphalt vor der Kurve zuckten im Licht der Straßenlaternen hektische Schatten – um die Ecke bewegte sich jemand!

Ein dritter Schrei erklang, diesmal jedoch leiser und heiserer als die vorigen. Wer immer ihn ausgestoßen hatte, konnte sich nur wenige Meter hinter der Kurve befinden.

Fluchend stieß sich Passfeller vom Fenster ab. Er musste hinaus! Reflexartig griff er sich das Sakko mit der Dienstwaffe vom Bett, riss die Tür auf – und stieß um ein Haar mit einer riesenhaften Gestalt zusammen, die direkt vor der Tür auf dem engen Flur stand!

Glücklicherweise erkannte er den dunkelgrünen Lodenstoff über dem breiten, ihm zugewandten Rücken schneller, als er die Pistole aus dem Sakko genestelt hatte. Offenbar war Grosch just zurückgekommen, hatte die Tür ihres Zimmers aber zugunsten der am Ende des Korridors gelegenen Toilette links liegen lassen.

Einen erleichterten Seufzer unterdrückend, stürzte Passfeller in die entgegengesetzte Richtung davon. Als er die Treppe schon fast erreicht hatte, rief er über die Schulter: »Tillmann? Hast du unten irgendwas Verdächtiges gesehen?«

Ohne sich umzudrehen, stieß Grosch ein grunzendes Geräusch aus, das wohl eine Verneinung darstellen sollte. Passfeller beschloss, ihn zunächst seine Geschäfte auf dem engen WC erledigen zu lassen, und stürzte die Stufen hinunter ins Erdgeschoss.

Als er draußen um die Kurve bog, sah er sich überrascht mit einem regelrechten Volksauflauf konfrontiert – oder was man in einer Ortschaft wie Kottler eben so nennen konnte: Aus umstehenden Häusern strömten Menschen in derangierter oder auf die Schnelle unvollständig angelegter Garderobe, manche der Einfachheit und der Neugier halber gleich in Pyjamas oder Unterwäsche. Sie scharten sich um eine ältere, winzig kleine Frau und einen hageren, mindestens zwei Meter großen Mann mit schwarzem Anzug, die dicht nebeneinander im Lichtkegel einer Straßenlaterne standen. Sie waren blass wie Wasserleichen und keuchten mit offenen Mündern, als seien sie gerannt und völlig außer Puste. Der Mann sah sich immer wieder hektisch nach allen Richtungen um.

Passfeller zerrte seinen Polizeiausweis aus der Jackentasche und drängte sich aggressiv durch die Menge. »BKA! Machen Sie Platz, verdammt. *Polizei!* Lassen Sie mich *durch!*«

Als er das ungleiche Paar erreichte, ließ das Stimmengewirr merklich nach. Die Dorfbewohner schienen begierig zu erfahren, was geschehen war.

»Frank Passfeller, BKA«, wiederholte Passfeller und steckte den Ausweis fort. »Wer sind Sie, und was ist hier passiert?«

Der riesige, hochgewachsene Mann trat auf stelzenartigen Beinen einen schwankenden Schritt auf ihn zu. Er hatte ein eingefallenes Pferdegesicht und gewaltige, abstehende Ohrmuscheln. Hätte er zu dem Anzug noch einen schwarzen Zylinder getragen, er wäre als perfekte Karikatur eines Leichenbestatters durchgegangen. Die Frau, die schwer atmend den Laternenpfahl umklammerte, blickte nicht einmal auf. Sie zitterte am ganzen Leib, schien unter Schock zu stehen.

»M-mein Name ist Lukas Maria Schnalzer«, erklärte der Mann. »Das ist meine Frau Gerlind. W-wir ... es ... aus dem Weinberg ... v-v-verfolgt ...« Erneut ruckte sein länglicher Kopf wie im Krampf hin und her, als er mit starrem Blick über die Köpfe der Umstehenden hinweg die Straße absuchte.

Passfeller legte dem Riesen beschwichtigend eine Hand auf den Arm. »Beruhigen Sie sich«, sagte er sanft. »Sie sind in Sicherheit. Nichts kann Ihnen passieren. Verstehen Sie das?«

Die Menge der Umstehenden, mittlerweile auf gut drei Dutzend angewachsen, schien gebannt den Atem anzuhalten. Nur aus den hinteren Reihen war unterdrücktes Gemurmel zu vernehmen. Irgendwo schnäuzte sich jemand hastig.

Schließlich ging ein Ruck durch Lukas Maria Schnalzers hagere Gestalt. Seine borstigen Augenbrauen zogen sich verzweifelt zusammen, und er legte beschützend einen spinnenartigen Arm um seine Frau.

Dann sagte er: »Gerlind und ich ... der Rebenwolf hat uns verfolgt!«

Eine knappe Viertelstunde später sah sich Passfeller in der Lage, aus den wirren, immer wieder von Weinkrämpfen unterbrochenen Worten der Eheleute Schnalzer den ungefähren Ablauf der Ereignisse zu rekonstruieren.

Offenbar hatten beide kurz vor Mitternacht den *Garten Eden* verlassen und sich zu Fuß auf den Weg zu ihrem Haus am Dorfrand gemacht. Bereits beim Verlassen der Gaststube hatte Lukas Schnalzer am entfernten Ende der menschenleeren Straße eine »riesenhafte, finstere Gestalt« bemerkt, die sich, offenbar aus den nahe gelegenen Weinbergen kommend, mit torkelnden Schritten in ihre Richtung bewegte. Die Schnalzers schritten zügig aus, doch die Gestalt, die leise, sonderbar gurgelnde Laute ausstieß, verringerte den Abstand zu ihnen immer weiter. Irgendwann nahm Lukas Schnalzers Verantwortungsgefühl gegenüber seiner verängstigten Frau überhand. Im Vertrauen auf seine imposante Körpergröße blieb er stehen, um den Fremden zur Rede zu stellen. In diesem Moment passierte die Gestalt einen Straßenabschnitt, wo mehrere Laternen ausgefallen waren. Ihr Gesicht lag in tiefe Schatten gehüllt, war nur als dunkler, seltsam *haarig* anmutender Fleck zu erkennen. Und inmitten dieser düsteren Fläche leuchteten zwei diabolische, tierhafte Augen!

Die Eheleute wurden von nie gekanntem Entsetzen übermannt. Unter panischen Schreien rannten sie die Hauptstraße hinunter. Als Lukas Schnalzer sich an der Straßenbiegung das nächste Mal umdrehte, war der unheimliche Verfolger spurlos verschwunden.

Der Bericht der Eheleute verstörte Passfeller nicht minder als die umstehende Gruppe von Dörflern. Er versuchte jedoch, sich nichts anmerken zu lassen, und kontrollierte mit gezückter Waffe die umliegenden Gassen, während die Schaulustigen sich mit gepressten Stimmen über die Wiederkehr der wölfischen Schreckgestalt unterhielten. Als er sicher war, dass sich niemand mehr in der Nähe aufhielt, kehrte er auf die Hauptstraße zurück und zog sämtliche Register der Rhetorikkurse, die er einst an der Polizeischule belegt hatte. Mit hypnotisch eintönigen Phrasen machte er den Schnalzers klar, dass die Gefahr ausgestanden sei. Er bat sie, in Begleitung einiger Anwohner nach Hause zu gehen und sich am kommenden Tag für eine erneute Befragung zur Verfügung zu halten.

Seine Reserviertheit wirkte ansteckend. Als er geendet hatte, traten mehrere Männer aus dem Pulk hervor – in gestreiften Pyjamas, Unterwäsche oder offenen Strickwesten – und nahmen sich mit demonstrativ erhobenen Händen und autoritären Rufen wie *»Hier gibt es nichts mehr zu sehen!«* oder *»Geht nach Hause, Leute – kommt schon!«* der Auflösung der nächtlichen Versammlung an. In erstaunlich kurzer Zeit war die Straße geräumt.

Als er zum Haus der Eberbachs zurückkehrte, verspürte Passfeller ein mulmiges Gefühl in der Magengegend. Was hatten die beiden wirklich gesehen? Er nahm sich vor, die Geschichte augenblicklich mit Grosch zu diskutieren; möglicherweise hatte der ja neue Erkenntnisse mitgebracht.

Als Passfeller ihr gemeinsames Zimmer betrat, war es leer. Überrascht trat er auf den muffigen Flur hinaus und blickte zur WC-Tür an dessen Ende.

»Tillmann? Bist du etwa *immer noch* da drin?«, erkundigte er sich. »Geht's dir nicht gut? Mann, du solltest rauskommen, da draußen ist gerade eine verdammt perverse Scheiße abgegangen!«

Keine Antwort. Dann hörte Passfeller ein dumpfes, gurgelndes Geräusch, möglicherweise die Spülung. Er kehrte ins Zimmer zurück, hängte sein Sakko über einen Bettpfosten und legte sich ein paar Sätze zurecht, mit denen er Grosch den jüngsten Zwischenfall sowie die Resultate seiner vorangegangenen Internetrecherche knapp und verständlich referieren konnte.

Nach drei Minuten war Grosch immer noch nicht da.

Ärgerlich trat Passfeller erneut hinaus. »Mensch, mach hin!«, herrschte er die Toilettentür an. »Ich will dir was erzählen. Oder beabsichtigst du vielleicht, die ganze Nacht da drinzubleiben?«

Es klapperte, als der Deckel der Toilette zufiel. Dann ertönte ein ohrenbetäubendes Rauschen, als die Spülung – diesmal unverkennbar – gezogen wurde. Kurz war das Plätschern eines Wasserhahns zu hören, dann machte sich jemand am Drehriegel der Tür zu schaffen.

Passfeller lehnte sich gegen die Blumenmustertapete des Flurs und setzte einen professionell-genervten Blick auf.

In diesem Moment schaltete sich mit einem Klicken das Relais der Flurbeleuchtung aus. Dunkelheit füllte den Korridor wie eine LKW-Ladung Kohlebriketts.

Im schwachen Licht, das hinter ihm durch den Spalt der angelehnten Zimmertür fiel, streckte Passfeller eine Hand aus, um den Lichtschalter zu ertasten. Da öffnete sich die Tür am Ende des Flurs.

Passfeller starrte, ohne zu verstehen. Eine eiskalte Hand schien seine Kehle zu packen, während sich ein tonloser Schrei auf seinen Lippen formte.

Im Türrahmen stand ein gewaltiger Schatten mit leuchtenden Augen!

Kapitel 12

Mitschnitt vom Filmriss

Neustadt (Pfalz), 19. auf den 20. September 2003

Doktor Roger Schmaull, im Neustädter Klinikum Hetzelstift besser bekannt als »der schöne Roger«, stöhnte gedehnt und streckte seine müden Glieder. Er warf einen Blick auf seine Omega Seamaster, dasselbe Modell, das Pierce Brosnan in den neueren Bondfilmen trug, und nickte zufrieden: fast ein Uhr früh. Höchste Zeit, sich auf den Weg zu machen. Achtzehn Stunden dauerte seine Bereitschaftsschicht in der Notfallstation nun schon an, und mochte es eine noch so ruhige Nacht und seine Kondition noch so exzellent sein – allmählich spürte er die Entbehrungen des Tages in den Knochen. Dennoch stahl sich ein zufriedenes Grinsen auf sein ebenmäßiges Gesicht, und er fuhr sich mit einer Hand selbstgefällig durch das volle, fast schwarze Haar. Ein bewährtes Allheilmittel würde ihn für die letzten paar Stunden zuverlässig wieder auf die Beine bringen: Sex.

Leise summend erhob sich Roger Schmaull von einem Schreibtisch des engen, nach Papier und sterilen Plastikverpackungen riechenden Aufenthaltsraums. Er war ein groß gewachsener Mann von sportlicher, beinahe athletischer Statur. Seine breiten Schultern unter dem weißen Arztkittel, die schmalen Hüften und seine geschmeidige Art, sich zu bewegen, schrien seine Erfolge im Triathlon und die endlosen Stunden im Fitnessstudio förmlich hinaus. Seine Haut war von unzähligen Sitzungen im Solarium samtig gebräunt, seine Augen von unergründlichem, mattem Grün. Jede Krankenkasse auf der Suche nach einem archetypisch gesunden Fotomodell für Werbeanzeigen hätte ihn mit Kusshand engagiert.

Bei den Frauen hatte Schmaull seit seiner Studienzeit ebenfalls einen gewaltigen Stein im Brett – privat wie auf der Arbeit. Derzeit vergnügte er sich in seiner spärlichen Freizeit mit einer Krankenschwester aus der Radiologie. Mendy Moroda hieß sie, eine zweiundzwanzigjährige Brünette aus Chemnitz, mit Tüten wie aus einem primitiven Pennälertraum und einem Dialekt, der einem die Fußnägel hochklappen ließ. Glücklicherweise kam das Mädchen in der Zeit, die sie zusammen verbrachten, nicht viel zum Reden.

Auch heute würde der schöne Roger ihrem erstaunlich großen Mund eine Aufgabe zuteilen, die ihn vor unerotischen Verbaläußerungen bewahren würde. Er grinste breit und legte zwei Reihen fachkundig gebleachter Zähne frei, während er über die leeren Flure ihrem Treffpunkt entgegenschritt.

Über die Jahre hatte Schmaull ein halbes Dutzend Räumlichkeiten aufgestöbert, die sich während langer, ereignisloser Nachtschichten unkompliziert für entspannende Aktivitäten zweckentfremden ließen. Bei den meisten handelte es sich um Magazine oder ungenutzte Laborräume, und sie lagen über das ganze Klinikgelände verteilt. Letzteres minimierte die Gefahr unangenehmer Zwischenfälle, falls man zwei oder mehr Techtelmechtel parallel am Laufen hatte – was bei Roger Schmaull nicht selten der Fall war.

Heute musste er jedoch nicht weit laufen. Er hatte Mendy, die ebenfalls Nachtschicht schob, in einen Lagerraum für Putzmittel im Stockwerk direkt oberhalb der Notfallanlieferung bestellt. Käme wider Erwarten ein Rettungswagen rein, würde sein Piepser losgehen, und er wäre im Handumdrehen die Treppe hinunter. Ein perfekter Plan, mit Netz und doppeltem Boden, wie Schmaull es liebte. Mit einem zufriedenen Nicken zog er ein Rachendeo aus der Brusttasche seines Kittels und schoss sich zwei Sprühstöße pfefferminzige Frische in den Schlund. Er konnte die weichen Lippen des Ossi-Mädchens schon förmlich spüren.

Die Doppelschicht in der Notaufnahme war bisher wirklich ruhig verlaufen, Schmaull konnte sich nicht beschweren:

eine Platzwunde am Kopf (Mann, 46, beim Nageleinschlagen zu weit ausgeholt), eine Vergiftung (Mädchen, 3, Domestosflasche mit Capri-Sonne verwechselt), ein gebrochenes Handgelenk (Fettsack, 39, besoffen im Weinberg auf die Schnauze gefallen); nichts Besonderes eben.

Als er im Geiste die Fälle des Tages noch einmal durchging, blieb er ungewollt bei dem Typ mit der gebrochenen Hand hängen. Er war Polizist gewesen, soweit Schmaull es verstanden hatte, und bei ihm war ein zweiter Bulle gewesen, ein kleiner, geleckter, der sich aufgeführt hatte, als gehörte die ganze Klinik ihm allein. Telefoniert hatte der impertinente Wichser die ganze Zeit, trotz Schmaulls striktem Verbot. Als der Fette endlich versorgt war – Schmaull hatte etwas von seinem Munddeo auf der Oberlippe verreiben müssen, da der Patient nach Alkohol stank wie ein Schwein –, hatten die beiden ihn mit einer Salve dummer Sprüche bedacht und waren verschwunden. Unwillkürlich spürte Schmaull den Ärger erneut in sich hochkochen, und nur ein rascher Gedanke an einen gewissen Putzmittelraum im ersten Stock ließ die Woge wieder abebben. Nur noch die Treppe am Ende des Flurs hinauf, und alles Schlechte des Tages wäre im wahrsten Sinne wie weggeblasen ...

Als er an der Tür zur Patientenanlieferung vorbeikam, verlangsamte sich sein Schritt. Aus Gewohnheit, und weil er Pflichtvergessenheit bei anderen so wenig tolerierte, wie sie ihm selber Vergnügen bereitete, öffnete er die Tür und warf einen raschen Blick hindurch. Was er sah, ließ seine penibel gezupften Augenbrauen ärgerlich zusammenrücken: Das breite Rolltor am entgegengesetzten Ende des großen Raums, das nach draußen auf die betonierte Zufahrt führte, stand offen! Schmaull konnte von seinem Standort direkt in die mondhelle Nacht hinaussehen, in der auf dem Parkplatz vor dem Haupteingang sein 3er Cabrio parkte.

»Welche dumme Sau ...«, entfuhr es ihm, während er durch die Tür trat und suchenden Blickes die Halle durchquerte.

Es war niemand zu sehen.

Offenbar hatte irgendein Assistenzler oder Zivildienstleistender bei der Abfahrt des letzten Rettungswagens vergessen, das Tor zu schließen. Schmaull schüttelte den Kopf und schritt seufzend zum Kontrollpaneel für das Tor. Je später die Nacht, desto hirnloser das Personal! Bestimmt war der neue Rettungsfahrer verantwortlich, so ein Kleiner, Fetter, mit Pferdeschwanz und Ziegenbärtchen – einer von diesen Typen, die zu viel am Computer saßen und zu viel onanierten. »Warte nur, Bürschchen«, murmelte Schmaull, während er auf den Knopf mit der Aufschrift *Down* drückte. »Dich kauf ich mir noch ...«

Der Tormechanismus erwachte mit einem quietschenden Geräusch zum Leben. Fast augenblicklich wurde der Laut von einem zweiten, wesentlich lauteren Quietschen beantwortet – dem ohrenbetäubenden Kreischen geschundener Reifen, die in der Finsternis jenseits des Tors über trockenen Asphalt radierten.

Sekundenbruchteile später schwenkten zwei grelle Lichtlanzen um die Kurve und strahlten direkt in die Notaufnahme hinein. Ein großvolumiger Motor grollte urzeitlich, wurde lauter. Schmaull kniff die Augen zusammen und versuchte vergeblich, irgendetwas zu erkennen. Offenbar raste ein Fahrzeug mit beträchtlicher Geschwindigkeit auf die Toröffnung zu. Seltsam distanziert wunderte sich Schmaull darüber, dass er weder ein Blaulicht sah noch ein Martinshorn hörte. Auch die hausinterne Notfallsirene, die das Nahen einer Ambulanz ankündigte, war nicht erklungen ...

Stakkatohaftes Hupen dröhnte durch die Nacht. Schmaulls akkurat gestutzte Nackenhärchen stellten sich auf, als ihm bewusst wurde, dass er in gefährlicher Nähe der Toröffnung stand, den Finger nach wie vor auf dem Schließknopf. Aber das Rolltor war bereits halb heruntergelassen – der Wahnsinnige würde mit seinem Wagen nie und nimmer hindurchkommen! Ruckartig ließ der Arzt los und katapultierte sich mit einem mächtigen Satz zur Seite, wo er unsanft in einer Gruppe roter Kunststoffstühle zu Boden ging.

Nur einen Wimpernschlag später schoss ein flaches, dunkelblaues Honda-Coupé haarscharf unter der stählernen Kante des Rolltors hindurch ins Innere der Halle. Ein schriller Laut zerschnitt die Luft, als die Reifen des Fahrzeugs schwarze Streifen auf den Betonboden malten. Einen halben Meter vor einem Rollwagen mit aberwitzig teurer medizinischer Erstversorgungstechnik kam das Gefährt zum Stehen.

Schmaull kroch zwischen den umgestürzten Plastikstühlen hervor und näherte sich dem Privatfahrzeug hoch erhobenen Hauptes. Wer immer für diesen schlechten Scherz verantwortlich war, er würde sich in Kürze wünschen, er wäre nie geboren worden!

Die Fahrertür des Coupés flog auf, und einem Kastenteufel gleich sprang ein kleiner blonder Mann heraus. Schmaull stellte verdutzt fest, dass er sein Gesicht irgendwo schon einmal gesehen hatte. Er zögerte. Was hatte das zu bedeuten?

Schmaull fluchte laut und hässlich. Im Kopf legte er sich die ersten Sätze der verbalen Kanonade zurecht, mit der er diesen Irren zur Sau machen würde.

Der Fremde war unterdessen um den Wagen herumgeeilt, hatte die Beifahrertür aufgerissen und eine weitere Person ins Freie gezerrt. Der zweite Mann, ein schwergewichtiger Riese in einem grünen Lodenmantel, schien sich nur mühsam auf den Beinen halten zu können. Als er schwankend den rechten Arm um die Schulter des Blonden legte, erkannte Schmaull einen Gipsverband, den er selbst an diesem Morgen angefertigt hatte. Schlagartig wusste er, wen er vor sich hatte.

Es waren der Fette und der Impertinente!

Passfeller war klar, dass jede Sekunde zählte. Er ließ der sonnenbankgegerbten Arztschwuchtel keine Zeit, sich vor ihm aufzubauen und seine Mister-Wichtig-Show abzuziehen. Stattdessen zückte er wortlos ein Stück Papier mit auffallend amtlich wirkenden Stempeln und zog *seine* Mister-Wichtig-Show ab.

Es handelte sich um dasselbe Schriftstück, das Passfeller bereits bei seinem Zusammentreffen mit Oberkommissar Bienek zum Einsatz gebracht hatte. Nach Passfellers Rechnung würde es nicht viel länger als eine Minute dauern, bis der Mediziner begriff, dass er wie jede Zivilperson, jeder Staatsbeamte oder Militär zur rückhaltlosen Kooperation verpflichtet war und die Repressalien andernfalls das Strafmaß des schlimmsten denkbaren ärztlichen Kunstfehlers bei Weitem in den Schatten stellen würden.

Er hatte gut geschätzt: Doktor Schmaull brauchte knapp vierzig Sekunden, um den Schrieb zu lesen. Noch einmal eine knappe halbe Minute dauerte es, bis er den Inhalt verstanden und seinen ungläubig nach Luft schnappenden Mund mit den unnatürlich weißen Zähnen wieder geschlossen hatte.

Dann spurte er.

Augenblicke später wimmelte die Schleuse von Notfallpersonal. Grosch wurde auf einer Trage in die Eingeweide der Klinik davongerollt, wo er Passfellers Anweisung gemäß untersucht werden würde. Eine Schwester brachte Passfeller zu einem kleinen Wartezimmer auf dem Flur der Notaufnahme, wo er auf die Ergebnisse warten konnte. Erschöpft ließ er sich auf einen quietschenden Plastikstuhl fallen und begrub das Gesicht in seinen Händen.

Der Schreck saß ihm noch immer in allen Knochen.

Man konnte von Glück reden, dass sich eine halbe Stunde zuvor auf dem Flur der Pension keine Tragödie zugetragen hatte! Passfeller mochte gar nicht daran denken, was hätte geschehen können, wenn er seine Waffe noch bei sich gehabt hätte.

Aus Reflex hatte er beim Zurückweichen auf den Lichtschalter eingeschlagen, und die aufblitzende Neonröhre hatte in Sekundenbruchteilen eine grässliche Verwechslung aufgedeckt, gleichzeitig jedoch ein neues Mysterium in kaltem Glanz beleuchtet:

In der Toilettentür am Ende des Flurs stand keineswegs eine albtraumhafte, animalische Kreatur – sondern Grosch, Haare und Bart zerzaust, Mantel und Schuhe besudelt mit Matsch und Erde. Am verstörendsten war jedoch jener ganz bestimmte Umstand, der Passfeller im Halbdunkel über alle Maßen erschreckt hatte.

Groschs Augen reflektierten Licht wie die einer Katze!

Und damit war die verstörende Situation noch längst nicht vorüber. Es stellte sich nämlich rasch heraus, dass Grosch nicht Herr seiner Sinne war. Auf Anrede reagierte er mit unverständlichem Brummen, und nur mühsam gelang es Passfeller, seinen orientierungslos umhertaumelnden Freund ins Zimmer zu bugsieren, wo er krachend aufs Bett stürzte und sich für endlose bange Minuten nicht mehr bewegte.

»Pass?«, drang es schließlich heiser aus dem dicken Kopfkissen. »Pass, ich ... ich fühle mich etwas unwohl.«

Weitere Minuten verstrichen, bis Grosch, von Passfeller mit einem Glas Leitungswasser und einem kalten Tuch für die Stirn versorgt, einigermaßen bei sich war. Verwirrt blinzelnd richtete er sich im Bett auf und starrte abwechselnd Passfeller, das Glas in seiner Hand und seine schlammverkrusteten Schuhe an.

»Wie ... wie komme ich hierher, Pass?«, erkundigte er sich unsicher. »Ich ... ich wollte doch spazieren gehen ...« Seine Stimme kippte, und er trank einen Schluck Wasser. »Was ... was ist mit meiner Stimme, Pass? Meine Kehle fühlt sich an, als hätte ich mir auf Schalke neunzig Minuten die Stimmbänder rausgebrüllt.«

»Kein Wunder«, entgegnete Passfeller kopfschüttelnd. »Laut Aussage einiger Passanten hast du lauter und ausdauernder gegurgelt und geblubbert als eine verstopfte Kläranlage. Du hast ein unschuldiges Ehepaar fast zu Tode ...« Er verstummte abrupt.

Im schwachen Licht der kleinen Nachttischlampe war es deutlich zu erkennen: Der reflektierende Glanz, das unmenschliche Spiegeln in Groschs Augen, ließ von Minute zu

Minute nach! Blitzartig dämmerte Passfeller, dass er sofort etwas unternehmen musste, wenn er die Ursache des Phänomens ergründen wollte.

Seinen geschwächten Freund um Verzeihung bittend, zerrte er Grosch kurzerhand in den Wagen und bretterte zum zweiten Mal innerhalb von vierundzwanzig Stunden über die nächtlich stillen Straßen Richtung Neustadt.

Während der Fahrt nahm der Glanz in Groschs Augen immer mehr ab, sein Verstand wurde zunehmend klarer. Kopfschüttelnd gestand er, dass er sich an die vergangenen Stunden beim besten Willen nicht mehr erinnern könne. Passfeller hoffte, dass die Mediziner in Neustadt herausfinden würden, was mit Grosch geschehen war – und dass diese Erkenntnis möglicherweise verstehen half, wieso sein Kollege mitten in der Nacht halb besinnungslos, mit leuchtenden Augen und gurgelnd wie ein verstopfter Siel, durch Kottler gewankt war.

Nach einer guten Stunde, vielleicht mehr, öffnete sich knarrend die Tür des Wartezimmers. Passfeller schrak aus dem unruhigen Schlummer hoch, in den er gefallen war, und sprang von seinem Stuhl auf.

Vor ihm stand Doktor Schmaull, sonnengebräunt, breitbeinig wie ein Karatekämpfer, ein Bündel Papiere in der Hand.

»Ihre Ergebnisse, Herr Sonderkommissar«, sagte er unfreundlich, wobei er das Wort »Sonderkommissar« betonte, als wäre es eine Beleidigung. »Wie gewünscht haben wir Herrn Grosch verschiedenen Untersuchungen unterzogen«, verkündete er und schloss mit einem lauten Knall die Tür hinter sich. Während er mit gerunzelter Stirn in den Unterlagen blätterte, war Passfeller sich plötzlich ganz sicher, dass der Arzt während der Laboranalysen diverse Telefonate mit höheren und ganz hohen Stellen geführt hatte. Er sah nicht aus wie ein Mann, der leicht aufgab. Seine anhaltende schlechte Laune deutete allerdings darauf hin, dass die höheren und ganz hohen Stellen ihm hinsichtlich der Befugnisse der SK 66 genau das gesagt hatten, was er am wenigsten hatte hören wollen.

Passfeller lächelte und hob aufmunternd die Brauen.

»Um es kurz zu machen«, begann Schmaull und sah genervt auf seine pompöse Taucheruhr. »Herrn Groschs Körperwerte sind alle im grünen Bereich: Kreislauf ohne Befund, Doppler-Sonographie ohne Auffälligkeiten, kardiovaskuläres Profil normal, Lungenfunktion normal. Blutwerte okay, adrenaler Index okay, Cholesterin und Blutfett leicht erhöht, aber das offenbar nicht erst seit heute.«

»Alles Normale ist irrelevant«, unterbrach ihn Passfeller gereizt. »Was haben Sie sonst gefunden? Es muss irgendwelche Unregelmäßigkeiten geben! Immerhin ist Tillmann ...«

»*Unregelmäßigkeiten* trifft es ganz gut«, bestätigte Schmaull und sah ihn merkwürdig an.

»Ach?«

»Wie gewünscht wurde auch eine radiologische Untersuchung durchgeführt.« Er zögerte übertrieben, um zu sehen, ob Passfeller ihm folgen konnte. »Das heißt, wir haben Herrn Grosch *geröntgt*.«

»Halten Sie mich für blöde?«

»Natürlich nicht.« Schmaull versenkte seine braungebrannte Nase in die Unterlagen, so dass seine Gesichtsmimik verdeckt wurde. »Bei der Ganzkörperaufnahme wurde etwas Ungewöhnliches sichtbar: Sie zeigte eine anomal deutliche Darstellung von Blutgefäßen und Organen – fast so, als wäre Herrn Grosch ein intravenöses Kontrastmittel verabreicht worden, wie es beispielsweise in der Szintigraphie üblich ist.« Er sah erneut auf und schenkte Passfeller ein mokantes Grinsen. »Wie Sie selbstverständlich wissen, werden bei solchen Durchleuchtungsverfahren Radiopharmaka verwendet.«

Passfellers Augen verengten sich ungläubig. »Radiopharmaka?«

Schmaull nickte zufrieden in der Annahme, sein Gegenüber verwirrt zu haben. »Technetium ist beispielsweise recht gängig.«

»Sie meinen *radioaktive Stoffe?*«, vergewisserte sich Passfeller. Eine Gänsehaut kroch seinen Nacken entlang. Vor seinem geistigen Auge erschien der Tscheche mit dem verstörten Blick und starrte ihn aus riesigen Katzenaugen an.

»Äh, ja. So ist es«, bestätigte Doktor Schmaull etwas enttäuscht. »Wir haben daraufhin Blut- und Urinproben von Herrn Grosch durch einen unserer Nuklearmediziner einer radiologischen Analyse unterziehen lassen.« Seine Haltung straffte sich, um seinen folgenden Worten mehr Gewicht zu verleihen. »Die Messung ergab, dass der normale, durch alltägliche radioaktive Exposition bedingte Strahlungswert in Herrn Groschs Körper um etwa vierzig Millisievert erhöht war. Zum Vergleich«, fügte er nach einem weiteren ungeduldigen Blick auf seine Uhr hinzu, »die typische Strahlendosis einer Computertomographie des Bauchraums, einer Untersuchung mit relativ hoher Strahlendosis also, liegt bei zehn bis zwanzig Millisievert.«

Passfellers schüttelte verwirrt den Kopf. »Und was bedeutet das? Tillmann ... er wird doch keine ernstlichen Schäden davontragen, oder?«

Doktor Schmaull schüttelte gelangweilt den Kopf. »Nein. Ein solches Strahlungsquantum ist nicht akut gesundheitsgefährdend. Zudem zeichnete sich während der Untersuchung ab, dass der Abbau überproportional schnell vonstatten geht. Ich schätze, bis morgen Mittag wird nichts mehr davon messbar sein. Und aufgrund dieses irregulären Schwunds werden höchstwahrscheinlich nicht einmal seine Nieren in Mitleidenschaft gezogen werden, wie es üblicherweise der Fall ist, wenn sich der menschliche Organismus gegen die zellschädigende Wirkung ionisierender Strahlung wehrt.« Er ließ seine Papiere sinken und machte einen Schritt in Richtung Tür. »Sie sollten allerdings klären, wie und wo Herr Grosch in Kontakt mit radioaktiven Isotopen gekommen ist, um Ähnliches für die Zukunft zu vermeiden.«

»Leicht gesagt«, murmelte Passfeller und kratzte sich am Hinterkopf. »Sagen Sie, Doktor – was glauben Sie, wie es zu seiner, äh ... Verstrahlung gekommen sein könnte?«

Schmaull senkte nachsichtig den Kopf wie ein Lehrer, dem ein sehr dummer Schüler eine sehr dumme Frage gestellt hat. »Herr Passfeller«, hob er an und legte eine Hand auf die Türklinke. »Die Erhöhung des Strahlungswerts war gering. Sie muss relativ kurzfristig im Verlauf des heutigen Tages entstanden sein, denn bei unserer Röntgenaufnahme von heute Morgen waren keinerlei Auffälligkeiten festzustellen. All dies legt die Vermutung nahe, dass Herr Grosch nicht über einen längeren Zeitraum konkreter radioaktiver Strahlung ausgesetzt war, sondern ihm eher verstrahlte Materie in geringer Quantität zugeführt worden sein dürfte. Über die Atemwege, den Blutkreislauf oder aber oral.« Er öffnete die Tür und trat auf den kalten, hellen Flur hinaus. Ein letztes Mal wandte er Passfeller sein ebenmäßiges, braunes Gesicht zu. »Die Rechnung für unsere unter Notfallpriorität durchgeführten Untersuchungen geht dann wohl direkt ans BKA? Herrn Groschs Krankenkasse wird sie jedenfalls mit Sicherheit nicht übernehmen.«

»So? Der Herr Doktor denkt also, ich hätte ein Kernkraftwerk gefressen? Hält mich für ein verfressenes Schwein, der Herr Doktor, was? Mich, den Künstler. Den Poet!« Groschs Stimme, wiewohl immer noch etwas heiser, klang entrüstet. Wütend ballte er seine gesunde Hand und drosch auf die mit Kunstleder bespannte Armlehne neben sich ein. Etwas machte *sproinggg*, dann schoss am vorderen Ende der Lehne ein gefülltes Pistolenmagazin heraus und krachte scheppernd gegen den CD-Spieler. Die leise Jazzmusik, die seit ihrer Abfahrt aus Neustadt durch den Innenraum des Legend wehte, verstummte abrupt.

»Ich wäre dir dankbar, wenn du mein Auto heil lassen könntest, du Grobmotoriker!«, erklärte Passfeller ärgerlich. »Darüber hinaus – *ja*, Doktor Schmaull meinte, du könntest den Auslöser für deine Verstrahlung und die eigentümliche Veränderung deiner Augen über die Nahrung zu dir genommen haben.«

Beleidigt schob Grosch die Hand in die Manteltasche. »Pardon«, murmelte er und betrachtete wortlos die finstere Landschaft, die draußen vorbeiglitt. »Es schafft mich halt, dass ich mich an nichts erinnern kann.«

Passfeller nickte diplomatisch. »Ich fasse zusammen: Du bist von der Pension aufgebrochen, um spazieren zu gehen. Du hast die Ortschaft durchquert und dich in Richtung der Weinberge gehalten. Richtig?«

»Richtig.«

»Ob du je dort angekommen bist, wohin du sonst gegangen sein könntest, ob du jemanden getroffen oder was du in den Stunden bis zu deiner Rückkehr in die Pension getrieben hast, daran hast du keinerlei Erinnerung mehr?«

»Auch richtig.« Grosch zog die Hand wieder aus der Tasche, sein Diktiergerät zwischen den Fingern, wobei mehrere Einwickelpapierchen von Schokoriegeln zu Boden fielen. Gedankenverloren begann er, mit dem Rekorder herumzuspielen. »Es ist alles wie ... wie *weggewischt*, Pass. Ich sehe mich fröhlich loslatschen, ein Schriftsteller auf der Suche nach Inspiration ...«

»Ein Bulle auf der Suche nach Wahrheit?«, warf Passfeller ein.

»Meinetwegen. Das Nächste, an das ich mich erinnere, ist jedenfalls, dass ich in der Pension im Bett liege und du mir einen kalten Lappen auf die Stirn drückst. Dazwischen ist *nichts!*«

»Das würde das Ehepaar Schnalzer *so* vermutlich nicht unterschreiben«, widersprach Passfeller kopfschüttelnd und bremste kaum merklich ab, als sie nach Rhodt einfuhren, den Ort, wohin die Familien Schnorrpfeil und Schwinn zum Gottesdienst gingen. »Hmm. Was immer deine Augen zum Leuchten und dich dazu gebracht hat, grunzend durch die Gegend zu wanken ... wir müssen davon ausgehen, dass genau dasselbe auch passiert ist, bevor diese beiden Jungs, Bert Hempel und wir unsere Begegnungen mit dem Rebenwolf hatten.«

Grosch wandte ihm entrüstet das Gesicht zu. »Aber Pass, das Ding, das *uns* verfolgt hat, war doch kein Mensch! Es hatte vier Beine und verdammt spitze Zähne und ...«

»Es war ein Hund«, unterbrach Passfeller knapp. »Was uns immerhin verrät, dass das, was dich verändert hat, ebenso gut auch Tieren zustoßen kann.«

Sie schwiegen eine Weile. Grübelnd drehte und wendete Grosch mit der gesunden Hand das Diktiergerät hin und her, während Passfeller den Wagen durch den kleinen Ort Weyher und schließlich über die Anhöhe lenkte, hinter der Kottler lag – und mit ihm ein Geheimnis, von dessen Lösung sie sich nie weiter entfernt gefühlt hatten als jetzt. Auf der Hauptstraße vor der Pension hielt er an, stellte den Motor ab und sah auf die Uhr. Es war fast vier Uhr früh. Er gähnte ausgiebig.

Als er den Mund schloss und die Augen wieder öffnete, hörte er Grosch neben sich murmeln: »Was ist denn *das* eigentlich für eine Sauerei? Kackmist. Mein schönes Diktiergerät ...«

Passfeller wandte müde den Kopf und sah, dass Grosch an etwas herumfummelte, das sich in den Tiefen seiner Manteltasche zwischen den Knöpfen des kleinen Kassettenrekorders verfangen hatte. Als er es schließlich unter Zuhilfenahme seiner eingegipsten Hand entfernt hatte und in die Höhe hob, kniff Passfeller verwirrt die Augen zusammen.

»Was zum Henker ist *das?*«

»Nun. Ich würde sagen, es sieht wie ein abgefressener Traubenstängel aus«, dozierte Grosch mit gespieltem wissenschaftlichem Ernst. »Vielleicht von einem Bündel vollmundiger Grauburgundertrauben ... sechsjähriger Weinstock, Westhang – wenngleich das schwer zu bestimmen ist, da ja keine Trauben mehr dran ...«

»Halt mal die Luft an«, unterbrach ihn Passfeller. »Wie kommt ein *Traubenstängel* in deine Manteltasche, Tillmann?«

Einen Augenblick herrschte Schweigen.

Frank Passfeller sah Tillmann Grosch an.

Tillmann Grosch sah Frank Passfeller an.

Dann sagte Grosch langsam: »Ich war also *tatsächlich* im Weinberg spazieren. Wie ich es geplant hatte.«

»Und dabei hast du Trauben gepflückt und gegessen«, fuhr Passfeller fort. »Und die Reste«, er deutete auf den Stängel, »hast du eingesteckt, wie du gewöhnlich sämtlichen Abfall mit dir rumschleppst!«

Grosch schloss konzentriert die Augen. »Pass! Eine Erinnerung ... glaube ich zumindest. Ich sehe eine tief stehende, rotgoldene Sonne über grünem Wein ...«

»Die Abenddämmerung«, bestätigte Passfeller aufgeregt. »Du warst im Wingert unterwegs, als die Sonne unterging. Weiter! Versuch, dich zu erinnern! Wo *genau* warst du?«

»Ein schönes Bild, Pass«, murmelte Grosch, immer noch mit geschlossenen Augen. »Poetisch. Könnte man was draus machen. Literarisch, meine ich ... rote Sonne über grünem Wein ... sollte man notieren ...« Er öffnete die Augen und schüttelte entschuldigend den Kopf. »Ich hab keine Ahnung, wo es war«, sagte er dann. »Ein Wingert voller Trauben halt. Rote Trauben, glaube ich. Sonst ist nichts mehr da. Ich wünschte wirklich, ich hätte mir Notizen für meinen Roman gemacht ...«

Die Blicke der Sonderkommissare trafen sich. Dann senkten sie sich und fixierten gleichzeitig das Diktiergerät, das noch immer in Groschs mächtiger Pranke lag.

Wortlos spulte Grosch das Band zurück und drückte auf Wiedergabe.

Rauschen. Keuchen.

»Ziemlich schöne Landschaft ...«

Knacken.

»Grüne Pracht, die verführerisch über die Hügel fließt. Reifender Wein – eine schöne Vorstellung. Dass ein feines Getränk *wächst*, herangezüchtet werden muss, mit viel Liebe gehegt und gepflegt wird, bis sich der lukullische Genuss in seiner ganzen Macht entfalten kann. Außerhalb der hässlichen Ortschaft mit ihren hässlichen Bewohnern ist das eine echt schöne Gegend. Kottler ist wie eine Warze auf makelloser, samtener Haut.

Hey, der *Entstellte vom Doktorberg* könnte doch Winzer sein! Ein Connaisseur. Ja, genau: Der *Entstellte vom Doktorberg* ist Hedonist. Das verbindet ihn mit dem Hauptkommissar.

Beide sind Hedonisten, beide leben in riesigen Landhäusern, schätzen einen edlen Tropfen, alte Bücher und gutes Essen. Das bringt den Kommissar schließlich auf die Spur des *Entstellten vom Doktorberg*.«

Lautes Knacken. Längere Pause. Schlurfen von Schuhsohlen über Kies oder Erde.

»Die Realität ist seltsamer als die Fiktion.«

Knacken. Rauschen.

»Kann es schaden, das eine oder andere Träubchen zu kosten? Nein! Vertrauen auf zukünftige Genüsse ist gut, Qualitätskontrolle durch den geschulten Gaumen des Profis dennoch unabdingbar.«

Mehrmaliges Knacken, Blätterrascheln. Schmatzen, wollüstiges Stöhnen.

»Um Himmels willen – es ist eine Schande, dass man Geschmack nicht auf Tonband festhalten kann. Was ich eben genossen habe, ist Köstlichkeit in Reinkultur.«

Knacken, Schnaufen.

»Mann, ich habe ein halbes Kilo Trauben verputzt. So was Herrliches habe ich selten gegessen. Muss Pass unbedingt ein paar Pfund mitbringen, das wird ein Fest!«

Knacken. Knirschende Schritte.

»Verflucht, die Sonne ist ja schon weg! Tillmann, du verfressenes Schwein! Der Mond zieht auf, die Reben werfen gespenstische Schatten – und du latschst immer noch hier herum. Verdammt noch mal Zeit, zurück zur Pension zu latschen!«

Knirschende Schritte (hastig).

»Hmm. Ein Stück hangabwärts, wo die Weinstöcke an den Dorfrand stoßen, ist ein Gehöft oder so zu sehen. Nicht groß, aber deutlich moderner als die ollen Kästen ringsum, zumindest aus der Ferne. Könnte Ittenbachs komisches Weinlabor sein. Hat er nicht gesagt, dass sich sein Wingert hier irgendwo befindet, östlich von Hempels? Oder hab ich das geträumt? Doch, ich glaube schon. Ittenbachs Wingert. Ittenbachs Trauben ... Ich fürchte, mein Magen wird's mir nicht danken, dieses ungewaschene Zeug. Trauben werden doch gespritzt, oder?

Da vorne steht eins von diesen dreibeinigen Schussgeräten am Rand des Weges. Ob diese Dinger auch nachts ballern? Wie heißen die noch mal? Hempel hat's doch erzählt. Hmm ...«

Pause. Rauschen.

»Was wäre wohl, wenn sich so ein Dreibeiner plötzlich aus seiner Verankerung reißt und hinter mir hermarschiert? Wäre er schneller als ich? Oder du? Oder wer? Und was, wenn er mich … einholt … dann … renne … niemals … schneller … als … deine … Beute …«

Schweres Keuchen. Langsamere Schritte.

»Oh Mann, das war ein wenig zu viel Genuss für einen Abend. Mir wird etwas unwohl, aber das gibt sich sicherlich gleich wieder.«

Knacken. Rauschen. Sehr schweres Keuchen. Röcheln.

»Es gibt sich *nicht* gleich wieder, es wird immer schlimmer! Was passiert hier? Irgendwas stimmt nicht … Scheiße … ich sehe. Ich sehe. Ich *kann* sehen. Ich sehe.«

Pause. Rauschen. Stöhnen. Geräusche wie von aufziehendem Wind.

»Etwas nimmt mich … ich … ich verliere mich … mir juckt das Fell … was meinen … die Dreibeiner … Dreibeiner hinter mir, etwas … etwas ist anders, als es anderswo anders sein könnte … Herzrasen … ganz komisch …«

Röchelnder Schrei.

»Sonderkommissar … SK 66 … ich bin … ich bin Tillmann Grosch … Grosch … Grosch … Grosch … Grosch … Grosch! GroschGroschGroschGrosch … ich … ich bin ich … i-«

Röcheln, Gurgeln. Stöhnen.

»Ich … b-bin …«

Knacken. Ende des Bandes.

Kapitel 13

Zwischen den Zeilen III

Kottler (Pfalz), 19. auf den 20. September 2003

Nicht so schnell, Pass! Ich komm nicht mit! Ich bin immer noch angeschlagen, vergiss das nicht. Knochenbrüche, radioaktive Verseuchung ... so was haut den stärksten Schriftsteller um!«

Für einen unbeteiligten Beobachter hätten die beiden Männer, die um kurz nach vier im Licht des fast vollen Mondes die Hauptstraße von Kottler entlanghetzten, fraglos ein seltsames Bild abgegeben: der erste klein, hektisch, mit wehendem Haar, in einer Hand einen großen Plastikeimer, in der anderen einen flatternden Bogen zerknittertes Papier; der zweite riesengroß und dick, schwankend wie ein Schiff auf rauer See.

Doch außer Grosch und Passfeller befand sich niemand auf der Straße, nicht einmal eine streunende Katze. Und wenn doch, wäre es ihnen egal gewesen.

»Pass?«, keuchte Grosch erneut atemlos. »Pass, nun mach doch mal langsam. Erstens laufen uns die verdammten Trauben nicht weg, wenn du gestattest. Und zweitens wissen wir doch gar nicht, wie wir zum Weinberg von Dirk Ittenbach kommen!« Er hob im Laufen den rechten Arm, um sich mit dem Handgelenk den Schweiß von der Stirn zu wischen. Zu spät erinnerte er sich, dass die betreffende Hand dick in Gips steckte, und schlug sich den Verband wuchtig vor die Stirn. »Kackmist! Hey, Pass, falls du's vergessen hast: Ich weiß nicht mehr, welchen Weg ich eingeschlagen habe, als ich ...«

Ein Stück vor ihm verlangsamte Passfeller seinen Lauf und wandte den Kopf. »Kein Problem«, rief er und schwenkte das vergilbte Papier, das er bei ihrem überstürzten Aufbruch im

Flur ihrer Unterkunft von der Wand gerissen hatte. »Ich weiß, wohin wir müssen.«

Es handelte sich um eine Wanderkarte in kleinem Maßstab, auf der neben den wenigen asphaltierten Straßen des Dorfes auch umliegende Feldwege eingetragen waren. Zusätzlich hatten Herr oder Frau Eberbach mit schmierigem Kugelschreiber weite Teile der um das Dorf gelegenen braunen Fläche schraffiert. In diese Blöcke standen Namen gekritzelt: Schnorrpfeil, Hempel, Becker, Schwinn ...

»Da steht, welches Ittenbachs Wingert ist?« Groschs Atem pfiff zwischen seinen Worten wie das Druckventil eines Dampfkochtopfs.

Passfeller schüttelte den Kopf. Er wartete, bis sein Kollege zu ihm aufgeschlossen hatte. Dann hielt er Grosch die Karte hin, die im Schein des Mondes sowie der altersschwachen Straßenlaternen gerade so zu erkennen war. Er wies auf einen kleinen, gerahmten Bereich am östlichen Rand der Ortschaft. »Die Kunst logischer *Reduktion*, wie unser Freund Bienek sagen würde«, erklärte er grinsend. »Siehst du? Hempels Grund liegt nördlich des Dorfes. Das wissen wir, wir waren selbst schon dort ...«

»Außerdem steht's da geschrieben!«

»Richtig. Quasi der ganze Bereich westlich des Dorfes gehört Ottkar Schnorrpfeil ...«

»... der jetzt im Knast nicht mehr allzu viel Freude daran haben dürfte.«

»Südlich von Kottler liegt ein schmaler Streifen, der Heinz-Hermann Schwinn gehört, ansonsten überwiegend Wald«, überging Passfeller den Einwurf. »Bliebe im Osten diese schmale Parzelle hier, höchstens zwei oder drei Hektar groß.«

»Aber da steht doch ›Becker‹ drin.«

Passfeller zuckte die Achseln. »Dieser Lappen ist uralt. Nach dem, was du berichtet hast, hat Ittenbach die Lage erst vor Kurzem gekauft. Die Flurdekoration der Eberbachs ist eben nicht tagesaktuell.« Er ließ die Karte sinken. »Außerdem hat Ittenbach dir selbst gesagt, dass sein Grund östlich von

Hempels liegt.« Damit eilte er weiter, diesmal allerdings in einem Tempo, das es Grosch ermöglichte, ihm zu folgen.

»Und was willst du machen, wenn du welche von seinen Trauben gesammelt hast?«, erkundigte sich Grosch und wischte sich mit einem karierten Stofftaschentuch von der Größe einer Tischdecke die Stirn ab.

»In Neustadt gibt es haufenweise Weinlabors, einige darunter von internationalem Ruf«, erwiderte Passfeller und schwang ungeduldig den Zwanzig-Liter-Eimer, den er hinter dem Haus der Eberbachs gefunden hatte. »Dort lassen wir dieses Teufelszeug Atom für Atom analysieren. Hinterher wissen wir hoffentlich, was hier für eine perverse Scheiße abgeht.«

»Lass mich raten«, hob Grosch an, der mittlerweile wieder besser Luft bekam. »Du ... *wir* gehen davon aus, dass jemand die Trauben des Ittenbach'schen Wingerts mit irgendwas kontaminiert?«

Passfeller nickte.

»Mit der Folge, dass jeder, der davon kostet – ganz gleich, ob Mensch, Tier oder Schriftsteller – radioaktiv verstrahlt wird. Nicht zu vergessen den optischen Nebeneffekt, dass seine Augen im Dunkeln leuchten ...«

»... sowie den weniger praktischen Aspekt einer mehrstündigen Amnesie«, fügte Passfeller grimmig hinzu.

Grosch kam ins Grübeln. »Das hieße ... das, was Paul und Vinzenz am Sonntagabend im Weinberg gesehen haben – und das, was uns gestern Nacht begegnete –, waren tatsächlich *Hunde*, die von den verseuchten Trauben gefressen hatten?«

Passfeller nickte, marschierte.

»Und Bert Hempel – er begegnete in seinem Wingert lediglich einem Mann, einem nächtlichen Spaziergänger oder so, der im Ittenbach-Wingert Trauben gemampft hatte und daraufhin besinnungslos röchelnd durch die angrenzenden Hänge stolperte?«

»Genau wie du heute Abend«, bestätigte Passfeller freudlos.

Grosch schwieg kurz. Dann hellte sich sein Gesicht auf.

»Damit wissen wir doch schon eine ganze Menge, Pass!« Er klang fast fröhlich bei der Feststellung.

Passfeller blieb abrupt stehen und sah sich mit gerunzelter Stirn um. »Du hast völlig recht«, bestätigte er ironisch. »Blieben eigentlich nur noch ein paar ganz und gar nebensächliche Fragen zu klären. Etwa: *Wer* manipuliert die Ittenbach-Reben? *Wie* geschieht dies? *Warum* tut jemand das? Und, last but not least: Was hat all das mit dem gewaltsamen Ableben von Bettina Schwinn zu tun?«

»Hmm. Hat es *überhaupt* etwas damit zu tun? Wenn du gestattest?«

Passfeller schlug sich mit der Hand vor die Stirn. »Wenn du das ernst meinst, kannst du gleich deinen Hut nehmen und nach Hause fahren. Dann bist du nämlich – entschuldige meine Direktheit, Tillmann – ein Scheißbulle!«

»Ho. Ho-HOO!« Groschs Gesicht verzog sich pathetisch. »Dann lass dir von einem Scheißbullen mal sagen, dass wir uns vielleicht ...«

Passfeller schnitt ihm mit einer raschen Handbewegung das Wort ab.

Sie hatten den Ortsrand erreicht. Die Seitengasse, die zu Bert Hempels Gut führte, lag lange hinter ihnen. Ein Dutzend Meter weiter verkündete das Ortsschild, dass die Landstraße, die sich geradeaus durch finstere Hügel und Senken fräste, nach zweieinhalb Kilometern den Ort Hainfeld erreichen würde. Passfeller peilte auf seine Karte und wandte suchend den Kopf. Dann hob er den Arm und wies auf einen schmalen Pfad, der sich jenseits der letzten Gebäude einen sanft ansteigenden Hang hinauf- und in die düsteren Weinberge schlängelte.

»Da geht's lang«, bestimmte er. Mit einem fragenden Seitenblick auf Grosch fügte er hinzu: »Kommt dir vielleicht irgendwas bekannt vor? Kannst du dich erinnern, dass du hier schon mal ...«

»Kein Stück«, erwiderte Grosch rau. »Außerdem ... bei Nacht ist jeder Wingert schwarz. Ich meine, *ein* verdammter Weinberg sieht doch aus wie der andere, oder?« Er presste

Daumen und Mittelfinger der linken Hand gegen seine Augenlider und atmete mehrmals keuchend ein und aus.

»Tillmann? Alles in Ordnung?« Passfeller, der die Karte weggesteckt hatte, legte seinem Kollegen eine Hand auf den Oberarm. »Vielleicht liegt es ja an diesem anämischen Mondlicht, aber du siehst ziemlich scheiße aus.«

»Danke, Pass. Ein aufbauendes Wort tut immer gut.« Grosch lächelte gequält. »Um ehrlich zu sein, hab ich mich schon mal besser gefühlt. Vor vielen Äonen, als ich noch ohne pulverisierte Knochen und radioaktive Seuche zu Hause glücklich Hörnchen und Glömsche verzehrte und von einer Karriere als Literat träumte.« Seine Brauen zogen sich zusammen. »Wieso müssen wir deine bekackten Proben eigentlich *jetzt* einsammeln? Hätten wir das nicht genauso gut auch morgen ...«

Passfeller seufzte. »Ich hab's dir doch vorhin schon erklärt: Mein Urin rät unmissverständlich zur Eile.«

»Vielleicht solltest du einfach mal aufs Klo gehen?«, schlug Grosch vor.

Passfeller verzichtete auf eine Antwort, zog sein Ledersakko aus und hängte es Grosch über die bandagierte Hand. »Dann bleib du eben hier und warte, bis ich den Eimer voll habe, okay?«

Grosch nickte besänftigt. »Ist mir recht. Weißt du, literarische Recherchen hin oder her, ich hab fürs Erste genug Leichen, Wölfe und vergiftete Trauben gehabt. Ich muss nicht schon wieder zwischen Weinstöcken herumkraxeln.«

Passfeller wandte sich ab und folgte dem Feldweg hangaufwärts zu den ersten Weinstöcken. »Es kann aber ein paar Minuten dauern«, verkündete er mit einem letzten Blick über die Schulter. »Wir wissen schließlich nicht, ob die Kontamination den ganzen Wingert betrifft. Deswegen will ich Proben aus möglichst allen Bereichen haben.«

»Lass dir ruhig Zeit«, murmelte Grosch und ließ sich ächzend auf einem alten, moosbewachsenen Meilenstein am Rand der Straße nieder.

»Falls irgendwas Unerwartetes passiert ... schrei einfach«, verabschiedete sich Passfeller und verschwand zwischen den grünen Mauern.

»Passieren?«, grunzte Grosch und begann, in seinem Mantel nach Zigarillos zu kramen. »Was denn?«

Doch Passfeller hörte ihn nicht mehr.

Grosch schluckte einen großen Klumpen Undefinierbarkeit herunter, der sich in seiner Kehle gebildet hatte. Ein schleimiger Geschmack blieb auf seiner Zunge zurück, als hätte er etwas Verdorbenes gegessen. In den Tiefen seines Magens gluckerte es. Durch seinen Hosenboden spürte er die Kälte des Steins unter sich.

Himmel, mit ihm ging es wirklich bergab! Er hatte versucht, es vor Passfeller zu verheimlichen; Tatsache jedoch war, dass er sich saumäßig fühlte. Unter seinem Gips juckte es wie verrückt, sein marodes Gelenk sendete alle paar Sekunden scharfe Schmerzwellen an sein Gehirn. Noch mehr verunsicherte ihn allerdings sein Inneres. Seine Gedärme waren seit dem Genuss der kontaminierten Trauben nicht mehr die Alten, und Grosch hegte die schlimme Befürchtung, dass das für alle Zeiten so bleiben könnte.

Er dachte an sein gutes altes Notizbuch, das er in der Pension gelassen hatte. Wann würde er wieder in der Lage sein, geniale Einfälle in Schriftsprache zu verewigen? Es war zum Heulen. Er fühlte sich müde und erschöpft.

Er überlegte, ob es möglicherweise an der Zeit war, mal Urlaub zu machen. Sobald diese verdammte Geschichte geklärt war, würde er für eine Woche oder so zu seinem alten Bekannten, dem Satanismusexperten Professor Salvatore Ludovico, nach Frankfurt fahren, um stilvoll mit ihm abzuhängen. Fressen würden sie wie die Schweine, hausgemachte pikante Bohnenburger und pfundweise Lachs und Kaviar in den nobelsten Schuppen der Stadt. Und geschlafen würde nicht weniger als 20 Stunden täglich ...

Die Stille griff von allen Seiten nach ihm wie ein gieriges, körperloses Lebewesen. Nicht zum ersten Mal stellte Grosch fest, wie ungewöhnlich ruhig es bei Nacht in einem Weinberg war. Kein Rascheln, kein ferner Verkehr, überhaupt nichts – kein Hinweis darauf, dass die Welt außerhalb der Reben noch existierte. Es war wie in einem dieser unangenehmen, surrealen Träume.

Grosch war kein Mensch, der sich schnell Angst einjagen ließ. Doch jetzt kam ein Gefühl des Unbehagens über ihn. Er schluckte, betrachtete Passfellers Sakko, das über seinem Gips hing. Es erinnerte ihn an einen Delinquenten am Galgen.

Wenn all dies ein Buch wäre, dachte er nervös, dann begingen die Helden einen mächtig großen Fehler, wenn sie nachts allein in die Weinberge zogen und sich dann auch noch trennten.

Grosch versuchte, über den Gedanken zu schmunzeln, aber es gelang ihm nicht. Er blickte hügelaufwärts, zu den Weinstöcken. Vor seinem geistigen Auge sah er einen dunklen Umriss mit leuchtenden Augen unter einer dichten Blätterwand hindurchkriechen und in weiten Sprüngen auf ihn zuhetzen. Er schüttelte den Kopf, um die Vision zu vertreiben. Seine Beklemmung wuchs.

Grosch schluckte erneut, doch der Kloß in seinem Hals hatte sich wieder gebildet.

»Kackmist«, murmelte er, um eine menschliche Stimme zu vernehmen, und sei es nur die eigene. »Du bist geschafft, Alter. So ein Knochenbruch und nebenbei eine radioaktive Kontamination ... da wird man nervös und ängstlich. Absolut verständlich. Aber was soll schon passieren?«

Die Stille schien sich nochmals zu vertiefen.

Wenn dies ein Roman wäre, dachte er wieder, würde jetzt etwas geschehen, womit der Leser nicht rechnete. Etwas Grässliches würde über die Helden herfallen und der Geschichte eine unerwartete Wendung geben.

Grosch grunzte. »Ich *bin* aber keine verdammte Romanfigur!«, sagte er laut. Er hielt inne, betrachtete wieder Passfellers Sakko. Die Stille hatte seine Stimme verschluckt, wie sie zuvor seinen Kollegen verschluckt hatte.

Wo blieb Passfeller eigentlich? Er hatte nur ein paar Trauben in den verdammten Eimer packen wollen.

Groschs Lippen bewegten sich tonlos, als er aus dem Augenwinkel plötzlich etwas zwischen den Rebzeilen sah. Blitzartig drehte er den Kopf und verengte die Augen.

Ein Stück hügelaufwärts, zwischen den gleichmäßig aufragenden Reben, bewegte sich etwas!

Grosch erinnerte sich daran, Atem zu holen. Tief sog er die Luft in seine Lungen. Sie roch mit einem Mal unnatürlich chemisch, fast giftig.

»Pass?« Er brachte kaum mehr als ein Hauchen zustande. »Pass? Bist du das?«

Es *konnte* nicht Passfeller sein. Er musste sich längst in einen entfernten Bereich des Wingerts vorgearbeitet haben, der von hier nicht mehr zu sehen war.

Ohne die Erlaubnis seines Gehirns abzuwarten, hoben sich Groschs Füße, verließen die Straße und trugen ihn den Feldweg hinauf. Als die Mauern der Pflanzen sich um ihn schlossen, wurde er langsamer. Lautlos schlich er durch den Wein.

Etwas tauchte über den Reben auf, nur wenige Zeilen entfernt. Im ersten Moment glaubte Grosch, es handele sich um einen Kopf. Aber für einen Kopf war das Objekt zu unförmig, zu grobschlächtig – obwohl es eindeutig auf breiten Schultern saß!

Groschs Herzschlag beschleunigte sich.

Ein zweiter unförmiger Schädel tauchte auf.

Etwas raschelte, ein zischendes Geräusch erklang, ein Gurgeln folgte.

Grosch hasste die Angst, die sich in ihm austobte, aber er schaffte es nicht, sie zu bändigen.

Vor ihm, keine zwanzig Meter entfernt und halb verdeckt durch die Reben, ragten insgesamt drei bucklige Gestalten mit merkwürdigen, ambossförmigen Köpfen auf! Zuckend wandten sie sich hin und her, doch Grosch konnte in der Dunkelheit keine Gesichter ausmachen. Etwas Wurmartiges baumelte vorne von den schattenhaften Schädeln herab.

»Kackmist!« Abrupt blieb Grosch stehen. Seine Worte wurden von dem zischenden Geräusch übertönt. »Kackmist, Kackmist, Kackmist … was zum Teufel *ist* das?«

Die Wesen setzten sich in Bewegung und wankten hintereinander durch die Spaliere. Grosch erkannte, dass sie lange, dünne Stangen in den Händen hielten, die nach beiden Seiten über die Weinstöcke ausgestreckt waren. Haltlos baumelnde Auswüchse verbanden die Stäbe mit ihren plumpen Körpern.

Es zischte erneut, als sie etwas von den Blättern und Trauben abzusaugen schienen. Oder sprühten sie etwas darauf? Grosch bildete sich ein, die flirrende Andeutung von etwas Flüssigem im Mondlicht glitzern zu sehen.

Alle paar Schritte steckten die Geschöpfe ihre eckigen Köpfe zusammen, und das Röcheln – eine Art Sprache? – wurde lauter. Nachdem sie sich auf diese Weise ein gutes Stück durch den Weinberg bewegt hatten, drehten sie sich plötzlich um und verschwanden in raschem Tempo hintereinander in der Dunkelheit.

Grosch schluckte erneut heftig, und endlich rutschte der unangenehme Kloß seine Kehle hinab. Einen Moment lang verstopfte er seine Luftröhre, dann löste er sich auf.

Er spürte, dass ihm Schweiß auf der Stirn stand. »Du bist ein verdammter *Bulle*«, flüsterte er. »Reiß dich zusammen!«

Passfellers Sakko über dem Arm, setzte er einen Fuß vor den anderen, folgte den Kreaturen, während seine funktionstüchtige Hand suchend in seine Manteltasche glitt.

Als Passfeller eine knappe halbe Stunde später zur Straße zurückkehrte, den Plastikeimer bis zum Rand mit Trauben gefüllt, merkte er binnen weniger Augenblicke, dass etwas nicht stimmte. Denn ein entscheidender Umstand war trotz Dunkelheit und diesigem Mondlicht kaum zu übersehen: Dort, wo Grosch auf seinem Randstein sitzen sollte, saß kein Grosch.

Die Hauptstraße ins Dorf, die nicht weit entfernt mit ihrem gelblichen Straßenlaternenlicht trügerische Sicherheit verhieß, lag menschenleer. Auch zwischen den Rebzeilen des Wingerts, den Passfeller vom einen zum anderen Ende abgeschritten hatte, rührte sich nichts. Aber wozu hätte Grosch ihm auch folgen sollen, müde und entnervt, wie er war?

»Zum Henker noch mal. *Tillmann!*«, rief Passfeller halblaut und stellte seinen Eimer neben dem krummen Meilenstein ab.

Stille.

Passfeller ballte seine von Traubensaft klebrigen Hände zu Fäusten. Doch sein spontaner Ärger wich rasch Besorgnis. Waren Stress und körperliche Entbehrungen möglicherweise zu viel für den alten Bären geworden? Hatte es Tillmann Grosch umgehauen, und er lag nun irgendwo zwischen den Rebzeilen im Dunkeln? Was, wenn er ärztliche Hilfe brauchte? Rasch umrundete Passfeller den Meilenstein und warf einen prüfenden Blick den Feldweg hinauf.

Nichts.

Mit einem unangenehmen Stich in der Brust wurde ihm bewusst, dass er seinen Freund nicht unbeaufsichtigt hätte zurücklassen dürfen – nicht nach allem, was in den letzten vierundzwanzig Stunden passiert war.

»*Tillmann!* Wo steckst du?«

Im Kopf ging Passfeller mögliche Gründe für Groschs Verschwinden durch: In den Weinberg wäre er kaum freiwillig marschiert. Vielleicht war ihm schlecht geworden, und er war zu ihrer Unterkunft zurückgekehrt? Aber hätte er Passfeller dann nicht über das Handy kurz verständigt? Wahrscheinlich – es sei denn, Groschs Handy lag, wie so oft, ausgeschaltet in seiner Reisetasche im Gästezimmer der Eberbachs.

Passfeller beschloss, dass er gehen und nachsehen musste, wenn er Gewissheit haben wollte. Er bückte sich, um den Eimer aufzunehmen. Da fiel ihm plötzlich aus dem Augenwinkel etwas Sonderbares auf: Teile des Weinbergs zu seiner Rechten schienen im schwachen Mondlicht zu *glühen.*

Er hob den Kopf, schaute genauer hin.

Ein ganz normaler, finsterer Weinberg.

Kopfschüttelnd bückte er sich erneut – und sah es wieder! Es gab keinen Zweifel: Der Teil des Wingerts, in dem er ganz zu Anfang die ersten Proben eingesammelt hatte, glomm in einem unheilvollen, grünlichen Schimmer, so schwach, dass man es nur aus dem Augenwinkel ansatzweise wahrnahm. Verdutzt ging Passfeller zum zweiten Mal in dieser Nacht den schmalen Feldweg zum Ittenbach-Wingert hinauf.

Und erlebte eine weitere Überraschung. Kaum zehn Schritte den Pfad entlang, in der Einmündung einer der ersten Rebzeilen, lag sein Ledersakko auf der feuchten Erde!

Grosch war ihm also *doch* in den Wingert gefolgt! Warum, wussten nur die Götter. Möglicherweise hatte er das seltsame Leuchten ebenfalls gesehen und wollte dem Phänomen auf den Grund gehen. Im Vorbeigehen hob Passfeller die Jacke vom Boden auf, klopfte den Schmutz ab und schlüpfte hinein. Der Druck seiner Pistole, die in der eingenähten Spezialtasche gegen seine Rippen drückte, hatte etwas Beruhigendes. Mit langen Schritten eilte er das Spalier entlang.

Je weiter er vordrang, desto deutlicher wurde das Leuchten der Reben, man musste nicht mehr verkrampft vorbeischielen, um es wahrzunehmen. Wie eine feine Schimmelschicht lag die Phosphoreszenz über Weinstöcken und Trauben. Zwanzig Minuten zuvor war dieses Phänomen definitiv noch nicht da gewesen.

Das widersinnige Leuchten und die bedrückende Stille ringsum nagten an Passfellers Nerven, und er erwog, die Waffe zu ziehen. Der Gedanke war jedoch schlagartig vergessen, als er einige Schritte vor sich auf dem Boden einen winzigen, rot glühenden Punkt wahrnahm. Behutsam schlich er näher.

Es handelte sich um eine Leuchtdiode, die in einem achtlos auf die Erde geworfenen Objekt steckte. Als er in die Hocke ging, bestätigte sich sein Verdacht.

Es war das Diktiergerät, das er Grosch geschenkt hatte – und es lief noch!

Er hob den Rekorder auf und stoppte das Band, das sich im Aufnahmemodus befand. Allem Anschein nach war Grosch hier vorbeigekommen. Aber wieso hatte er währenddessen etwas aufgenommen? Und was?

Passfeller spulte das Band zurück und drückte auf Wiedergabe.

»Es sind drei«, ertönte Groschs Organ, kratzig und erschreckend laut in der windstillen, finsteren Nacht. Passfeller regelte die Lautstärke herunter und hielt sich das kleine Gerät ans Ohr, während er langsam weiter das Spalier entlangschlich, den Blick auf den Boden vor seinen Füßen gerichtet.

»Merkwürdige Köpfe. So was hab ich noch nie gesehen. Bewegen sich schnell, kennen das Terrain. Wo zum Sack steckt Passfeller? Ob er die Dinger auch gesehen hat?«

Passfeller runzelte die Stirn. Er hatte beim Einsammeln der Proben absolut nichts Auffälliges beobachtet. Die sanfte Phosphoreszenz ringsum belegte allerdings nur zu deutlich, dass in dem Teil des Wingerts, den er zuerst betreten und wieder verlassen hatte, seitdem etwas geschehen sein musste.

»Wanken hin und her, aufrecht, aber schwerfällig, als schleppten sie eine schwere Last. Irgendwie bucklig. Und diese Dinger vorne an ihren Köpfen ... wie Rüssel! Verflixt, wenn das Menschen sind, warum verkleiden sie sich als Außerirdische und staksen nachts durch die Weinberge?«

Grosch hatte mehrere Personen gesehen, die sich im Wein zu schaffen machten, soviel stand fest. Wer waren sie, und was taten sie bei Nacht hier? Handelte es sich um die Verursacher des merkwürdigen Leuchtens? Und wieso hatte Grosch sein Diktiergerät auf den Boden fallen lassen?

»Kackmist! Die Wesen, ich weiß nicht, wieso – aber sie lösen sich in Luft auf! Verschwinden einfach. Geräusche verstummen

ebenfalls.« Groschs Stimme auf dem Band klang heiser, er keuchte, atemlos vor Anstrengung und innerer Anspannung. Im Hintergrund war das Rascheln von Weinblättern zu vernehmen, die Grosch beim Gehen streifte. *»Jetzt sind sie weg. Aber ... vielleicht haben sie sich ja doch nicht in Luft aufgelöst. Da vorne ist was. Sehe ich mir mal aus der Nähe an ...«*

Passfeller, kaum fünf Schritte von der Stelle entfernt, wo er das Diktiergerät gefunden hatte, nahm dicht vor sich einen eckigen, dunklen Schatten zwischen den Reben wahr. Wahrscheinlich eine alte Wingerthütte. Er ging noch langsamer, lauschte gebannt den Worten seines Freundes.

»Aha. Eine Hütte aus grünem Wellblech. Sind diese Gestalten vielleicht ... nein, der Verschlag ist zu winzig, als dass sie alle da rein ... Scheiße, was ist denn jetzt?« Groschs Stimme auf dem Band kippte, wurde panisch. Er schrie jetzt. *»PASS! SCHEISSE, PASS, WO BIST DU? DIE HÜTTE, EINE TÜR GEHT AUF! DIE BIESTER ... SIE KOMMEN RAUS – DIREKT AUF MICH ZU! PASS, HILF MI-«*

Was nun folgte, jagte Passfeller eine Gänsehaut über den Rücken: Er hörte die schmatzenden Schritte mehrerer Personen, die sehr schnell über matschige Erde rannten. Blätter raschelten, Zweige brachen, dann mischte sich ein unmenschliches, röchelndes Keuchen in das knacksende Grundrauschen des Tonbandes. Ein heller Schrei ertönte, der klang, als habe ein Kind ihn ausgestoßen. Passfellers Mund wurde trocken, als ihm dämmerte, dass es Grosch war, der da schrie. Einige weitere rasche Schritte, ein dumpfer Schlag, gefolgt von einem Aufprall, als der Rekorder zu Boden fiel.

Als sich die automatische Aussteuerung allmählich wieder hochregelte, war nichts mehr zu hören. Nur Rauschen.

Passfeller schluckte hart und drückte die Stopptaste. Schweißperlen hatten sich während der letzten Sekunden auf seiner Stirn gebildet. Er tastete unsicher mit der Rechten nach seiner Pistole, hob den Blick – und erstarrte!

Ohne es zu bemerken, hatte er sich während des Abhörens bis auf wenige Meter dem genähert, was er im Dunkeln zunächst für eine alte, gemauerte Wingerthütte gehalten hatte. Eine eisige Klauenhand schien sich um seine Kehle zu legen und zuzudrücken, als er feststellte, um was es sich tatsächlich handelte.

Er stand keine fünf Meter vor einem kleinen, quadratisch anmutenden Verschlag aus grünem Wellblech!

»Oh, *shit*«, hauchte er tonlos.

Dann traf etwas Hartes seinen Hinterkopf, und alles wurde schwarz.

Kapitel 14

In vino mors

Kottler (Pfalz), 19. auf den 20. September 2003

Die erste Empfindung, die Passfeller bei seiner Rückkehr aus der Bewusstlosigkeit wahrnahm, war Schmerz. Sein Schädel fühlte sich an, als hätte er ihn mitsamt einer Wagenladung Trauben in Bert Hempels altmodische Presse gesteckt und so lange dort gelassen, bis sein Hirn als püriertes Mus unten in den Auffangtank tropfte. Lichtblitze vor seinen geschlossenen Lidern gesellten sich zu dem dumpfen, mahlenden Schmerz in seinem Hinterkopf. Er versuchte, sich aufzurichten, zwang mühsam seine Augenlider auseinander. Verschwommen nahm er die nackten Wände eines winzigen Raums wahr, nur wenige Handbreit von seinem Gesicht entfernt. Als Nächstes gewahrte er einen massigen Körper, der dicht neben ihm auf dem Boden lag ...

»Kackmist«, sagte der Körper. »Dieser Fall bereitet mir allmählich im wahrsten Sinne des Wortes Kopfschmerzen.« Ächzend stemmte Grosch seinen Oberkörper vom Boden hoch und sah sich blinzelnd um.

Sie befanden sich in einem engen Verschlag von höchstens zwei Metern Seitenlänge. Wände und Fußboden waren weiß gekachelt. Möbel gab es nicht, eine stabil wirkende Gittertür versperrte den einzigen Zugang. Passfeller stöhnte und zog sich an den Stäben empor in eine aufrechte Position.

Jenseits der Tür befand sich ein großer Raum, von hellem Neonlicht durchflutet und ohne Fenster. Auf stählernen Arbeitsplatten, die sich an drei der Wände entlangzogen, sowie einem großen Tisch in der Mitte türmte sich modernste Laborausstattung: Mikroskope, Digitalwaagen, Apparate, die aussahen wie Mikrowellenöfen, dazu regelrechte Wälder aus gläsernen Kolben, Röhren und Flaschen, die mit Schläuchen und Röhrchen zu Versuchsanordnungen von verwirrender Komplexität verbunden waren. Weiterhin waren Laptops zu erkennen, die Bildschirme gefüllt mit endlosen Zahlenkolonnen, und auf Wandregalen ringsum glänzten tausende kleiner und großer Glasgefäße mit irgendwelchen Flüssigkeiten darin. Am entgegengesetzten Ende des Raums ragte ein Metallgestell auf, an dem nebeneinander drei Ganzkörperschutzanzüge aus Gummi baumelten, komplett mit Atemschläuchen und unförmigen Gesichtsmasken. Ein durchdringendes, elektrisches Summen lag in der Luft, die schwach nach Essig roch.

Während Passfeller noch wortlos die Umgebung musterte, kam Grosch neben ihm auf die Füße. »Ahoi, Pass«, stöhnte er und rieb sich den Hinterkopf. »Schön, dass du auch hier bist.« Nach einem kurzen Blick durch die Gitterstäbe fügte er zweifelnd hinzu: »Wenngleich ich dich lieber woanders wieder getroffen hätte als im Laboratorium eines verrückten Wissenschaftlers. Wo zum Sack sind wir?«

Passfeller schüttelte ratlos den Kopf. »Ich hab keinen Schimmer. Aber ich vermute fast, im geheimen Quartier von demjenigen, der da draußen bei Nacht und Nebel seine fragwürdigen Experimente mit den Weinreben durchführt.« Er rüttelte probehalber an den daumendicken Stahlstangen. Die Tür war fest verschlossen.

»Mein Mantel«, sagte Grosch plötzlich. Zum ersten Mal, seit sie erwacht waren, schwang Besorgnis in seiner Stimme mit. »Jemand ... hat ihn mir ausgezogen, Pass!«

Jetzt erst fiel Passfeller auf, wie nackt sein Freund wirkte, obwohl er mit seinem verwaschenen Garfield-T-Shirt und unförmigen Cordhosen eigentlich komplett bekleidet war. Dennoch fehlte etwas, ohne das er Grosch in den Jahren ihrer Bekanntschaft noch nie gesehen hatte, nicht einmal im Hochsommer: sein grüner Lodenmantel.

»Was soll's? Schau, meine Jacke ist auch weg«, versuchte Passfeller ihn zu trösten. Er deutete zu dem Gestell mit den

Schutzanzügen. Achtlos über eine Ecke des Stahlrahmens geworfen, hingen dort Passfellers schwarzes Ledersakko sowie ein unförmiger grüner Klumpen, der nur Groschs Mantel sein konnte.

»Diese Bestien«, brummte Grosch kehlig. »Das haben sie nicht umsonst gemacht!« Der spontane Zorn in seinen Augen ließ etwas nach, als er das Labor genauer betrachtete. »Pass? Eine zarte Ahnung sagt mir, dass hier nicht unbedingt an der Umwandlung von Dreck in Gold gearbeitet wird.« Er deutete mit der gesunden Hand durch die Gitterstäbe. »Vielmehr sagt mir mein vielfach erprobter Bulleninstinkt, dass es hier um ein exquisites Lebenselixier geht – nämlich Wein!«

Passfeller folgte dem Blick seines Freundes und erkannte in der hinteren rechten Ecke, neben einer weiß lackierten Stahltür, ein schulterhohes Gestell aus grob gezimmertem, dunklem Holz. In ordentlichen Reihen, bedeckt von einer dicken Staubschicht, lagerten darin mindestens drei Dutzend uralte Weinflaschen.

»Eine deduktive Glanzleistung, Tillmann, alle Achtung«, lobte er und massierte sich die pochenden Schläfen. »Wir werden in einem Wingert niedergeschlagen, während wir Proben der dort wachsenden Trauben sammeln, und du vermutest, dass diese ganze perverse Scheiße etwas mit *Wein* zu tun haben muss!«

Er wollte noch etwas sagen, doch gedämpfte Schritte ertönten von jenseits der weißen Tür. Einen Augenblick später schwang sie auf und gab den Blick frei auf einen Mann, der mit zielsicheren Schritten eine schmale, steile Treppe herunterkam und in den Raum trat. Er war mittelgroß, hatte lichtes, rötlich gelocktes Haar und trug einen weißen Laborkittel. Mit einem zufriedenen, fast fröhlichen Lächeln sah er sich um und kam dann auf sie zu.

»Dirk Ittenbach«, stieß Grosch zwischen zusammengepressten Lippen hervor. »Den ich im *Garten Eden* getroffen habe.« Er wechselte einen verwirrten Blick mit Passfeller, der die Schultern zuckte.

Hinter Ittenbach kamen zwei weitere weißbekittelte Männer die Treppe hinunter. Sie waren kleiner als der Winzer, reichten ihm höchstens bis zur Schulter, und trugen ihr schwarzes Haar zu glatten Topffrisuren gestutzt. Ihre schmalen, mandelförmigen Augen ließen keinen Zweifel bezüglich ihrer Nationalität aufkommen.

»Japaner«, stellte Grosch fest.

»Auffallend richtig erkannt, Herr Grosch«, bestätigte Dirk Ittenbach gutmütig und blieb wenige Schritte vor der Tür der Zelle stehen. »Und die Herren sind sich sogar schon einmal begegnet, in der hiesigen Dorfschenke – wenngleich nur von Weitem. Ich darf vorstellen: Herr Okami und Herr Yamura aus Hiroshima, weltweit anerkannte Experten auf dem Bereich der Geschmackssensorik und -analyse. Und dies«, er deutete fragend auf Passfeller, »dürfte Herrn Groschs Kollege vom BKA sein, Herr ...«

»Passfeller«, sagte Passfeller, ohne den Blick von den beiden Asiaten zu wenden. Sie ähnelten einander wie ein Ei dem anderen und lächelten auf eine sonderbare, schwer zu deutende Weise, die schmalen Augen halb geschlossen. Es war nicht zu sagen, ob ihr Gesichtsausdruck Zeichen einer stillen Zufriedenheit oder einer schlummernden, abgrundtiefen Bosheit war.

»Herr Passfeller«, wiederholte Ittenbach freundlich. »Schön. Und auch schön, dass Sie beide wieder bei Bewusstsein sind. Es tut mir leid, dass wir etwas unsanft mit Ihnen umgesprungen sind. Aber Ihre Anwesenheit in meinem Weinberg kam uns heute Nacht, gelinde gesagt, etwas ungelegen.«

»Wo sind wir?«, stieß Passfeller hervor.

»Was haben Sie mit uns vor?«, fügte Grosch hinzu. »Warum stecken wir in diesem Kabuff wie die Karnickel?«

Ittenbachs Gesicht nahm einen verwunderten Ausdruck an. »Wo Sie *sind?* Meine Herren, da Sie mir doch offenkundig auf die Schliche gekommen sind, hätte ich angenommen, dass Ihnen dies sonnenklar wäre. Natürlich befinden wir uns in den Räumlichkeiten unterhalb meines Weinbergs! Es ist mir zwar unerklärlich, wie Sie den geheimen Zugang in der Wellblechhütte entdecken konnten, aber offenbar haben Sie ihn beide gefunden – sogar unabhängig voneinander. Und in jener soliden, ehemals für die Haltung von Versuchstieren vorgesehenen Kabine befinden Sie sich, damit Sie mir nicht noch einmal auf so unerfreuliche Weise in die Quere kommen ... *nie wieder!*«

»Unterhalb Ihres Weinbergs? Auf die Schliche gekommen?« Verwirrt starrte Passfeller an Ittenbach vorbei, ließ seinen Blick über die technischen Gerätschaften schweifen, das Weinregal, die beiden japanischen Fachleute für Geschmackssensorik, die Computer, die baumelnden Schutzanzüge ...

Plötzlich, mit der Wucht einer rasenden Diesellok, kehrte eine Erinnerung in sein Gedächtnis zurück – die Erinnerung an den Artikel aus *Weinbau heute*, den er während der Weinprobe in Bert Hempels Keller gelesen hatte.

Und er glaubte zu *verstehen.*

»Sie forschen an einem künstlichen Verfahren, um jungen Billigwein mittels organischer Manipulation mit dem Geschmack lange gereifter Edelprodukte zu versehen!«

Es war ein Schuss ins Blaue, doch Ittenbachs Reaktion zeigte, dass Passfeller richtig gezielt hatte: Das Lächeln des rotlockigen Winzers verbreiterte sich. »*Das* ist eher die Art von Sprüchlein, die ich von Sonderermittlern des BKA erwartet hätte.«

Passfeller runzelte verständnislos die Stirn. »Und dazu verseuchen Sie die Reben Ihres Wingerts *radioaktiv?*«

Ittenbach schüttelte belustigt den Kopf und machte eine beiläufige Handbewegung. Die beiden Japaner wandten sich ab und begannen, hinter seinem Rücken an den Computern und anderem Gerät zu arbeiten. Der Winzer zog sich einen Bürodrehstuhl von einem der Arbeitsplätze herbei und nahm rittlings darauf Platz. »Zur Beeinflussung der Traube während des Wachstums verwenden wir ein in Japan entwickeltes Reagens auf Basis von Brassinosteroiden«, erklärte er in nachsichtigem Ton. »Es wird während der Reifungsphase insgesamt fünfmal ausgebracht und bewirkt eine drastisch erhöhte Reaktionsfähigkeit des Mosts bei der später im Labor stattfindenden biochemischen Veredlung. Die schwache radioaktive Wirkung der Substanz, die Sie erwähnten, ist ein ungewollter Nebeneffekt des extrem komplizierten Herstellungsprozesses. Sie verfliegt wenige Tage nach der Anwendung. Während dieser Zeit ist der Konsum des Traubenmaterials jedoch mit Verlaub nicht unbedingt empfehlenswert ...«

»Nicht empfehlenswert!«, schnaubte Grosch. »Ich wäre beinahe draufgegangen, nachdem ich von ihrem vergifteten Gemüse probiert habe!«

»Niemand hatte Sie dazu aufgefordert«, erwiderte Ittenbach kühl. »Genau genommen haben Sie unerlaubt meinen Grund betreten und meine Früchte gestohlen – auf eigenes Risiko.« Er setzte eine versöhnliche Miene auf. »Bei allen Unannehmlichkeiten, die Ihnen dadurch möglicherweise entstanden sind – bedenken Sie, Herr Grosch: Die Trauben hätten auch mit einem Pflanzenschutzmittel gespritzt sein können. Dann hätten Sie möglicherweise *tatsächlich* eine Vergiftung davongetragen statt ein paar alberner Ausfallerscheinungen.«

»Aber wie können Sie derart bedenkliche Stoffe einfach in die Natur sprühen, ohne dass es jemand spitzkriegt?«, wollte Passfeller wissen. »Es gibt im Weinbau doch Kontrollen. Vorgaben!«

Ittenbachs Grinsen nahm eine selbstgefällige Nuance an. Er schwang spielerisch auf seinem Stuhl hin und her. »Nun, zum einen bringen wir unser Reagens, wie Sie selbst gesehen haben, vorzugsweise nachts aus. Sollte uns dennoch einmal einer meiner Nachbarn dabei beobachten ... nun, ich bin gelernter Weinbautechniker. Ich darf Pflanzenschutzmittel ausbringen, ich kontrolliere sogar im Auftrag der Neustädter Behörden, ob und wie dies von den Winzern in der Region praktiziert wird.« Er seufzte und blickte wehmütig zur kahlen Decke des Labors empor. »Wie ich Herrn Grosch bereits erzählte, beschäftige ich mich nicht erst seit gestern mit Weinbau. Meine Familie stammt aus dem Saarland. Dort bewirtschaftete ich jahrelang einen ersten Versuchsweinberg. Nach einigen ... unschönen Zwischenfällen sah ich mich leider gezwungen, meine Heimat zu verlassen. Ich kam hierher, in die Südpfalz, was zwei entscheidende Vorteile mit sich brachte: Zum einen lernte ich in Landau, auf einem Seminar über enzymatische Mostanalyse, die Herren Okami und Yamura kennen.«

Er deutete stolz über seine Schulter. Den unbewegten Mienen der beiden japanischen Wissenschaftler war nicht zu entnehmen, ob sie auch nur ein Wort von dem verstanden, was im Labor gesprochen wurde.

»Ihr Forschungsschwerpunkt ergänzte sich aufs Trefflichste mit meinem«, fuhr Ittenbach fort. »In Japan hatten sie sich im Zuge aufwendiger Experimente Kenntnisse auf dem Gebiet der Lebensmittelforschung und Sensorik erworben, von denen europäische Wissenschaftler nur träumen können. Wir taten uns zusammen. Als weiterer Vorteil kam hinzu, dass ich hier in Kottler unkompliziert eine Lage erwerben konnte, die sich als bestens geeignet für den Anbau von Dornfelder erwies. Im Saarland hatte ich bislang nur mit Riesling experimentiert. Wie ich heute weiß, harmoniert mein Verfahren jedoch wesentlich besser mit Rotweinen. Im Dornfelder fand ich eine vielseitige Basis für die von mir entwickelte Veredlungstechnik.«

Während der Winzer freimütig plauderte, begann Passfeller unauffällig, die Tür ihrer Zelle einer näheren Untersuchung zu unterziehen. Grosch, der dies bemerkte, trat dichter an die Stäbe und versuchte, Ittenbach abzulenken. »Noch mal kurz für die wenigen Dummköpfe hier im Raum, Herr Ittenbach«, hob er an. »Sie wollen also erreichen, dass Ihr aus mutierten Trauben gegorener Jungwein schmeckt wie ein köstlicher alter Tropfen?«

»Von *wollen* kann längst keine Rede mehr sein«, widersprach Ittenbach strahlend. »Als Laie können Sie die von uns entwickelten Techniken natürlich nicht verstehen. Tatsächlich sind wir mithilfe modernster nasschemischer Verfahren und mikrobiologischer enzymatischer Manipulation in der Lage, jene organischen Komponenten zu lokalisieren, zu analysieren und letztlich exakt zu *rekonstruieren*, die einen großen Wein ausmachen.«

Voller Elan sprang der Winzer auf. Passfeller, der behutsam mit den Fingerspitzen das Türschloss betastet hatte, zuckte zurück. Doch Ittenbach wandte sich kurzerhand um und eilte mit federnden Schritten zu dem Weinregal in der Ecke. Als er zurückkehrte, hielt er eine dunkle, dick verstaubte Flasche in der Hand, auf deren vergilbtem Etikett die blassen Lettern des Schriftzugs *Château Haut-Brion* sowie die Jahreszahl 1926 gerade noch zu erkennen waren. »Und ich rede von wirklich *großen* Weinen, meine Herren!«

»Lassen Sie mich raten«, sagte Grosch. »Ihren *echt großen* Wein wollen Sie anschließend zu einem Höllenpreis verhökern? Wie viel soll man für eine Flasche Ihres Möchtegern-Amontillados hinblättern? Hundert Eumel? Zweihundert? Mehr? *Viel* mehr?«

Ittenbach erwiderte nichts, streichelte nur versonnen die alte Weinflasche. Nach einer Weile brachte er sie zum Regal zurück und legte sie behutsam, fast wie ein Baby, wieder hinein.

Passfeller hatte seine Musterung des Schließmechanismus inzwischen beendet. Es handelte sich um ein einfaches Schnappschloss, das auf keiner Seite über Knauf oder Klinke verfügte. Es konnte nur mit dem passenden Schlüssel entriegelt werden – was bedeutete, dass aus der Zelle so schnell kein Weg hinausführte.

»Ich bin kein Weinexperte«, wandte er sich verärgert an den Winzer. »Aber soweit ich weiß, bestimmt doch neben Menge und Reifepotential immer noch das Prestige einer Weinmarke den Preis des Produkts? Welcher arme Trottel soll Ihnen denn für Ihre No-Name-Brühe hunderte Euro pro Flasche zahlen?«

Ittenbach war nach seinem Ausflug zum Weinregal neben Herrn Okami – vielleicht war es auch Herr Yamura – stehen geblieben und inspizierte über dessen Schulter mit zufriedenem Nicken den Inhalt eines Laptopbildschirms. Als er sich dazu herabließ, auf Passfellers Frage zu antworten, war sein Gesichtsausdruck überraschenderweise immer noch fröhlich und amüsiert.

»Herr Passfeller, es ist mir ein echtes Vergnügen, mich mit intelligenten Menschen zu unterhalten«, säuselte er. Er wandte sich vom Tisch ab und stolzierte mit verschränkten Armen an einer Arbeitsplatte entlang. »Fraglos *könnte* sich herausstellen, dass der Endkonsument nicht gewillt ist, für eine Flasche 2003er *Ittenbach Selection* viel Geld zu berappen. Aber in diesem Fall«, er schnippte spielerisch mit den Fingern, »wird eben umdisponiert.«

Er klopfte demonstrativ gegen einen Gaskolben, der in einem komplizierten System aus Röhrchen und Schläuchen steckte. »Sie würden sich wundern, wenn Sie wüssten, mit welcher Leichtigkeit wir aus den vorbehandelten Beeren jeglichen Prachtwein rekonstruieren können, den dieser Planet je hervorgebracht hat. Und wenn ich ›jeglichen‹ sage, meine ich *jeglichen!* Anschließend noch ein klein wenig drucktechnische Handwerkskunst ... ich habe Bekannte in Frankreich, die sich auf die Nachbildung historischer Etiketten spezialisiert haben, wissen Sie? Und wer weiß – vielleicht würde die Weinwelt eines Tages voller Verwunderung feststellen, wie viele Flaschen 1787er *Lafite Rothschild* bis in die heutige Zeit erhalten geblieben sind!« Er stieß ein albernes Kichern aus, wie ein Kind, das einen anstößigen Witz gemacht hat. »Und das Beste: Keine sensorische Untersuchung der Welt kann die Nicht-Echtheit meiner Reproduktionen belegen!«

»Das glauben Sie doch selbst nicht!« Passfeller war zu dem Schluss gekommen, dass sie Ittenbachs kühle Heiterkeit irgendwie durchbrechen mussten. Aus eigenem Antrieb hatten sie keine Chance, aus der Zelle herauszukommen. Ittenbach musste sich zu einer unüberlegten Handlung hinreißen lassen – zum Beispiel, indem er in Rage geriet. »Bert Hempel hat uns erklärt, dass ein Kenner einen traditionell ausgebauten Fasswein stets von einem gepanschten unterscheiden kann!«

»Hempel ist ein alter Narr, der seinen Wein lieber selber säuft als ihn zu verkaufen«, sagte Ittenbach unbeeindruckt und öffnete einen weißen Laborschrank unterhalb der Arbeitsplatte. Er entnahm ihm einen verkorkten, länglichen Glasbehälter, der an ein großes Reagenzglas erinnerte. Eine dunkelrote Flüssigkeit schwappte im Innern. »Schauen Sie her: In der letztjährigen Erprobungsphase haben wir die Ingredienzien eines im Eichenfass gereiften fünfundneunziger *Château Margaux* rekonstruiert – und zwar bis auf das allerletzte Spurenelement.« Er kam näher, bis er direkt vor der Gittertür stand, und schüttelte das Röhrchen triumphierend hin und her. »Eine Probe davon wurde an Spezialisten der kalifornischen Weinuniversität in Davis, Kalifornien, geschickt. Die Absolventen dieser Hochschule sind in der Lage, einen Most bis in den Nanobereich zu analysieren. Und? Raten Sie, was passierte!« Ittenbachs Grinsen wuchs in die Breite. Ohne eine Antwort abzuwarten, fuhr er fort: »Die Amerikaner bestätigten, dass es sich um einen echten *Margaux* handelte!« Er stieß ein abgehacktes Lachen aus, das unangenehm an eine Ziege erinnerte. »Aber im Vertrauen, meine Herren: Ich denke nicht, dass derartiger Etikettenschwindel nötig sein wird. Eine unbestimmte Ahnung sagt mir, dass der erste Jahrgang meines *Ittenbach Selection* auf der Parker-Skala mit nicht weniger als fünfundneunzig Zählern bewertet werden wird. Guter Geschmack siegt immer. Die Leute werden sich um mein Produkt *reißen!*« Er hob das Glasrohr gegen das Deckenlicht und starrte verträumt in die rote Flüssigkeit.

Grosch hatte den zurückliegenden Wortwechsel genutzt, um unter seinen buschigen Augenbrauen hervor aufmerksam das Sammelsurium von Gegenständen auf dem großen Labortisch zu inspizieren. Ohne seine Betrachtung zu unterbrechen, sagte er: »Wozu machen Sie das eigentlich alles, wenn Sie gestatten? Auf kommerziellen Erfolg sind Sie doch gar nicht angewiesen. Sie stammen aus wohlhabenden Verhältnissen. Sie müssten nie arbeiten, wenn Sie nicht wollten ...«

Als Ittenbach das Glasröhrchen senkte, wirkte sein Gesicht traurig, fast so, als sei er nach der anregenden Diskussion enttäuscht darüber, wie kleingeistig seine Gesprächspartner nun argumentierten. »Das können Sie nicht verstehen, Herr Grosch. Sie sind kein Mann von Ehrgeiz, das habe ich gleich bemerkt, als ich Sie im *Garten* getroffen habe.« Er seufzte, und zum ersten Mal, seit er den Raum betreten hatte, klang es ehrlich und nicht aufgesetzt. »Sie denken *klein* – wie der Mann, der in der Gosse startet und dessen Lebenstraum schon verwirklicht ist, wenn er eine Anstellung findet, sich eine Bleibe und regelmäßiges Essen leisten kann.« Eine ungeahnte Wildheit flackerte in seinem Blick, während er die Probe in seiner Hand anstarrte. »Aber ich bin anders, Herr Grosch. Ich denke *groß!* Der Weinbau ist meine Passion. Aber ich beabsichtige nicht, einfach *irgendeinen* Wein zu keltern und mich in Jahren und Jahrzehnten landwirtschaftlicher Schufterei in eine gute Position innerhalb des Winzergewerbes zu manövrieren ...«

»Verstehe«, murmelte Passfeller. »Sie wollen mit einem Paukenschlag auf dem Parkett erscheinen und die Grundfesten der internationalen Weinwelt erschüttern, hab ich recht?« Neben sich vernahm er plötzlich, wie Grosch überrascht Luft durch die Zähne einsog.

Ittenbach, der nichts davon mitbekommen hatte, nickte euphorisch. »Das haben Sie treffend ausgedrückt«, gab er zu. »Ja, genau das ist meine Absicht. Die Welt soll noch lange sprechen vom ersten Jahrgang meines *Ittenbach Selection ...*«

»Und für dieses Ziel waren Sie bereit, Bettina Schwinn umzubringen?«

Grosch hatte den Satz kaum ausgesprochen, da war Ittenbach bereits herumgefahren und hatte ihn mit zusammengekniffenen Augen fixiert. Die beiden Japaner, die im Hintergrund vor sich hinwerkelten und so taten, als könnten sie kein Wässerchen trüben, hielten für einen Augenblick in ihrer ameisenhaften Aktivität inne.

Auf Passfellers verwunderten Blick hin wies Grosch mit einem Kopfnicken auf einen bestimmten Bereich des großen Labortischs. Dort stand, inmitten von Reagenzgläsern und Stapeln mit Computerausdrucken, eine gerahmte Fotografie.

Passfeller musste sich auf die Zehenspitzen stellen, um zu erkennen, was das kleine, halb verdeckte Bild zeigte. Es war ein typischer Schnappschuss, am langen Arm mit einer Handy- oder Digitalkamera von einem der Fotografierten selbst geschossen. Bei der Person, die die Kamera hielt, handelte es sich um eine junge, rothaarige Frau mit sonnengebräuntem Gesicht. Sie lachte herausfordernd, während sie in ihrer freien Hand einen durchsichtigen Plastikbecher mit einer dunklen Flüssigkeit schwenkte. Neben dem Mädchen standen zwei schwarzhaarige, geduckte Gestalten, die sich wie zwei in die Enge getriebene Ratten an ähnlichen Gefäßen festklammerten – Herr Okami und Herr Yamura. Auf der anderen Seite schließlich prostete Dirk Ittenbach mit einem überraschten, aber durchaus zufriedenen Lachen mit seinem Becher in die Kamera. Im Hintergrund waren ein weiter, blauer Himmel und das Grün von Weinstöcken zu erkennen. Offensichtlich war das Bild bei einer Weinverkostung unter freiem Himmel aufgenommen worden, wahrscheinlich auf Ittenbachs Grund und Boden.

Sekunden vergingen, bevor Passfeller dämmerte, wer das Mädchen sein musste. Es war dieselbe Person, die wenige Tage zuvor zerfleischt in Ottkar Schnorrpfeils Weinberg gefunden worden war – Bettina Schwinn!

»Das Foto erinnerte mich daran, dass Bettinas Vater von einem jungen Winzer sprach, mit dem seine Tochter häufiger zusammen gewesen sei«, erklärte Grosch langsam, ohne Ittenbach eine Sekunde aus den Augen zu lassen. »Dieser Winzer waren Sie! Musste das Mädchen sterben, weil es Rolf Schnorrpfeil Ihnen vorzog? Weil es lieber mit einem einfachen Burschen zusammen sein wollte als mit einem größenwahnsinnigen Weinpanscher?«

Passfeller, der einen Wutausbruch des Winzers erwartete, trat instinktiv einen Schritt von der Gittertür zurück.

Doch die heftige Reaktion blieb aus.

Ittenbach musterte Grosch mit überrascht gehobenen Brauen, so als nähme er ihn soeben zum ersten Mal bewusst wahr. »Sie sind ein aufmerksamer Mann, Herr Grosch«, bemerkte er leise und scheinbar unbeeindruckt. Seine Hand, die sich um das Glasröhrchen zur Faust geballt hatte, ließ jedoch erahnen, dass seine tatsächliche Stimmungslage sich geändert hatte. »Ich habe Sie unterschätzt, das gebe ich offen zu. Aber das macht nichts ... nicht mehr.« Er schloss die Augen.

Als er sie wieder öffnete, schien er zu einem Entschluss gekommen zu sein.

»Bettina und ich lernten uns kennen, unmittelbar, nachdem ich hierher gezogen war. Sie studierte Biologie in Landau, hatte große Ambitionen. Von Anfang an war sie fasziniert von meiner Vision, die besten Weine der Welt in der Retorte nachzubilden, und fragte mich bald, ob sie an unserem Projekt mitarbeiten könnte.« Ittenbach runzelte bei der Erinnerung kurz die Stirn, fuhr fort: »Vielleicht war es ein Fehler, sie einzuweihen, aber ... ja, ich hatte anfangs ein gewisses Interesse an ihr. Sie war ein hübsches Mädchen ... Dennoch, der Gedanke, ich hätte sie umgebracht, nur weil Sie sich in Rolf verliebte, ist abwegig und zeigt, wie wenig Sie von Psychologie verstehen, Herr Grosch! Ich bin ein Verstandesmensch, ein Kartesianer. Derart emotionale Reaktionen liegen mir nicht.«

»Dann hat sie Ihnen offenbar einen anderen Grund geliefert – einen kartesianischeren, was immer das heißt«, erwiderte Grosch sofort. »Warum hätten Sie mich so auffällig unauffällig mit der Nase auf die Fehde zwischen den Schwinns und den Schnorrpfeils stoßen sollen? Um von Ihrer eigenen Verstrickung in die Angelegenheit abzulenken natürlich!« Groschs Bart teilte sich zu einem Grinsen, als ihm eine Idee kam. »Lassen Sie mich mal ein bisschen rumspinnen: Bettina studierte doch Biologie, richtig? War es nicht vielleicht so, dass sie irgendwann dahinterkam, welche gesundheitlichen Schäden Ihre verstrahlten Trauben bei Mensch und Tier hervorrufen – spontane Unzurechnungsfähigkeit, Veränderungen des Augenhintergrundes, Gedächtnisschwund? Fand sie eventuell heraus, dass nicht nur der Verzehr der Trauben unerwünschte Nebenwirkungen verursacht, sondern auch der Konsum des daraus gekelterten Weins?«

Ittenbachs Gesicht war wie versteinert. Seine Hand allerdings, die den Glaskolben umkrampfte, zitterte nun merklich, die Fingerknöchel zeichneten sich weiß durch die Haut ab.

Auf seiner leicht geröteten Stirn erschienen winzige Schweißtröpfchen, die im Neonlicht glitzerten.

Doch noch immer wurde Dirk Ittenbach nicht laut. Er schüttelte abgehackt den Kopf und versuchte sich abermals an einem Lächeln, das zu einer armseligen Grimasse verkam.

»Pah«, blaffte er. »Bettina hatte keine Ahnung! Kam sich wie eine große Wissenschaftlerin vor mit ihren dilettantischen Tierversuchen an der Uni! Wollte mir weismachen, der Saft der beeinflussten Beeren könnte bei langfristigem Genuss grauen Star auslösen. Lächerlich!« Er verschränkte die Arme auf dem Rücken und drehte eine hektische Runde durch den Raum. Ohne Grosch und Passfeller anzusehen, rief er: »Können Sie sich das vorstellen? Auf Basis *haltloser Behauptungen* wollte sie das ganze Projekt an die Wand fahren! Uns bei den Behörden anschwärzen, wenn wir nicht mit der Vermarktung des Weins warteten, bis jegliche Gesundheitsgefährdung ausgeschlossen werden könne. Dabei legten Okami und Yamura ihr Untersuchungsergebnisse vor, die bewiesen, dass während der Kelter- und Gärvorgänge sämtliche unerwünschten Stoffe aus dem Traubensaft herausgefiltert werden.«

Passfeller erahnte eine Chance, den Winzer noch weiter aus der Reserve zu locken. »Der Genuss Ihres Weins ist also unbedenklich?«, erkundigte er sich scheinheilig. »Dann können Sie ja problemlos mal einen Schluck aus Ihrem Röhrchen da nehmen, oder? Wie wäre das?«

Ittenbach starrte ihn durchdringend an. Man konnte förmlich sehen, wie es hinter seiner Stirn brodelte. »Ich. Habe. Jetzt. Keinen. Appetit. Auf. Wein«, sagte er sehr langsam.

»Ach was?«, erwiderte Passfeller erstaunt.

»Das kann vorkommen, selbst bei einem Winzer«, ergänzte Grosch sofort.

»So ein Pech«, fuhr Passfeller fort.

»Schade um den guten Tropfen«, schloss sich Grosch an.

»GENUG!«, brüllte Ittenbach und schleuderte den Glasbehälter unvermittelt hinter sich an die Wand, wo er in einer Wolke schillernder Glassplitter zerbarst. Ein rotes Pünktchenmuster überzog die Kacheln. Die Japaner wandten überrascht die Köpfe.

»Da Sie es ohnehin niemand mehr verraten werden, sollen Sie es von mir aus erfahren: Ja, bei übermäßigem Genuss eines aus organisch beeinflussten Trauben gewonnenen Weins *kann* es zu einer Erhöhung des Krebsrisikos kommen – Magen- und Darmkrebs, wenn Sie es ganz genau wissen wollen. Aber! Ich bitte Sie!« Er warf die Arme in die Luft. »Wer zieht sich schon jeden Abend literweise *Ittenbach Selection* rein, wenn er für eine Flasche 300 Euro hinlegen muss? Dieser Wein wird ein absolutes Spit-zen-lu-xus-pro-dukt! Den säuft man nicht einfach weg wie einen Colaschoppen!«

»Also hatte ich recht: Sie haben mich – wie vermutlich auch die Neustädter Polizei – mit voller Absicht auf die Fehde zwischen den Schwinns und den Schnorrpfeils gestoßen, um Ottkar Schnorrpfeil Ihre Tat in die Schuhe zu schieben.« Grosch hob seine eingegipste Hand und wies anklagend auf den Winzer. »Wenn Sie gestatten, Herr Ittenbach – Sie sind ein Arschloch.«

Ittenbach überhörte die Beleidigung, lachte gekünstelt und hob in einer ironischen Dankesgeste abermals die Hände in die Höhe. »Ich bitte Sie – die köstliche Vorlage, die der Alte mir lieferte, *musste* ich doch einfach nutzen, oder? Ich war letzten Sonntag zufällig in Rhodt, als Schnorrpfeil Bettina mit dem Tod drohte. Da lief vor meinem inneren Auge plötzlich ein Film ab: Polizisten, die sich nach Bettinas rätselhaftem Tod im Dorf umhören ... zunächst schwammige, dann immer deutlicher werdende Hinweise auf die langjährige Fehde zwischen den beiden Sippen ... und schließlich, zu guter Letzt, der Fund der Tatwaffe, besudelt mit Bettinas Blut, in Ottkar Schnorrpfeils Scheune – einen schöneren Freitagabend-Krimi kann man sich doch nicht vorstellen, oder?«

»Sie haben die Gartenkralle aus Schnorrpfeils Scheune entwendet, Bettina Schwinn damit getötet und das Werkzeug anschließend gut sichtbar wieder dort deponiert«, zischte Passfeller. Es war eine Feststellung, keine Frage.

»Sie verkennen mich«, erwiderte Ittenbach kopfschüttelnd und wandte sich in Richtung der beiden Asiaten, die während der letzten Minuten von ihren Geräten abgelassen hatten und stumm, mit seltsam unbewegtem Blick das Geschehen verfolgten. »Mit so etwas würde ich mir nie die Finger schmutzig machen.« Demonstrativ hob der Winzer eine Hand und inspizierte seine Fingernägel. Als er sie wieder sinken ließ, war sein Blick so kalt wie ein frisch desinfiziertes Skalpell. »Es war Herr Okami, der die Kralle noch am Sonntagnachmittag aus dem Schuppen stahl und sie vergangene Nacht unbemerkt dorthin zurückbrachte.«

»Aber *Sie* haben das Mädchen umgebracht«, wiederholte Passfeller. »Wie haben Sie es angestellt? Haben Sie sie hierher gelockt mit dem Versprechen einer Aussprache? Dass Sie Bettinas Einwände akzeptieren und den Marktstart Ihres krank machenden Weins auf unbestimmte Zeit verzögern würden?«

»Herr Yamura war es, der Bettinas Körper in Schnorrpfeils Wingert brachte und ihn dort drapierte«, erläuterte Ittenbach einsilbig. Sein beharrliches Ignorieren von Passfellers Frage war vielsagender als jedes Geständnis. »Zuerst wollten wir die Leiche unauffällig entsorgen, sie bei Mannheim im Rhein versenken oder so etwas. Dann jedoch ...«

»... erinnerten Sie sich an den Fall des ›Rebenwolfs‹«, vollendete Passfeller den Satz. »Jenes Serienmörders, den ihr Vorfahr, der Gerichtsdiener Anselm Ittenbach, einst in einem Band über Pfälzer Mordtaten beschrieben hatte.« In seinem Kopf fügte sich ein weiteres Puzzleteil an seinen Platz.

Ittenbach blinzelte ihn überrascht an, während sein Gesicht unmerklich rot anlief. »Ihre Recherchen waren offenbar überaus ergiebig, Herr Passfeller.« Mit einer fahrigen Geste winkte er die Japaner herbei. »Ich erinnerte mich *tatsächlich* an die alten Überlieferungen – genau genommen kam mir die Geschichte vom Rebenwolf in dem Moment ins Gedächtnis, als ich beobachtete, welche erstaunlichen Veränderungen man mit einem primitiven Gartenwerkzeug am menschlichen Körper vornehmen kann. Mir kam eine brillante Idee: Der Fund einer Leiche, nach Art des geisterhaften Rebenwolfs zerfleischt, würde die abergläubischen Dörfler in Angst und Schrecken versetzen. Das sollte uns neugierige Wanderer und potentielle Augenzeugen vom Hals halten, die wir in der Endphase unserer Vorbereitungen nicht gebrauchen konnten.« Sein Gesicht verzog sich vor Wut, und für einen Moment nahm seine Physiognomie tatsächlich unangenehm wölfische Züge an. »Dass das Gegenteil eintreten und unser fantasievolles Werk stattdessen zwei Sonderermittler des BKA auf den Plan rufen würde, konnte niemand ahnen.«

Er wandte sich schwankend um und klatschte in die Hände. Das knallende Geräusch ließ Grosch und Passfeller zusammenzucken.

»Lange genug geplaudert, nicht wahr, meine Herren?« Er griff ein halb volles Zigarettenpäckchen vom Labortisch, trat vor die Gittertür und hielt sie den Gefangenen hin. »Eine letzte Zigarette?«

»Wie ... letzte Zigarette?«, erkundigte sich Grosch langsam.

»Bevor der ›Rebenwolf‹ Sie beide in zwei Haufen lebloses Fleisch verwandelt«, erwiderte Ittenbach milde. »Sie glauben doch nicht im Ernst, dass ich Sie hier einfach rausspazieren und mein Lebenswerk zerstören lasse?«

»Damit kommen Sie nicht durch, Ittenbach!« Grosch packte die Gitterstäbe und rüttelte daran. »Wenn wir uns nicht zurückmelden, werden andere nachkommen. Man wird Ihre verdammte Giftküche ausheben und im Handumdrehen ...«

»Oh, keine Angst«, unterbrach Ittenbach und schwenkte die Zigaretten vor dem Gitter hin und her wie eine Rassel, mit der man ein schreiendes Baby beruhigt. »*Ihre* Leichen wird man selbstverständlich nicht dramatisch hergerichtet in einem unserer schönen Weinberge finden. *Sie* werden spurlos verschwinden, und nicht einmal der Ansatz eines Verdachts wird auf das Weingut Ittenbach fallen! Bedenken Sie: Der Mordfall Bettina Schwinn ist geklärt, der Schuldige sitzt längst in Neustadt hinter Schloss und Riegel.« Seine Brauen zogen sich ärgerlich zusammen. »Also, was ist jetzt – Zigarette?«

»Danke. Ich rauche lieber meine eigenen«, erwiderte Passfeller kühl und deutete zu seinem Sakko, das nach wie vor am entfernten Ende des Labors über dem Gestell mit den Schutzanzügen hing.

Seine Hoffnung, durch den plumpen Trick vielleicht in den Besitz seiner Waffe zu gelangen, erfüllte sich nicht. Ittenbach starrte ihn wortlos an, dann zerknüllte er das Päckchen in seiner Hand zu einem tabakbröselnden Klumpen. »Okami? Yamura?«

So rasch und effizient, als seien ihre Handlungen exakt einstudiert, eilten die beiden Asiaten ihrerseits zu dem Gestell mit den Jacken. Nach kurzer Suche hatte einer von ihnen Passfellers Pistole zutage gefördert. Mit gezückter und, wie Passfeller beunruhigt zur Kenntnis nahm, entsicherter Waffe kamen beide zur Zellentür herüber.

Ittenbach zog einen Schlüsselbund aus der Hosentasche. Er entriegelte die Tür, und der unbewaffnete Japaner zog sie auf. Ittenbach und der Pistolenträger traten zurück.

»Raus!«, befahl Ittenbach.

Grosch und Passfeller gehorchten.

Als sie in der Mitte des Raums, auf Höhe des Labortisches angelangt waren, hieß Ittenbach sie anhalten.

»Yamura! Sie legen ihnen Handfesseln an, wie besprochen«, instruierte er den unbewaffneten Japaner. »Okami, Sie passen auf, dass keiner von den beiden heroische Anwandlungen bekommt. Ich gehe inzwischen hinauf und bereite die Plane vor.« Als er Passfellers verständnislosen Blick bemerkte, fügte er grimmig hinzu: »Für Sie, meine Herren, scheue ich keine Mühen. Sie werden auf einer hochwertigen Abdeckplane für Weinsetzlinge sterben – durch Projektile aus Ihrer eigenen Waffe! Die Plane verhindert das Eindringen Ihres Blutes in meinen kostbaren Boden und vereinfacht den spurlosen Abtransport Ihrer Leiber ganz enorm. Sagen Sie, Herr Passfeller – Sie haben nicht zufällig einen Schalldämpfer bei sich?«

»Was?«

»Nicht so wichtig. Nach dem wochenlangen Donnern der Knallschreckgeräte reißen zwei Schüsse mehr oder weniger niemanden mehr aus dem Schlaf!« Damit wandte sich Ittenbach um, trat durch die weiße Stahltür und war verschwunden.

Yamura machte sich an einem der Laborschränke zu schaffen, während Okami mit unmenschlicher Ruhe die Waffe im Anschlag hielt. So scharf Passfeller ihn beobachtete, er sah den Japaner kein einziges Mal blinzeln. Das Wort »kaltblütig« erfuhr angesichts der maskenhaft unbewegten Visage des Asiaten eine neue Bedeutung. Passfeller war sich sicher, dass der Mann bei der geringsten unerwarteten Bewegung sofort abdrücken würde. Stumm hoffte er, dass Grosch keinen Blödsinn vorhatte.

Doch Grosch dachte nicht im Traum an Blödsinn. Steif wie eine riesige Statue ragte er neben Passfeller in die Höhe, ließ eingegipste wie gesunde Hand schlaff an den Seiten herabbaumeln.

Yamura kehrte vom Schrank zurück, in den Händen dicke Bündel schwarzer Industriekabelbinder aus reißfestem Kunststoff. Wortlos fügte er mehrere davon aneinander, so dass lange Plastikstreifen entstanden, die er an den Enden ineinander stecken und festzurren konnte. Brutal riss er Grosch die Hände hinter den Rücken.

Passfellers Gedanken rasten. Wenn sie erst beide gefesselt waren, war jegliche Chance zur Flucht verspielt. Aber jetzt einen Ausfall zu versuchen, bedeutete zwangsläufig, sich eine Kugel aus seiner eigenen Waffe einzufangen.

Er spürte, wie Schweißbäche sich aus seinen Achseln lösten und unter seinem Hemd abwärts rannen. Sein Puls raste. Hinter Groschs Rücken mühte sich Yamura grunzend ab, dessen eingegipste Hand mit der gesunden zu überkreuzen und die widerspenstigen Fesselstreifen darumzulegen.

Passfellers hektischer Blick streifte eine große Wanduhr mit glänzendem Aluminiumgehäuse. Kurz nach fünf in der Früh – keine schöne Zeit zum Sterben.

Yamura grunzte triumphierend und führte das Ende der Fessel in die vorgesehene Öse ein.

Vielleicht bot sich ihnen draußen, außerhalb des grünen Wellblechschuppens, eine Gelegenheit zur Flucht, überlegte Passfeller verzweifelt. Falls Okami dort eine ungünstige Position bezog, könnte er vielleicht trotz gefesselter Hände ...

Doch so weit sollte es nicht kommen.

»Was wollt ihr Pissköpfe?«, tönte eine kehlige Stimme aus dem Hintergrund. *»Ich schluck doch eure Kugeln!«* Sie klang gedämpft, dennoch befand sich der Sprecher eindeutig hinter den beiden Japanern, im Innern des Labors.

In der nächsten Sekunde geschahen zwei Dinge gleichzeitig: Mit einem erstickten Keuchen ließ Yamura von Grosch und der noch nicht festgezurrten Fessel ab und starrte panisch in die Runde. Sein Landsmann Okami ließ sich dagegen nicht beirren: Mit maschinengleicher Präzision fuhr er herum und richtete die Waffe so schnell, als müsse er gar nicht zielen, exakt auf den Punkt, von dem die Stimme erklungen war. Ohrenbetäubender Donner erfüllte das Labor, als er in rascher Folge drei Schüsse abfeuerte.

Alle drei fanden ihr Ziel – Passfellers Sakko.

Noch bevor sich die Ohren der Anwesenden von dem abrupten Lärmausbruch erholt hatten oder auch nur einer von ihnen feststellte, dass die Stimme aus der durchlöcherten Lederjacke unbeeindruckt weiterzeterte, trat Passfeller in Aktion.

Kaum langsamer als zuvor der Japaner, packte er mit beiden Händen ein binokulares Mikroskop auf der Tischplatte neben sich. Mitsamt Verkabelung riss er es in die Luft, wobei ein Schauer von Objektträgern und kleinen Instrumenten vom Tisch gefegt wurde.

Okami hörte das Klirren, er hörte auch den alarmierenden Ruf seines zurückweichenden Landsmannes. Doch das Adrenalin, das während der zurückliegenden Schrecksekunde in seinem Körper freigesetzt worden war und ihm eine überaus rasche Reaktion ermöglicht hatte, reichte nicht für eine zweite, ebenso schnelle Bewegung.

»Kommt her!«, keifte Tony Montana im Hintergrund. *»Ich steck eure Kugeln alle weg!«*

Dann kollidierte das Vergrößerungsgerät mit Okamis Schädeldecke. Es krachte dumpf, und ohne einen weiteren Laut sank der Japaner zu Boden. Die Pistole entglitt seiner kraftlosen Hand und klapperte über die Kacheln davon.

Bevor Yamura auch nur einen Schritt in Richtung der Waffe machen konnte, hatte Grosch die losen Kabelbinder von seinen Handgelenken geschüttelt. Wie ein Bär, der sein Junges verteidigt, breitete er die Arme aus und scheuchte den entsetzen Japaner beiseite.

Augenblicke später schlossen sich Passfellers Finger um den kühlen Stahl des Pistolengriffs. Er vergewisserte sich, dass alle Projektile fehlerfrei ausgeworfen worden waren und die Waffe wieder schussbereit war, dann trat er zu Grosch und dirigierte Yamura mit einer knappen Bewegung des Laufs zu dem vergitterten Verschlag hinüber. Als der Wissenschaftler in die Türöffnung trat, verpasste Passfeller ihm einen Stoß zwischen die Schulterblätter, so dass er vorwärts in die enge Zelle taumelte, und schlug scheppernd die Tür hinter ihm zu. Das Schnappschloss schnappte, und der zweite Handlanger Ittenbachs stellte keine Bedrohung mehr dar.

Passfeller drehte sich um.

Was er sah, überraschte ihn ein wenig. Er hatte eigentlich damit gerechnet, dass Grosch in der Zwischenzeit den bewusstlosen Okami mit den zu Boden gefallenen Kabelbindern fesseln würde. Stattdessen stand sein Kollege in aller Seelenruhe neben dem hölzernen Weinregal und beobachtete grinsend die weiße Stahltür. Im Hintergrund leierte Passfellers Handy: *»Ihr wollt mich umlegen?«*

»Das scheint aber ein dringender Anruf zu sein, Pass«, sagte Grosch. »Erinnere mich übrigens daran, dass ich nie wieder Witze über deine dämlichen Ruftöne mache ...«

Passfeller unterbrach ihn mit einer hektischen Geste. »Ittenbach muss den Lärm gehört haben. Er wird jeden Moment hier sein!« Er machte Anstalten, sich hinter den großen

Labortisch zu ducken, um den Winzer im Moment seines Eintretens ins Visier nehmen zu können. Doch Grosch winkte lässig ab und lehnte sich zufrieden auf das Regal. Passfeller stutzte, als er bemerkte, dass sich darin viel weniger Flaschen befanden als noch wenige Augenblicke zuvor. Doch ihm blieb keine Zeit, sich darüber Gedanken zu machen.

Auf den Stufen jenseits der angelehnten Tür wurden hastige Schritte laut.

»Okami? Yamura? Was zum Henker geht da unten vor?« Ittenbachs erregte Stimme, die rasch näher kam. »Ich habe euch doch ausdrücklich gesagt, dass ihr – *AAAAHHHH!*«

Auf den überraschten Schrei folgte ein mehrfaches, explosives Klirren. Etwas prallte mit Wucht von der anderen Seite gegen die Tür. Der schwere Stahl schwang beiseite, und ein Körper in weißem Laborkittel segelte mit rudernden Armen durch die Öffnung. Um seine Füße kullerten uralte, staubige Weinflaschen, mehrere zerschellten beim Sturz von den Stufen in tausend Splitter.

Ittenbach, der bei seiner Stolperpartie ordentlich Fahrt aufgenommen hatte, war nicht zu bremsen: Steif wie ein Brett stürzte er vorwärts und landete frontal auf dem Kachelboden, die Wucht seines Sturzes allein mit dem Gesicht abfangend. Ein unangenehmer Laut ertönte, als bräche jemand schnell und rücksichtslos ein dünnes Brett Balsaholz durch, dann mischte sich Blut in den schweren, dunkelroten Wein, der den Kopf des Winzers umfloss.

Verdattert starrte Passfeller auf das Chaos zu seinen Füßen.

»Tja, ich würde sagen, da sind ein paar *echt große* Weine unserem Möchtegernwinzer in die Quere gekommen«, gluckste Grosch. »Während du den Exoten eingebunkert hast, war ich so frei, für unseren Freund ein gläsernes Empfangskomitee auf der Treppe zu deponieren.«

Passfeller sah kopfschüttelnd auf den Mörder von Bettina Schwinn hinab, der reglos auf dem Boden lag. Ittenbachs Fußgelenke waren unnatürlich verdreht, ein weiteres Resultat seines spontanen Tanzes über die Flaschen. Die Art und Weise, wie sich sein Gesichtsprofil fugenlos dem Boden angepasst hatte, ließ vermuten, dass er in näherer Zukunft mit der Aufnahme fester Nahrung gewisse Schwierigkeiten haben würde.

»Eure Scheißkugeln steck ich weg!«, verkündete Tony Montana aus den Tiefen von Passfellers Sakko.

»Mach's kurz«, empfahl Grosch mit einem Kopfnicken in Richtung des Handys. »Wir sollten zügig eine Armee Bullen aus Neustadt hierher bestellen, wenn du gestattest. Und eine unbestimmte Ahnung sagt mir, dass sie am besten einen Notarzt mitbrächten.«

Passfeller nickte. Mit einem abschließenden Blick auf den See aus edlen Kostbarkeiten, die den Winzer umspülten und seinen Laborkittel rosa färbten, trat er zum Kleidergestell, nestelte sein Telefon aus der Jackentasche und nahm ab.

Epilog

Auf der A65, nördlich von Neustadt (Pfalz),
20. September 2003

In trägen Schlaufen wand sich das schwarze Band der Autobahn unter der rotgoldenen Morgensonne dahin, Richtung Heimat. Tillmann Grosch und Frank Passfeller, versunken in die traute Plüschigkeit des durchgesessenen Legend-Gestühls, glitten schweigend dahin. Aus den Boxen waberte dezent ein Song der zweiten LP von *Der Enorme Mann*. Vielleicht war er auch von der dritten. Irgendwann verkündete ein rasch leiser werdendes Scheppergeräusch, dass Teile des Unterbodens oder des Auspuffs ihre Liaison mit dem Rest des Fahrzeugs auf ewig eingestellt hatten.

Keiner von beiden drehte sich um.

Nach einer Weile gähnte Grosch ausgiebig und sagte: »Was wirst du machen, wenn du wieder daheim bist, Pass?« Als Passfeller nicht sofort antwortete, fügte er hinzu: »Deinen Urlaub fortsetzen, nehme ich blitzgescheit an?«

Passfeller schreckte aus seinen Gedanken hoch. »Wa-? Ja, ja. Wahrscheinlich. Aber vorher muss ich mich um eine andere Sache kümmern.« Er sah Grosch prüfend von der Seite an. »Du hast mich noch gar nicht gefragt, wer es war, der mich heute früh genau im richtigen Augenblick auf dem Handy angerufen hat.«

Groschs breites Gesicht hellte sich auf. »Stimmt auffallend«, stellte er fest. »Dabei handelte es sich um eine dramaturgisch höchst geschickte Unterbrechung der Ereignisabfolge. Hätte selbst ein versierter Spannungsautor wie ich nicht besser hingekriegt.« Er zog das Diktiergerät aus der Tasche, drückte die Aufnahmetaste und deklamierte salbungsvoll: »Wenn dieser Anruf eine Minute später gekommen wäre, wäre er eine Minute zu spät gekommen!« Er stoppte das Band und wandte sich strahlend Passfeller zu. »Nun sag schon: Wer war an der Strippe? Wenn du gestattest?«

Passfeller verengte kurz die Augen, dann widmete er sich wieder der Straße. »Es ist ein bisschen seltsam ... aber es war der Bäckermeister eines Ladens namens *Zur schönen Kruste* in Butzbach. Schon mal gehört?«

»Klar«, bestätigte Grosch eifrig nickend. »Ich kaufe gelegentlich Hörnchen und Glömsche dort. Nette Leute. Vor allem Tilda.«

»Glömsche. Ah. Wie auch immer, der Typ war *so* nett nicht. Er schien vielmehr ziemlich außer sich zu sein. Ich war verständlicherweise auch noch ein bisschen aufgedreht und hab nicht allzu viel von dem verstanden, was er von sich gab. Offenbar ging es um einen Fall von Vandalismus, irgendeine Schmiererei, die in seinem Laden aufgetaucht ist. Nicht mehr entfernbar, was weiß ich? Vom Neukacheln eines WCs war die Rede. Sehr mysteriös, das Ganze.«

»Ja ... seltsam«, bestätigte Grosch zurückhaltend.

Passfeller schüttelte ratlos den Kopf. »Wenn ich nur wüsste, wie die in diesem Zusammenhang an meine Handynummer kommen? Meine *geheime* Handynummer ...« Er drehte erneut den Kopf. »Du hast nicht zufällig eine Ahnung, Tillmann? Alter Schriftsteller?«

Doch der Schriftsteller Tillmann Grosch hatte jenseits der Scheibe etwas entdeckt, das umgehend für eine literarische Umsetzung festgehalten werden musste. Er hantierte konzentriert mit dem Diktiergerät und würdigte seinen Kollegen keines Blickes mehr.

Danksagung

Obwohl sie sich vorgenommen hatten, es nicht zu tun, kommen die Autoren nicht umhin, sich aufrichtig bei einigen Personen zu bedanken, ohne die dieses Buch zwar fraglos auch entstanden wäre, wahrscheinlich aber nicht in der vorliegenden Form.

Wir danken Ines und Steffen Boiselle sowie Clemens Ellert vom AGIRO-Verlag, Joachim Körber, dem Pfälzischen Landesarchiv in Speyer, dem BKA Wiesbaden, DANNEMANN, NIL, HONDA, Eugen Egner, Timothy McNeal, Robert Mansfield, Stebowski Winkler, Jutta Ziegler sowie nicht zuletzt unseren sämtlichen Frauen, Freunden und Haustieren, die uns während des Entstehungsprozesses dieses Buches einmal mehr klaglos ausgehalten haben – ein Buch zu schreiben, ist leichter, als jemanden zu ertragen, der ein Buch schreibt.

Jens Lossau
Jens Schumacher

Das Morden ist des Winzers Lust

von Joachim Körber (Hrsg.)

Hardcover, 256 Seiten, € 19,90
ISBN 978-3-934769-84-7

Im Weinfass ertränkt, mit der Bratpfanne erschlagen, durch die Mistgabel massakriert - das Grauen bricht mit Gewalt in Pfälzer Beschaulichkeit.

Sieben profilierte Autoren haben sich auf eine Wanderung durch die Pfalz begeben und in Bellheim, Germersheim oder Edenkoben, inmitten freundlicher, sonniger Rebenhügel und tiefgrüner Wälder, dem Verbrechen nachgespürt.
Herausgekommen sind sechs völlig unterschiedliche, aber immer spannende Geschichten mit viel Lokalkolorit, Humor und skurrilen Typen, die von Mord und Rache, von Täuschung, Betrug und Eifersucht erzählen und dabei den Leser mitnehmen in eine Umgebung, in der man das Böse nicht vermutet.

Weinseligkeit mischt sich aufs Angenehmste mit Gänsehaut!

Folgende Autoren waren in der ach-so-lieblichen Pfalz für Sie auf kriminalistischer Spurensuche:

Gisbert Haefs
Jens Lossau & Jens Schumacher
Joachim Körber
Timothy McNeal
Michael Siefener
Uwe Löhmann